이 책을 시작한 날 _____년 _____월 _____일

여러분의 꿈을 응원합니다.

김민정

2025년 5월, 학부모들의 가려운 곳을 시원하게 긁어준 공부법 분야 베스트셀러 『수능을 좌우하는 중학 국어 공부법 ─ 대치동 출신 김 선생의 독설』을 출간해 초중등 학부모들의 열띤 호응을 받았다.

대치동에서 고입 컨설팅 및 중학생 국어 팀 과외를 맡아 가르치다 다원 교육 대치 본관으로 소속을 옮겼고, 학부모와 학생 사이에서 '나만 알고 싶은 국어 선생님'으로 통하며 외대부고 민사고를 비롯한 전국 단위 자사고 합격생 다수를 배출했다. 여의도로 지역을 옮겼을 때도 특별한 마케팅 없이 알음알음 입소문으로 한 학년 강의가 마감되기로 유명했는데, 저서의 인기에 힘입어 이제는 대치동에서도 다시 학생들을 만나고 있다. 이처럼 빠른 시간에 명성을 얻을 수 있었던 데에는 그 어떤 특혜 없이 지방 소도시 평범한 가정에서 최소한의 사교육을 통해 고려대학교 문과대학에 정시 전형으로 입학, 졸업 후 900 대 1의 경쟁률을 뚫고 조선일보사 공채 57기 기자로 입사한 저자의 경력도 한몫한다.

기왕 사교육을 외면할 수 없는 교육 현실이라면 "똑똑하게" "필요한 사교육만" 쏙쏙 뽑아 효율적으로 활용하기를 권했던 『수능을 좌우하는 중학 국어 공부법』에서, 저자는 '한자어 학습'과 '문학 개념어' 학습의 중요성을 역설했는데 이와 관련한 교재를 써달라는 학부모님과 학생 독자들의 요청이 상당했다. 따라서 그간 저자가 대치동 현장 강의에서만 써왔던 비법 자료들을 토대로 필수 한자 333자를 쉽게 익힐 수 있는 한자 교재와 문학 개념어(운문/산문) 교재를 먼저 선보이게 됐다. 향후 『묘수 국어』 시리즈는 변화해 가는 교육과정 개편안에 맞추어 꾸준히 출간될 예정이다.

저자를 만날 수 있는 곳

인터넷 강의	현장 강의	

www.yummystudy.com	바른 교육 여의도관	바른 교육 대치관

한 수 앞을 읽는 국어 공부

묘수 국어

김민정 지음

중학생을 위한 문학 개념어

운문 문학

- ☑ 중학생 눈높이에 맞춘 친절한 개념 설명
- ☑ 모든 문학 개념어마다 예시 작품 수록
- ☑ 중학생에 맞게 변형한 수능기출과 해설
- ☑ <인터넷 강의 교재> 부록 제공

이 책의 구성과 특징

왜 문학 개념어를 공부해야 할까요?

먼저 다음 〈보기〉를 볼까요? 2015년 6월 평가원 모의고사 B형 기출 문제이며, 책 뒷부분 '종합평가 2'에 수록되었습니다.

〈보기〉

1930년대 모더니즘을 주도했던 김광균은 감성보다 지성을 중시하는 이미지즘을 자신만의 방식으로 소화했다. 그는 상실감과 소외감 등의 정서에 회화적 이미지를 결합하여 현대 문명에 대한 태도를 보여 주었다. 1950년대 후반의 시적 경향을 보여 주는 박용래는 모더니즘의 기법에 전통과 자연에 대한 관심을 결합했다. 그는 사라져 가는 재래의 것들을 회화적 이미지로 복원하여 토속적 정취를 환기하고, 소박한 자연의 이미지를 병치하여 자연의 지속성과 인간과 자연의 조화에 대한 바람을 드러냈다.

선지에 밑줄 친 '회화적 이미지', '토속적 정취', '환기', '병치'의 의미를 정확히 알아야 문제를 제대로 풀 수 있습니다. 이러한 용어들이 바로 문학 감상과 비평의 기초 도구인 '문학 개념어'입니다. 개념어를 미리 익혀두지 않으면 선지의 적절성을 논리적으로 판단하기 어렵기 때문에, 기초를 탄탄히 다지는 공부가 반드시 필요합니다.

이 책은 고등학교 전 미리 문학 개념어를 공부하고 싶은 중학생을 위해 쓴 교재에요. 그만큼 중학생의 눈높이에 맞추어 알기 쉽게 설명을 하고, 적절한 예시를 넣으려 노력했어요. 쉽게 쓰여진 만큼, 기본 개념서가 필요한 고등학생들에게도 안성맞춤인 교재입니다. 그러면 이 책의 특장점을 알아볼까요?

1. 중학생 눈높이에 맞춘 쉬운 설명

문학 개념어는 이론적인 학술 용어라서 처음에는 어렵게 느껴질 수 있습니다.
그래서 이 책은 중학생의 눈높이에 맞춰, 마치 과외 선생님이 옆에서 설명해 주는 것처럼
입말로 풀어 최대한 쉽고 친절하게 설명했습니다.

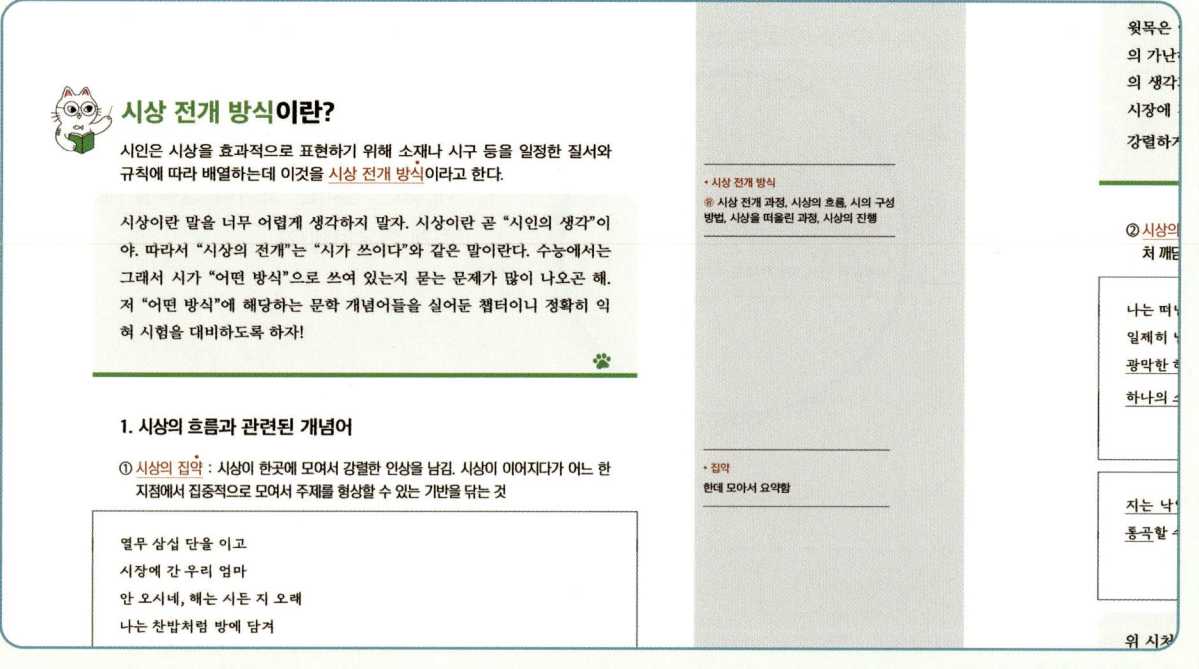

2. 문학 개념어마다 예시 작품 수록 & 시 감상 가이드 제공

모든 개념어에 예시 작품을 수록하여 해당 개념
어의 이해를 꾀했습니다. 예시 작품은 가급적 중
학교 국어 교과서에 수록된 작품을 중심으로 제
시하여, 내신 공부에도 도움이 되도록 했습니다.
또 시를 어떻게 읽어야 하는지 올바른 감상법도
안내합니다. 정독하면서 출제자가 요구하는 시
감상 방식을 익혀 봅시다.

죽는 날까지 하늘을 우러러
한 점 부끄럼이 없기를
잎새에 이는 바람에도
나는 괴로워했다.
별을 노래하는 마음으로
모든 죽어가는 것을 사랑해야지

그리고 나에게 주어진 길을 걸어가야겠다.

오늘 밤에도 별이 바람에 스치운다.

— 윤동주, 「서시」

하늘을 우러러 한 점 부끄럼없이 살고 싶었다는 저 마음은 인간으로서는
이루기 어려운 경지다. 또한 잎새에 이는 미세한 바람에도 괴로울 만큼 양
심의 가책을 느꼈다는 말도 시인이 보통 도덕적인 양반이 아니라는 생각이
든다. 여기서 '별을 노래하는 마음'은 하늘을 우러르는 마음과도 통하는데,
보통 사람으로서는 실천하기 어려운 가치를 지
향하며 그에 걸맞게 살고 싶어 하는 삶의 자세가 드러난 느낌의 시를 숭고
하다고 한다.

3. 친절한 어휘 설명

시를 읽다 보면 제목이나 본문에 낯선 말이 많이 나오지요. 이 책은 인용된 시에 등장하는 어려운 어휘를 따로 골라 뜻을 친절하게 풀이했습니다.

㈜는 설명하는 어휘와 유의어(비슷한 뜻을 가진 어휘) 관계에 있는 ㈘은 설명하는 어휘와 반의어(반대되는 뜻을 가진 어휘) 관계에 있는 단어를 뜻하니 공부할 때 유용하게 활용하세요!

• 긍정적 인식
㈜낙관적 태도
㈘부정적 인식, 비관적 태도

4. 복습 퀴즈 수록

배운 문학 개념어를 얼마나 숙지했는지 바로 확인할 수 있도록 복습 퀴즈를 수록했습니다.

복습 퀴즈 다음 공란을 채우시오.

1. 시적 상황

① _____ 이란, 시 속에서 화자 또는 시적 대상이 처한 형편이나 처지 또는 시에 반영된 시대적·역사적·사회적 상황을 말한다.

시의② _____ 이란, 화자나 시적 대상이 놓여 있는 시간적, 공간적,③ _____ 처지다.

한편 시의 ④ _____ 이란, 시 창작 과정에 영향을 준 시대적, 역사적, 사회적 상황이다.

2. 시의 내적 상황과 관련된 개념어

① _____ 하는 상황 : 화자가 어떤 이유로 인해 괴로움을 겪는 상황

_____ 지와 _____ 된 상황 : 화자의 생각과 다른 방향으로 일이 일어나는 상황

_____ 을 떠나 있는 상황 : 화자가 고향이 아닌 다른 곳에서 지내고 있는 상황

_____ 의 상황 : 시적 화자 또는 시적 대상이 다른 대상과 서로 떨어져 있는

_____ 의 상황 : 시적 대상의 죽음으로 화자와 시적 대상이 이별하게 된 상황

3. 시의 외적 상황과 관련된 개념어

① _____ : 슬프고 애달픈 일을 당하여 불행한 상황

② _____ : 경제적으로 넉넉하지 못하여 어려운 처지에 놓인 상황

③ _____ : 화자가 바람직하지 못하다고 여기는 상황

④ _____ : 암담하고 답답한 현실이 드러난 상황

5. 종합 문제와 해설 제공

수능 기출과 모의고사에서 꼭 풀어 보면 좋을 문제 30문제를
선별해 담았습니다. 각 문제는 자세한 해설과 함께 수록하여,
스스로 공부해도 이해할 수 있도록 구성했습니다.

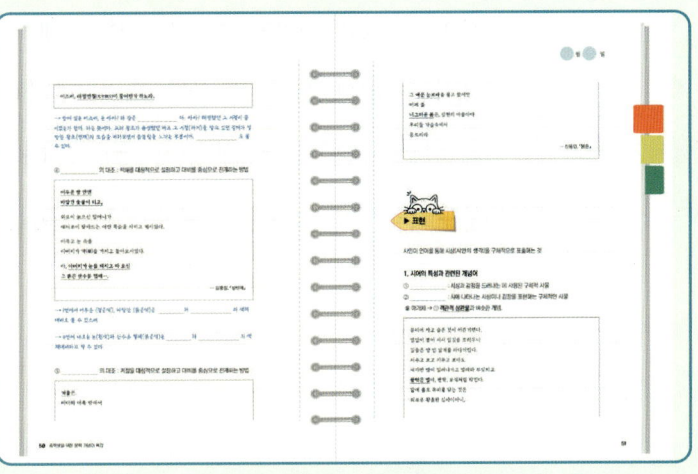

---

6. 특별 부록

김민정 선생님의 문학 개념어 인터넷 강의 교재가 책 속의 책 부록으로 제공됩니다!
책을 읽기 막막한 학생들은 인터넷 강의를 먼저 듣고 책을 읽어 보세요.
암기 노트로 활용할 수도 있답니다.

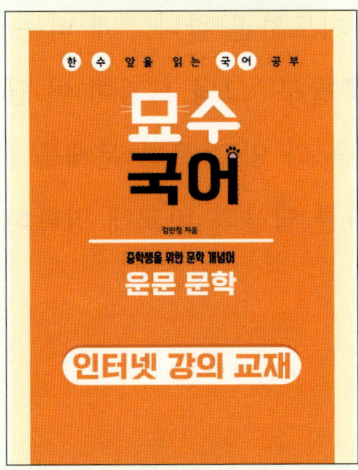

한 수 앞을 읽는 국어 공부는 문학 개념어 공부

수능 국어에서 어쩌면 점수 올리기 가장 어려운 영역은 비문학이라기보다는 문학이다. 의아하게 들릴지도 모르겠다. 보통 비문학이 너무 어렵게 나온다며 '킬러 지문' 같은 말을 많이 들어왔을 테니 말이다.

가만히 지켜보면, 학생들은 문학을 만만하게 여긴다. 학교 내신에서 자주 다루기도 하거니와 고1·고2 시절에 치르는 교육청 주관 모의고사에서 문학은 비문학에 비해 다소 쉽게, 답이 확실히 정해져 있는 방식으로 출제되곤 하기 때문이다. 그래서 학생들은 문학을 공부할 시간에 차라리 문법이나 비문학 영역에 좀 더 비중을 두어 공부하곤 한다. 이처럼 절대적인 공부 양이 적다 보니 문학 문제를 그저 '느낌'과 '감'으로 푸는 학생들이 상당히 많다.

중학생 때, 문학 개념어를 '체화'해야 하는 이유

문학 영역에서 틀린 문제들을 고칠 때, 학생들에게 본인이 골랐지만 정답이 아니었던 바로 그 답을 변호해보라고 지도하곤 한다. "왜 너는 그 선택지를 답으로 골랐니?" 그럴 때마다 십중팔구 "그냥 느낌이 이 답 같아서 골랐어요"라는 대답이 돌아온다. 지문을 다 읽고 문학 문제를 풀었는데도 본인이 하필 그 답을 고른 이유를 다른 답들과 비교해 명확히 설명할 수 없다면, 연필을 굴려서 나온 번호로 대충 찍어 적은 것과 크게 다를 바 없는 상태다.

고1·고2 때는 문제의 심각성을 잘 모른다. 그러다 고3 3월 교육청 모의고사부터 문학 영역 난도가 크게 오르기 시작하는데, 특히 6월과 9월에 수능을 앞두고 평가원이 출제하는 모의고사의 문학 영역 문제들은 논란의 여지 없이 깔끔하면서도 난도는 상당히 높다. 그래서 대다수 수험생이(다른 영역들에 비해) 조금은 더 만만히 여기다가 결국 수능 당일 크게 뒤통수를 맞는 영역이 다름 아닌 '문학'이다. 수능은 교육청이 아니라 '평가원'이 출제하는 시험이기 때문이다.

그렇다면 고등학교에 진학하기 전, 조금 더 시간이 있을 적에 수능 국어 문학 영역을 어떻게 공부해두어야 수능 점수에 도움이 될까? 이 책은 이러한 관점에서 쓰인 학습서다.

앞서 쓴 책『수능을 좌우하는 중학 국어 공부법 ─ 대치동 출신 김 선생의 독설』에서 나는 이 시기에 문학 개념어부터 먼저 단단히 공부해두어야 한다고 말한 바 있다. 문학 개념어란, 문학 작품에 쓰인 표현 기법들을 일컬을 때 쓰는 말을 이른다. 이를테면, 화자가 다소 흥분한 듯한 말투를 두고 평가원은 '영탄적 어조'라는 단어를 쓴다. 이처럼 '영탄적 어조'와 같은 말을 문학 개념어라고 한다. 만약 문학 개념어를 하나도 모른다면 어떻게 될까? 당연히 평가원이 출제한 문학 문제를 풀 수 없다. 문학 개념어는 곧 수능을 출제하는 기관인 평가원이 문제를 낼 때 쓰는 기초 도구이기 때문이다.

그러므로 중학 시절부터 부지런히 문학 개념어의 정의(정확한 뜻)를 익히고 되도록 완벽하게 '암기'까지 해두면, 고등학생이 되자마자 치를 각종 내신 시험과 교육청 모의고사를 대비할 때 큰 도움을 받을 수 있다. 나아가 한번 제대로 개념을 짚어 공부해두면 점점 까다롭게 답을 묻는 수능 국어의 문학 파트를 상대할 때도 큰 도움이 되리라 생각해 이 책을 쓰게 되었다.

고등 교재의 깊이에 중학생의 눈높이를 더하다

문학 개념어는 일종의 '법규'와 같아서, 시중의 어떤 교재를 보더라도 그 핵심 정의는 비슷할 수밖에 없다. 예시로 드는 문학 작품들 또한 큰 틀에서는 비슷비슷하다. 이 책 역시 집필 과정에서 수능 국어 학습에 있어 표준이 되는 개념어의 배열 순서와 정의, 필수 예시 작품 등을 따랐다. 검증된 내용으로 학습의 기틀을 마련하기 위함이다.

하지만 기존의 교재들은 대부분 수능을 바로 앞에 둔 고등학생을 대상으로 한다. 예시 작품이나 설명의 어휘가 중학생들에게는 다소 어렵게 느껴질 수 있다. 또한 개념을 이해하는 것을 넘어 실전에서 써먹을 수 있도록 '암기'까지 이끌어주는 장치가 부족하다는 점도 아쉬웠다.

그래서 이 책은 이제 막 수능 국어를 시작하려는 중학교 2학년 학생들도 쉽게 읽을 수 있도록 설명을 최대한 풀어 썼고, 중학교 국어 교과서에 수록된 작품들 위주로 수록했다. 또 익살과 유머를 섞어 지루하지 않게 구성했다.

책만으로는 이해가 어려운 학생들을 위해 '책 속의 책'에는 저자인 내가 직접 녹화해둔 인터넷 강의(유료)로 내용을 정리할 수 있도록 강의안을 실어두었다. 고등부를 위한 기존의 유명 인터넷 강의들은 내용이 아주 훌륭하지만, 100강이 넘어가는 방대한 분량 때문에 중학생들이 접근하기에는 부담스러운 것이 사실이다. 그래서 핵심만 간결하게 추려 강의마다 30분, 40강 미만으로 완결되도록 강의를 준비했다. 강의를 먼저 듣고 책을 정독하면 훨씬 이해가 빠를 것이다.

아울러 실제로 문학 개념어를 포함해 출제된 평가원의 역대 문학 기출 문제들 중 참고할 만한 문제들을 총 30문항으로 추려서 중학생 수준에 맞게 다듬어 실어두었다. 여기에 대한 해설도 충실하게 실었으니 답지를 꼼꼼하게 살펴 큰 도움을 받았으면 한다.

암기까지 고려하여 만든 교재

마지막으로, 여러분이 문학 개념어를 암기할 때 활용하라는 의미로 실제

내 수업에서 자주 쓰고 있는 '문학 개념어 암기용 시트'를 복습 문제의 형식으로 본문 안에 넣었다. 그리고 '책 속의 책' 강의안도 암기할 때 활용할 수 있으니 참고 바란다. 내가 운영하고 있는 서울 오프라인 현장 강의를 거리상의 문제로 오지 못하는 지방 비학군지 학생일지라도, 먼저 내 강의를 인터넷으로 듣고 그에 해당하는 설명을 이 책의 본문으로 복습한 뒤에 문학 개념어를 암기까지 한다면 오프라인 강의를 듣는 학생들과 거의 똑같은 학습 효과를 충분히 얻을 수 있으리라 자부한다.

세상이 너무 빠르게 변해가고 있다. 이럴 때일수록 여러분이 대입 문제로 시행착오할 시간을 아끼길 바라는 마음으로 지난 10여 년간의 노하우를 전부 끌어모았다. 수능 날 아침 8시 40분에 시작 종이 땡 치자마자 이 책을 열심히 공부한 여러분 모두가 "아, 중학 시절 그 책부터 공부한 내 선택, 정말 묘수였네!" 하고 느낄 수 있기를 간절히 바란다.

— 저자 김민정 드림

차례

먼저 문학이 뭔지 알아볼까? 문학은 인간의 사상과
감정을 언어와 글자를 사용해서 표현하는 예술이야.
문자가 있는 사회라면 어디든지 존재해온 예술 형식인데,
보통 문자가 없는 사회에서 이야기로 전해져 내려온
형태까지 포함된단다.

문학의 갈래

1894년 갑오개혁 이전: 고전 문학

▶ 고전 운문 문학: 향가, 한시, 시조, 가사 …
▶ 고전 산문 문학: 고전 수필, 고전 소설 등

1894년 갑오개혁 이후: 현대 문학

▶ 현대 운문 문학: 현대시
▶ 현대 산문 문학: 소설, 수필, 극, 시나리오

1894년 갑오개혁을 기준으로 그 이전에 해당하는 문학을
고전 문학이라 부르고 그 이후에 해당하는 문학은 현대 문학
이라고 해. 고전 운문 문학으로는 향가, 한시, 시조, 가사 등
이 있고, 고전 산문 문학으로는 고전 수필, 고전 소설 등이
있어. 단순히 오래됐다는 이유로 가끔 여러분들이 1920년
대 일제강점기에 쓰인 소설을 고전 소설이라 우기는 경우도
있는데, 1894년 이후에 쓰였으니 1920년대 소설은 엄연
히 현대 문학이라고 봐야겠지.

시의 이해

문학을 깊이 이해하려면 먼저 알아야 할 개념들이야.

시란?

시란 시인의 마음속에 떠오르는 생각이나 느낌을 <mark>운율이 있는 언어</mark>로 압축해서 표현한 운문 문학이다. 여기서 운율을 좀 더 쉬운 말로 바꾸면 리듬, 리듬감이라고 할 수 있겠다.

1. 시의 종류

형식을 기준으로

1) 정형시 : 일정한 형식과 규칙에 맞추어 지은 시

시조처럼 글자 수, 음보가 전부 정해진 시다. 외재율이 느껴진다고도 한다.

2) 자유시 : 형식의 제약을 받지 않고 자유롭게 쓴 시

문학 교과서에 등장하는 현대 시는 대부분 자유시다. 글자 수가 따로 정해져 있지는 않지만, 반복을 통해 자연스러운 운율이 느껴진다. 이를 내재율이 느껴진다고도 한다.

3) 산문시 : 행의 구별 없이 산문처럼 쓴 시

문학은 언어로 하는 '예술'이기 때문에 형식을 수학 공식처럼 엄격하게 지킬 필요는 없다. 얼핏 봐서는 줄글(산문) 같고 전혀 운율이 느껴지지 않지만 시로 분류가 되는 경우가 있는데 이를 산문시라고 한다.

• **외재율**(바깥 外 있을 在 규칙 律)

㉤ 정형률

규칙적이어서 겉으로 뚜렷하게 느껴지는 운율. 외형률이라고도 한다. 내재율과 반대되는 말로, 내재율이 단순하게 어떤 어휘나 문장 구조, 소리 등이 반복되어 리듬을 만드는 데 그친다면, 정형률은 글자수라든가 음보, 비슷한 음이 반복되는 자리 등이 확실히 드러나게 정해진 틀을 따라 만들어지는 운율이다. 음수율, 음보율, 음위율 등으로 세분화해서 살펴볼 수 있다.

내용을 기준으로

1) <u>서정시</u> : 개인의 감정이나 생각을 표현한 시

정서를 거꾸로 해봐라. 서정. 그렇다. 바로 그거다.

2) <u>서사시</u> : 역사적 사건, 신화, 영웅의 이야기를 쓴 시

서사 = 이야기라고 생각하면 된다. 호메로스가 쓴 『일리아스』, 『오디세이아』처럼 영웅이나 신에 얽힌 이야기를 쓴 시다.

3) <u>극시</u> : 희곡 형식으로 쓴 시

극 = 드라마라고 보면 된다. 연극 대본 같은 느낌으로 쓴 시인데, 영국 작가 셰익스피어의 작품이 이에 해당한다.

2. 시의 요소

1) 형식적 요소
① <u>시어</u> : 시에 사용된 단어
② <u>시구</u> : 시어가 모여서 이루어진 구절
③ <u>음보</u> : 시를 읽을 때 한 호흡으로 끊어 읽는 말의 덩이

학생들이 가장 이해하기 어려워하는 단위다. 한 행을 몇 번에 끊어 읽느냐를 기준으로 생각하면 쉽다.

- 아리랑 ∨ 아리랑 ∨ 아라리요 : 3음보 (말의 덩이 3개)
- 동창이 ∨ 밝았느냐 ∨ 노고지리 ∨ 우지진다 : 4음보 (말의 덩이 4개)

④ 행 : 시어들이 모여 이루어진 한 줄 한 줄

⑤ 연 : 하나 이상의 시행이 모여서 이루어진 완결된 의미의 단위

2) 시의 3요소 : 주제, 운율, 심상

① 주제 : 시에 담긴 시인의 중심 생각 (의미적 요소)

② 운율 : 시를 읽을 때 느껴지는 말의 가락 (음악적 요소)

운율을 이루는 방법은 반복이다!

- **같거나 비슷한 소리의 반복**

  예 오늘 하루 하늘을 우러르고

→ 'ㄹ' 등 울림소리가 반복되며 리듬감을 준다.

- **같거나 비슷한 시어, 시구의 반복**

  예 안 오시네, 안 오시네

→ 안 오시네(시구)가 반복되며 리듬감을 준다.

- **일정한 글자 수의 반복(음수율)**

  예 비 오자 장독간에 봉선화 반만 벌어

→ 3글자, 4글자가 반복되는데 이를 음수율이라고 부른다.

- **일정한 수의 음보의 반복(음보율)**

  예 엄마야 / 누나야 / 강변 살자

  뜰에는 / 반짝이는 / 금모래 빛

→ 3음보가 반복되며 리듬감을 준다.

- **같거나 비슷한 문장 구조의 반복**

  예 벚꽃 지는 걸 보니 / 푸른 솔이 좋아

  푸른 솔 좋아하다 보니 / 벚꽃마저 좋아

→ "~보니, ~좋아"라는 비슷한 문장 구조가 반복되어 운율을 형성한다. 이를 대구법이라고도 부른다.

- **의성어나 의태어의 반복**

  예 시냇물이 졸졸졸 / 개구리가 개굴개굴

→ '졸졸졸'과 '개굴개굴'은 같은 말이 반복되어 운율을 형성한다고 볼 수 있다. 이렇게 단순한 구조로도 운율을 형성한다. (그래서 공부를 꼼꼼히 해야 한다.)

③ **심상**(心象), **이미지**(Image)

시어나 시구를 통해 머릿속에 떠오르는 모습이나 느낌. 회화(그림)적 요소다.

㉠ **시각적 심상** : 눈으로 보는 듯한 느낌을 주는 심상

㉖ 새빨간 노을 / 푸른 하늘 은하수

여기서 유의할 점은 꼭 색과 관련된 말을 쓸 필요는 없다는 점이다. 그저 눈에 보이기만 해도 시각적 심상이라 할 수 있다. 이를테면 '셀로판지로 만든 구름'은 색은 없지만 시각적 심상이라고 볼 수 있다. 눈으로 보이듯이 표현했기 때문이다.

㉡ **청각적 심상** : 귀로 듣는 듯한 느낌을 주는 심상

㉖ 개굴개굴 개구리 / 졸졸졸 흐르는 개울물

'개굴개굴'이나 '졸졸졸'처럼 의성어(소리를 흉내내는 말)가 있으면 무조건 청각적 심상이라 봐도 무방하다. 빗소리나 발소리 등 소리를 표현하는 어휘 역시 청각적 심상이라 할 수 있다.

㉢ **후각적 심상** : 냄새를 코로 맡는 듯한 느낌을 주는 심상

㉖ 달은 과일보다 싱그럽다

냄새와 관련된 것은 모두 후각적 심상이다

㉣ **촉각적 심상** : 손, 피부에 닿는 듯한 느낌을 주는 심상

㉖ 밥티처럼 따스한 별

'아버지의 서느런 옷자락'처럼 피부로 느낄 수 있는 어휘(서느런)가 정확히 드러나야 촉각적 심상이다.

• **싱그럽다**
싱싱하고 맑은 향기가 있다. 또는 그런 분위기가 있다.

• **밥티**
밥알을 뜻하는 사투리

ⓜ **미각적 심상** : 혀로 맛보는 듯한 느낌을 주는 심상

ⓔ 짭조름한 소금

미각과 후각이 전부 해당되는 경우도 있다. 이를테면 "달콤한 향기가 난다"라는 문장에서 '달콤한'은 맛에 가까우니 미각으로도 볼 수 있고 뒤에 향기라는 어휘가 있으니 후각으로도 볼 수 있다. 그럴 때는 문제가 출제된 맥락에 따라 적절하게 답을 고르면 된다.

ⓑ **공감각적 심상** : 한 감각을 다른 감각으로 바꾸어 표현하는 심상

ⓔ 분수처럼 흩어지는 푸른 종소리(청각의 시각화)

공감각적 심상은 다른 말로 **감각의 전이**(구를 轉, 다를 移 : 한곳에서 다른 곳으로 옮겨 감)라고 하는데, 이런 개념과 마주치면 좌절하는 중딩도 있을 것이다. 그런데 어렵게 생각할 필요가 없다. 하나의 감각에서 시작해서 다른 감각으로 끝나는 과정이 나온다는 점만 명심하면 된다. 이 화자가 맨 처음에 표현하려고 했던 대상이 무엇이었는지를 떠올리고 마지막에 무엇으로 바뀌었는지 생각해보라. 이를테면 위에서 예로 든 "분수처럼 흩어지는 푸른 종소리"의 경우, 화자가 우리에게 표현하려는 대상은 '종소리'다. 청각적 심상인 셈이다. 그런데 결과적으로는 이 종소리를 '푸르다' '분수(의 물줄기)처럼 흩어진다'라는 표현을 통해 시각적 심상으로 바꿔서 표현했다. '청각'이 '시각'으로 옮겨 간 것이다. 그래서 될 화(化)를 써서 '청각의 시각화'라고도 부른다. 그저 감각이 두 가지 이상 등장하면 무조건 공감각적 심상(혹은 감각의 전이)이라고 착각하는 경우가 있는데 그렇지 않다. 아래 예문을 보자.

ⓔ **차갑고 달콤한 아이스크림**

어떤가? 차가우니까 촉각, 달콤하니까 미각, 2개의 감각이 있으니까 공감각이라고 생각했다면, 당신은 아직 하수다. 앞에서 공감각적 심상은 "한 감각에서 다른 감각으로 옮겨 가야"한다고 말했다. 그런데 아이스크림은 처음부터 차갑고도 달콤하다. 두 감각이 서로 겹쳐 있는 셈이다. 그래서 이런 경우는 '복합감각'이라고 하며 공감각적 심상이라 할 수 없다. 가끔 대치동에 있는 중학교 내신에서 꽤 중요하게 나오는 내용이니 다들 알아

두기 바란다. 알아두면 잘난 척할 수 있다. 수능에는 솔직히 잘 나오는 편은 아닌데 내신에는 꽤 나온다.

함께 익히기 문학 작품을 감상하는 몇 개의 관점

내재적 관점	절대론적 관점	문학적 표현 기법, 시어, 화자, 청자 등 작품 안에 있는 요소 만을 중심으로 이뤄지는 감상
외재적 관점	표현론적 관점	문학 작품을 지을 당시 작가의 삶에 주목하여 그의 삶이 문학 작품에 얼마나 표현됐는지에 초점을 두어 감상하는 관점
	반영론적 관점	문학 작품이 창작되던 당시의 시대적인 배경을 반영하여 문학 작품을 감상하는 관점
	효용론적 관점	문학 작품이 독자에게 주는 효용감을 중심으로 문학 작품을 감상하는 관점

작품 감상의 기준이 작품 안에 있다고 해서 내재적 관점이라 하고, 작품 감상의 기준이 작품 밖에 있다고 해서 외재적 관점이라고 부른다. 내재적 관점은 그리 어렵지 않다. 시에 쓰인 표현 기법(비유가 어떠한지, 무슨 수사법을 썼는지 등등)으로만 시를 해석하는 관점이다. 보통 시험에는 외재적 관점에 대해 훨씬 자세히 출제되니 윤동주의 작품, 「서시」를 가지고 외재적 관점에 관해 설명해보겠다.

잎새에 이는 바람에도 나는 괴로워했다.

→ 윤동주는 만주 지방에서 크게 농사를 짓던 부유한 집안의 아들로, 일본에 유학 와 있던 본인의 유복한 환경을 두고 부끄러움을 느꼈다는 개인사가 표현된 것으로 보면, 이는 <u>**표현론적 관점**</u>에서 시를 감상한 셈이다.

오늘 밤에도 별이 바람에 스치운다.

→ 한편, 일제 강점기라는 시대적 배경이 이 작품에 많이 반영됐음을 고려한다면 위의 구절에서 바람은 일제 강점기의 냉혹한 현실을 상징하는 시어라고 볼 수 있다. 이는 <u>**반영론적 관점**</u>에서 시를 감상한 것이다. 마지막

으로 이 시는 스스로에게 부끄러움은 느낄지언정 좌절하기보다는 본인이 할 수 있는 최선을 다하겠다는 삶의 자세를 다짐하는 내용이다.

별을 노래하는 마음으로 모든 죽어가는 것을 사랑해야지.

그리고 나한테 주어진 길을 걸어가야겠다.

→ 이 구절을 읽은 독자가 '아, 나는 윤동주의 「서시」를 읽고 고단한 삶에도 좌절하지 않고 희망을 잃지 말아야 하겠어'라고 생각했다면 이는 독자의 삶에 '효용'을 준 셈이다(어떤 가치판단을 하게 했다는 말이다). 그래서 **효용론적 관점**이라고 볼 수 있다.

이처럼 표현론, 반영론적 관점을 제대로 이해하려면 무엇이 필수적일까? 기본적인 근현대사 지식이다. 그러나 여러분들은 학교에서 아직 제대로 배운 적이 없을 것이다. 그래서 준비했다.

문학 작품 감상을 위해 이 정도는 알아야 한다!
―중학생을 위한 기본 근현대사 지식―

※1890년대 ~ 1920년대 이전

1894년 갑오개혁 : 서양에 문호 개방

서양에 본격적으로 문호를 개방하기 시작한 이때를 기준으로 이전을 고전 문학, 이후를 현대 문학이라고 부른다.

1905년 을사늑약 : 일본에 외교권 박탈

중국집에 가서 나는 짜장면이 먹고 싶은데 부장님이 짬뽕으로 통일하자고 해서 억지로 내가 먹고 싶은 짜장면 대신 짬뽕을 먹어야 하는 상황이라고 할 수 있다. 물론 우리가 좋아서 맺은 약속이 아니겠지? 그러니 조약이 아니라 '늑약(억지로 맺은 약속)'이라고 정확하게 불러야 한다.

1910년 8월 29일 경술국치 : 일본에 국권 박탈

짜장면만 못 먹는 정도가 아니라, 화장실도 마음대로 못 가고 잠자는 것도, 먹는 것도, 입는 것도, 우리 맘대로 하지 못하는 지경이 됐다. 경술년에 일어난 나라의 치욕이라는 뜻이니 이대로 외워두자.

무단 통치

아무래도 나라를 뺏긴 지 얼마 안 되었으니 사람들이 많이 항의할 때였다. 그래서 일제는 통감을 보내 폭력적으로 조선을 통치하게 했다.

토지조사사업

1910년부터 1918년까지 대규모로 실시된 사업이다. 일제는 근대적 토지 소유권 제도를 시행하겠다는 명목으로 일본어로 된 통지서를 전국민에게 보냈다. 이 통지서는 제대로 토지와 집을 신고하지 않으면 그 토지를 전부 일제의 소유로 하겠다는 내용이었는데, 당연히 일본어를 읽을 수 없었던 대부분의 조선인들은 하루아침에 땅과 집을 빼앗겨 만주, 연해주 등으로 뿔뿔이 흩어져야만 했다.

1919년 3월 1일 3·1 만세운동

지렁이도 밟으면 꿈틀한다고, 더 이상 일제의 폭력적인 억압을 견디지 못한 사람들이 3월 1일에 벌인 운동이 3.1 만세운동이다. 그 후로 이 운동은 지속적으로 전국 방방곡곡에서 일어난다.

※1920년대 ~ 1945년 이전

문화통치, 우리말 신문, 잡지 창간 《조선일보》《동아일보》

3.1 만세운동에 깜짝 놀란 일제는 조선을 통치하는 방식을 조금 더 부드럽게 바꾼다. 이를 문화통치라고 한다. 이 시기에 조선어로 신문이나 잡지를 창간하게 해주는 한편 경성제국대학(지금의 서울대)을 세우기도 하고 학교 설립을 허가하는 등 회유책을 펼친다. 한국 현대 소설과 시 등이 많이 창작될 수 있었던 시기이기도 하다.

산미증식계획

1920년부터 일제가 조선을 식량 공급 기지로 만들기 위해 추진한 쌀 증식 정책으로, 쌀을 좀 더 많이 생산하게 하기 위해 농가의 농민들에게 다양한 시설을 설치하게 하고 그 비용은 농민이 부담하게끔 했던 악랄한 정책이었다. 그렇게 생산된 쌀은 제값을 쳐줬을까? 당연히 헐값으로 빼앗아갔다. 이로 인해 농촌 빈민의 삶은 차마 눈 뜨고 보기 어려울 만큼 힘들어졌다. 이는 1930년대 일제가 벌인 제2차 세계대전 준비와 맞닿아 있었다(군량미 비축).

1937년 중일전쟁

일제가 조선을 식민지화한 뒤 중국마저 침략하면서 전쟁의 범위를 확대했다.

• 회유책
적당한 양보 조건을 제시해 상대를 굴복하게 하려는 정책

1942년 태평양전쟁

급기야 일제는 미국의 본토, 하와이 진주만까지 공습하면서 동아시아만이 아니라 세계 전쟁으로까지 확대되는 상황이 일어난다.

※1945년 ~ 1980년대

1945년 8월 15일 조선의 광복

미국은 당시 개발 중이었던 원자폭탄 2개를 일본의 히로시마와 나가사키에 투하했고, 엄청난 위력으로 인해 즉각 일왕은 항복을 선언했다. 이로 인해 일본의 식민지였던 모든 나라가 일시에 준비 없이 독립을 맞이했다. 우리 역시 이렇다 할 준비도 못 하고 광복을 맞이하고 말았다.

1945~1948년 미소 군정 기간

당시 제2차 세계대전의 승전국이었던 미국과 소련이 일제의 식민지였던 조선을 북위 38도선을 기준으로 나누어 북쪽은 소련이, 남쪽은 미국이 나누어 맡았다. 군사정부가 들어서서 통치했다 하여 군정 기간이라고 부르며, 한편 믿고 맡긴다는 뜻에서 신탁통치라고도 한다. 3년 정도의 기간이었는데, 이 시기 김구와 김규식 선생을 비롯하여 민족주의 세력은 어떻게든 분단을 막아보고자 노력했으나 수포로 돌아가고 만다. 이후 1948년 5월 10일, 남한은 UN의 승인 아래 총선거를 치르고 7월에 제헌 국회를 개설하여 남한만의 정부가 수립됐으며, 초대 대통령으로 이승만이 뽑힌다.

1950년 6월 25일 6.25전쟁

북한의 김일성이 1950년 6월 25일 남침하여 일으킨 전쟁이다. 순식간에 낙동강 전선까지 밀려난 남한군은 이후 맥아더 장군의 인천상륙작전과 UN 연합군의 참전 덕에 1950년 9월 28일 드디어 서울을 탈환하고 압록강 두만강 근처까지 북한군을 몰아내는 데 성공한다. 그러나 중공군의 참전으로 인해 1.4 후퇴를 겪고 다시 38선 근처까지 내려와 대치하는 상태로 1953년 6월까지 국지전을 펼친다.

• 국지전
부분적으로 지역마다 일어나는 전투

1953년 휴전 협정

상처만 남은 내전으로, 사실 지금까지 전쟁은 끝나지 않았고 잠시 쉬는 상태다.

1960년 4월 19일 4.19 혁명, 이승만 하야

1960년 3월 15일에 치러진 선거가 부정선거였다는 점이 밝혀져 4월 18일 고려대학교 학생과 교수들이 가두시위를 벌인 것을 계기로 4월 19일 시위가 확대된다. 이로 인해 어떻게든 더 길게 집권하려던 이승만이 드디어 하야한다. 이후 1년간 장면 총리와 윤보선 대통령이 정부를 꾸려나갔다.

1961년 5월 16일 5.16 군사쿠데타(박정희)

육군사관학교 출신의 소장 박정희가 군대를 이끌고 청와대에 쳐들어가 대통령과 총리를 몰아내고 정권을 잡는다.

1968년 베트남전쟁 파병

박정희는 미국에 의해 합법적 정부로 인정받기 위해 당시 미국이 일으킨 베트남전쟁에 우리 군인을 파병했다. 또한 전쟁 기여금과 원조 등을 받아 경제개발 5개년 계획을 시작한다. 경공업 위주였던 산업 구조를 중화학 공업으로 바꿔 나라의 체질 개선을 꾀하였는데, 이는 나라 발전에 큰 도움이 되기도 했다. 하지만 너무 단시간에 산업화, 도시화를 겪다보니 극심한 빈부 격차 및 환경 오염 문제로 몸살을 앓는 등, 부작용이 따랐다.

1979년 10월 26일 박정희 사망

박정희는 유신헌법 등을 만들어 18년간 독재 정권을 세워 통치했다. 그러다가 1979년 부하 김재규에 의해 살해당했고, 민중은 드디어 한국에도 진정한 민주주의가 올 것이라는 기대감을 가졌다.

1979년 12월 12일 전두환 신군부 쿠데타

그러나 곧바로 육사 출신의 전두환이 다시 쿠데타를 일으켜 계엄을 선포하고 정권을 잡는다. 전두환은 계엄을 선포한 명분이 필요했기에, 당시 가장 큰 적이었던 김대중이 그의 출신 지역인 호남에서 간첩과 접선했다는 이유로 광주 시민들을 학살했다. 그것이 1980년 5월 18일에 일어난 광주민주화운동이다.

1980년 5월 18일 5.18 광주민주화운동

1987년 6월 6월 민주 항쟁, 직선제 개헌

광주민주화운동을 비롯해 1980년대에는 전두환의 군부독재에 항거하는 데모, 시위가 격렬했다. 1987년 1월 13일 서울대 학생 박종철이 경찰 조사 중 물고문으로 사망하는 사건이 발생했다. 1987년 6월 10일에는 연세대 학생인 이한열 열사가 시위 중 최루탄에 의해 사망했다. 이에 분노한 시민들이 가두시위를 벌였고, 당시 집권당이었던 민주정의당 대표위원 노태우는 6월 29일 대통령 직선제 개헌을 비롯해 김대중의 사면/복권 및 극소수를 뺀 시국사범의 대거 석방, 대통령 선거법 개정, 국민 기본권 신장, 언론 자유의 창달, 지방자치제 실시 등 8개항을 제시한 선언을 한다. 이 선언 이후 대통령 단임제 및 직선제를 골자로 하는 개헌이 있었고 현재와 같은 정부체제로 바뀌었다.

· 하야
시골로 내려간다는 말로 관직이나 정치계에서 물러난다는 뜻이다.

· 육사
육군사관학교의 준말

· 가두시위
길거리에서 벌이는 시위

· 직선제 개헌
대통령을 국민이 직접 선출하는 방식으로 헌법을 바꿈

· 단임제
대통령 임기 제도로 대통령으로 단 한 번만 재직이 가능한 제도다. 연달아 한 번 더 재직이 가능한 연임제, 횟수에 상관없이 거듭해 선거에 나올 수 있는 중임제가 있으나, 우리나라는 독재 정치에 대한 아픈 역사가 있으므로 현재는 단임제를 채택하고 있다.

복습 퀴즈 다음 빈칸을 채워보세요.

1. 시의 정의

시인의 마음 속에 떠오르는 생각이나 느낌을 ①_____ 로 압축해서 표현한 운문 문학

2. 시의 종류

①_____ 을 기준으로

㉠_____ : 일정한 형식과 규칙에 맞추어 지은 시

㉡_____ : 형식의 제약을 받지 않고 자유롭게 쓴 시

㉢_____ : 행의 구별 없이 산문처럼 쓴 시

②_____을 기준으로

㉠_____ : 개인의 감정이나 생각을 표현한 시

㉡_____ : 역사적 사건, 신화, 영웅의 이야기를 쓴 시

㉢_____ : 희곡 형식으로 쓴 시

3. 시의 요소

1) 형식적 요소

①_____ : 시에 사용된 단어

②_____ : 시어가 모여서 이루어진 구절

③_____ : 시를 읽을 때 ㉠_____

④ _____ : 시어들이 모여 이루어진 한 줄 한 줄

⑤ _____ : 하나 이상의 시행이 모여서 이루어진 완결된 의미의 단위

2) 시의 3요소 : ① _____, ② _____, ③ _____

① _____ : 시에 담겨 있는 시인의 중심 생각 (㉠ _____ 요소)

② _____ : 시를 읽을 때 느껴지는 말의 가락 (㉠ _____ 요소)

② _____ 을 이루는 방법들?

• 같거나 비슷한 ㉡ _____ 의 반복

　㉸ 오늘 하루 하늘을 우러르고

• 같거나 비슷한 ㉢ _____, _____ 의 반복

　㉸ 안 오시네, 안 오시네

• 일정한 ㉣ _____ 의 반복 (㉤ _____)

　㉸ 비 오자 장독간에 봉선화 반만 벌어

• 일정한 수의 ㉥ _____ 의 반복 (㉦ _____)

　㉸ 엄마야 / 누나야 / 강변 살자

　　뜰에는 / 반짝이는 / 금모래 빛

• 같거나 비슷한 ㉧ _____ 의 반복

　㉸ 벚꽃 지는 걸 보니 / 푸른 솔이 좋아

　　푸른 솔 좋아하다 보니 / 벚꽃마저 좋아

• ㉨ _____ 의 반복

　㉸ 시냇물이 졸졸졸 / 개구리가 개굴개굴

③ _____ (마음 心 모양 象), _____ (Image)

시어나 시구를 통해 머릿속에 떠오르는 모습이나 느낌

㉠ _____ (그림)적 요소

㉡ _____ 심상 : 눈으로 보는 듯한 느낌을 주는 심상

  예 새빨간 노을, 푸른 하늘 은하수

㉢ _____ 심상 : 귀로 듣는 듯한 느낌을 주는 심상

  예 개굴개굴 개구리 졸졸졸 흐르는 개울물

㉣ _____ 심상 : 냄새를 코로 맡는 듯한 느낌 주는 심상

  예 달은 과일보다 싱그럽다

㉤ _____ 심상 : 손, 피부에 닿는 듯한 느낌을 주는 심상

  예 밥티처럼 따스한 별

㉥ _____ 심상 : 혀로 맛보는 듯한 느낌을 주는 심상

  예 짭조름한 소금

㉦ _____ 심상 : 한 감각을 다른 감각으로 바꾸어 표현하는 심상

  예 분수처럼 흩어지는 푸른 종소리

4. 문학 작품을 감상하는 몇 개의 관점

내재적 관점	절대론적 관점	①_____, _____, _____ 등 작품 안에 있는 요소만을 중심으로 이뤄지는 감상
외재적 관점	②_____적 관점	문학 작품을 지을 당시 작가의 삶에 주목하여 그의 삶이 문학 작품에 얼마나 표현됐는지에 초점을 두어 감상하는 관점
	반영론적 관점	문학 작품이 창작되던 당시의 ③_____을 반영하여 문학 작품을 감상하는 관점
	④_____적 관점	문학 작품이 독자에게 주는 효용감을 중심으로 문학 작품을 감상하는 관점

정답

1.

① 운율이 있는 언어

2.

① 형식 ㉠ 정형시 ㉡ 자유시 ㉢ 산문시 / ② 내용 ㉠ 서정시 ㉡ 서사시 ㉢ 극시

3.

1)

　　① 시어 ② 시구 ③ 음보 ④ 행 ⑤ 연

2)

　　① 주제 ㉠ 의미적

　　② 운율 ㉠ 음악적 ㉡ 소리 ㉢ 시어, 시구 ㉣ 글자 수 ㉤ 음수율 ㉥ 음보 ㉦ 음보율 ㉧ 문장 구조 ㉨ 의성어나 의태어

　　③ 심상, 이미지

　　㉠ 회화적 ㉡ 시각적 ㉢ 청각적 ㉣ 후각적 ㉤ 촉각적 ㉥ 미각적 ㉦ 공감각적 ㉧ 다른 감각

4.

① 문학적 표현 기법, 시어, 화자, 청자

② 표현론

③ 시대적인 배경

④ 효용론

2강 화자와 어조

시문학을 이해하는 데에 가장 기초가 되는 부분이야. 천리길도 한걸음부터!

화자란?

시에서 시인을 대신하여 말하는 사람 혹은 사물이다.

> 화자와 시인은 **같을 수도 있고 다를 수도 있다.** 하나 마나 한 말장난 같지 만 중학교 내신에서 자주 물어보는 요소니 잘 알아두자. 모든 이야기를 처 음부터 끝까지 지어내는 **소설 문학에서는 작가와 서술자가 무조건 다르지 만,** 시는 시인이 자기의 목소리로 본인의 마음을 노래할 때도 있고(화자=시 인), 다른 사람 혹은 사물의 목소리를 빌려서 하고자 하는 말(주제)을 전달할 때도 있다(화자≠시인). 소설과 시의 다른 점 위주로 문제가 출제되곤 하므로, 잘 구분하는 게 중요하다.
>
>

1. 화자가 시에 드러나는지 드러나지 않는지에 따른 개념어

① 표면적, 직접적으로 드러난 화자

→ 시에서 '나' 또는 '우리'라는 시어를 통해 자기를 드러내는 화자

> 이게 뭐 중요한가 싶겠지만 생각보다 자주 출제된다. 심지어 수능, 모의고 사에서도 말이다. '나', '우리'처럼 말하는 화자 본인을 지칭하는 1인칭 대 명사가 정확하게 나와 있어야 '표면적' 화자 혹은 '직접적으로 드러난 화 자'라고 말할 수 있다.
>
>

② 이면적, 직접적으로 드러나지 않은 화자

→ 자신을 지칭하는 시어가 겉으로 드러나지 않는 화자

> 1인칭 대명사가 없으면 전부 이런 경우라고 보면 된다. 주로 시적 대상을 찬찬히 관찰하는 내용의 시일 경우가 많다.
>
>

확인 문제 01 다음 시를 읽고 맞으면 O, 틀리면 X를 하시오.

매일 따스한 밥과 국물 퍼먹으면서도 몰랐네
온몸으로 사랑하고 나면
한 덩이 재로 쓸쓸하게 남는 게 두려워
여태껏 나는 그 누구에게 연탄 한 장도 되지 못하였네

생각하면
삶이란
나를 산산이 으깨는 일
눈 내려 세상이 미끄러운 어느 이른 아침에
나 아닌 그 누가 마음 놓고 걸어갈
그 길을 만들 줄도 몰랐었네, 나는

— 안도현, 「연탄 한 장」

Q. 이 시에서는 표면에 드러나지 않는 화자가 대상을 관찰하고 있다. (O / X)

정답: X

'나'라는 1인칭 대명사를 통해 화자는 직접적으로 본인을 드러내고 있다. 여기서 화자는 시인과 일치할
까? 그렇다. 일치한다고 봐야 맞다. 시인은 스스로를 불태워 주위를 따스하게 하고, 타고 남은 연탄재로
는 빙판길을 미끄럽지 않게 해주는 연탄을 보면서 이타적이지 못했던 그간의 삶을 반성하고 있다.

2. 화자와 관련된 대상과 관련된 개념어

① **시적 대상** : 시인이 경험한 것 중 시인의 미적 감각을 통해 선택된 대상. 시적 대상을
시험지에서 대상 혹은 구체적 대상이라고 표현하기도 한다.

조국을 언제 떠났노.
파초의 꿈은 가련하다.
남국을 향한 불타는 향수
너의 넋은 수녀보다도 더욱 외롭구나.
소낙비를 그리는 너는 정열의 여인.
나는 샘물을 길어 네 발등에 붓는다.

— 김동명, 「파초」

주로 제목에 시적 대상이 드러나 있는 경우가 많다. 쉽게 말해, 시의 제목은 시인이 이것(제목에 제시한 핵심 소재)을 주로 다루겠다는 말과 같다. 위 시에서 시적 대상은 무엇일까? 그렇다. 파초다. 쉽지?

② 청자 : 화자의 이야기를 들어주는 사람

어머님, 제 예닐곱 살 적 겨울은
목조 적산 가옥 이 층 다다미방의
벌거숭이 유리창 깨질 듯 불어대던 외풍 탓으로
한없이 추웠지요.

— 이수익, 「결빙의 아버지」

들을 청(聽)을 써서 청자라고 부른다. 위 시에서 화자는 어머니에게 말을 걸고 있다. 청자는 누구일까? 그렇다. 어머니다.

확인 문제 02 빈칸을 채워 문장을 완성하시오.

시에서 시인의 정서나 관념, 생각을 전달하는 사람을 ㉠_____라고 하며, ㉡____는 반드시 시인과 일치하는 것은 아니다. 이와 대응되는 개념으로 시 속에서 이야기를 들어주는 사람을 ㉢_____라 한다.

정답 : ㉠ 화자, ㉡ 화자, ㉢ 청자

3. 화자의 어조와 관련된 개념어

어조란? 시인이 시에서 표현하고자 하는 사상이나 감정을 효과적으로 표현하기 위하여 말하는 방식, 억양 등을 달리하는데 이때 화자가 사용하는 특징적인 **말투**나 **목소리**를 '어조'라고 한다.

주로 어조를 통해 시적 화자의 감정이나 정서를 파악할 수 있다. 여러분들은 보통 엄마나 아빠가 화났다는 걸 무엇으로 알아차리나? 부모님 말투가 조금 화나신 듯싶으면 바로 공부하는 척을 해야 그날을 무사히 넘길 수 있을 것이다. 시도 마찬가지다. 대체 이 화자가 이 상황에서 무슨 감정을 느끼고 있는 지 알아차리고 싶다면 화자가 어떤 말투를 쓰는지 파악해야 한다. 보통 화자의 감정과 정서는 시 전체의 분위기를 좌우하므로 어조의 양상을 잘 알아두면 감상하기가 한층 더 쉬워진다.

① **남성적 어조** : 강하고 힘이 넘치는 느낌을 주는 어조

끊임없는 광음(光陰)을
부지런한 계절이 피어선 지고
큰 강물이 비로소 길을 열었다.
지금 눈 내리고
매화 향기 홀로 아득하니
내 여기 가난한 노래의 씨를 <u>뿌려라</u>.

― 이육사, 「광야」

요즘은 성평등에 대한 인식 때문에 예전만큼 자주 출제되는 개념어는 아니지만 가끔 내신에 출제되기도 하니 잘 봐두자. 위 시에서 '뿌려라'처럼 명령형 종결어미 등 강인하고도 지시적인 느낌을 주는 말투를 예전엔 '남성적'이라고 했다. 이육사처럼 일제강점기 독립투사나, 군부독재 상황에서 민주주의를 외친 김지하같은 시인의 시는 대부분 남성적 어조다.

② **여성적 어조** : 섬세한 시어를 사용해 부드러운 느낌을 주는 어조

> 나 보기가 역겨워 가실 때에는
> 말없이 고이 보내드리우리다.
>
> — 김소월, 「진달래꽃」

한국 문학에서 이별하는 상황에서 주로 여성은 임을 잊지 못하거나, 그리워하지만 섣불리 붙잡지 못하는, 다소 소극적이고 희생적이며 순종적인 느낌으로 그려진다. 위 시에서도 나한테 역겹다고 한 남자마저도 말없이 곱게 보내주겠다고 한다.

김소월, 김영랑, 한용운과 같은 시인들의 시에 주로 등장하는 말투다. 물론 이 시인들의 모든 시가 여성적 어조라고 단순하게 생각하는 친구들은 없겠지? 시마다 다르다. 명심하자.

③ **단호한 어조** : 엄격하게 딱 잘라 결정하는 듯한 어조

· 단호한 어조
㈌ 단정적 어조, ㈃ 완곡한 어조

> 나의 무덤 앞에는 그 차가운 비(碑)ㅅ(~의)돌을 <u>세우지 말라.</u>
> 나의 무덤 주위에는 그 노오란 해바라기를 <u>심어달라.</u>
>
> — 함형수, 「해바라기의 비명」

무덤 앞에 차가운 비석 대신 노란 해바라기를 심어달라고 명확하게 딱 잘라 말하고 있다. 주로 "~해야 한다" "~해달라"와 같이 명확하게 요구하는 종결어미로 마치는 식이다.

④ **유장한 어조** : 급하지 않고 느리고 길게 뽑는 가락을 띤 어조

> 바람도 없는 공중에 수직의 파문을 내이며 고요히 떨어지는 오동잎은 누구의
> 발자취입니까

지리한 장마 끝에 서풍에 몰려가는 무서운 검은 구름의 터진 틈으로 언뜻언뜻 보이는 푸른 하늘은 누구의 얼굴입니까

꽃도 없는 깊은 나무에 푸른 이끼를 거쳐서 옛 탑 위의 고요한 하늘을 스치는 알 수 없는 향기는 누구의 입김입니까

— 한용운, 「알 수 없어요」

무려 2006년 수능에 출제된 이후로 평가원 시험에서는 본 적 없지만, 아주 드물게 모의고사에 가끔 출제되기도 하는 개념어이니 한 번은 봐두자. 멀 유(悠), 길 장(長)을 써서 급하지 않고 느릿하다는 뜻인데, 위 시를 보면 한 문장이 다른 시들에 비해 길다. 이렇게 길게 길게 썼다는 뜻.

⑤ <u>냉소적 어조</u> : 시적 대상에 대해 쌀쌀한 태도로 비웃는 어조

막대기 같은 생각
빛나지 않는 막대기 같은 사람들이
가슴에 싱싱한 지느러미를 달고
헤엄쳐 갈 데 없는 사람들이
불쌍하다고 생각하는 순간,
느닷없이 북어들이 커다랗게 입을 벌리고
<u>거봐, 너도 북어지 너도 북어지 너도 북어지</u>
귀가 먹먹하도록 부르짖고 있었다.

— 최승호, 「북어」

명태를 잡아 내장을 제거하고 말린 북어는 생명력이라곤 없다. 한편 이 시가 쓰인 시대적 배경은 1970~1980년대 군부독재 시기. 여기서 북어는 곧 비판 의지를 상실한 당대의 나약한 지식인들을 상징하는데, 그런 사람들을 비판하는 화자 자신에게 북어가 갑자기 "너도 북어지?"라며 비웃는다. 뭔가 잘못됐다고 생각하는 본인도 제대로 정부를 비판하지 못하는 나약한 지식인이라는 점에서 비웃는 듯한 말투가 느껴진다.

⑥ 비판적 어조 : 시적 대상이나 상황에 대해 못마땅하게 여기는 어조

예전에는 사람을 성자처럼 보고
사람 가까이서
사람과 같이 사랑하고
사람과 같이 평화를 즐기던
사랑과 평화의 새 비둘기는
이제 산도 잃고 사람도 잃고
사랑과 평화의 사상까지 낳지 못하는 쫓기는 새가 되었다.

— 김광섭, 「성북동 비둘기」

이 시가 쓰인 시대적 배경은 1980년대 산업화, 도시화가 한창이라 자연을 함부로 훼손하던 때다. 원래는 산에 살았어야 할 비둘기가 자연 훼손으로 인해 삶의 터전을 잃고 쫓기게 됐다는 말에서 당대에 대한 비판적 어조를 느낄 수 있다.

⑦ 설득적 어조 : 자신의 생각에 따르도록 만드는 듯한 어조

이적진 말로써 풀던 마음
말없이 삭이고
얼마 더 너그러워져서 이 생명을 살자.
황송한 축연이라 알고 한세상을 누리자.

— 김남조, 「설일」

비교적 명확하게 드러나는 말투다. '살자, 누리자'처럼 청유형 종결어미(~하자고 제안하는 듯한 말투)로 마치면 설득적 어조라고 볼 수 있다.

⑧ **담담한 어조** : 상황이나 감정에 휘둘리지 않고 차분하고 평온한 느낌을 주는 어조

우리 집도 아니고
일가(一家) 집도 아닌 집
고향은 더욱 아닌 곳에서
아버지의 침상 없는 최후의 밤은 풀벌레 소리 가득 차 있었다.

— 이용악, 「풀벌레 소리 가득 차 있었다」

이용악은 앞으로도 자주 나올 시인이니 잘 알아두자. 1930년대 일제
강점기에 연해주(러시아의 블라디보스토크) 지방을 넘나들며 소금 장수로 일했
던 아버지 밑에서 가난한 어린 시절을 보냈다. 위 시에 드러나듯, 아버지
는 고향도 아니며 친척의 집도 아닌, 심지어는 침대도 아닌 바닥에서 '최
후의 밤', 즉 죽음을 맞이하셨다. 이토록 비극적인 상황임에도 불구하고
화자의 말투는 울부짖는 느낌이 아니라 소름 끼치게 담담하고 차분하다.
그런데 이 말투를 쓰니 오히려 더 슬프게 느껴진다. 진짜 고급진 슬픔은
이런 느낌이다. 말하는 사람은 전혀 울고 있지 않은데 그 내용은 차마 울지
않고서는 들을 수 없을 만큼 슬플 때 역설적으로 듣는 이들은 눈물을 흘리
게 된다.

⑨ **독백적 어조** : 혼자 말하는 듯한 어조

스물세 해 동안 나를 키운 건 팔 할이 바람이다.
세상은 가도가도 부끄럽기만 하드라
어떤 이는 내 눈에서 죄인을 읽고 가고
어떤 이는 내 입에서 천치를 읽고 가나
나는 아무것도 뉘우치진 않을란다

— 서정주, 「자화상」

서정주 시인은 스물셋이 되던 1937년 이 시를 썼다. 자기 삶을 돌아보면
서 앞으로도 '뉘우치지 않을' 만큼 부끄럽지 않은 삶을 살아보겠다는 다

짐인데, 혼잣말하는 듯한 말투로 쓰였다. 이렇듯 혼잣말하는 듯한 어조를 독백적 어조라고 한다. 참고로 서정주는 이토록 엄청난 글재주를 지녔지만 일제강점기 말에 변절하여 친일 작품을 다수 창작해 부끄러운 행적을 남기고 만다.

⑩ **경쾌하고 발랄한 어조** : 밝고 긍정적인 시어와 빠른 호흡이 두드러지는 어조

> 해야 솟아라, 해야 솟아라, 말갛게 씻은 얼굴 고운 해야 솟아라. 산 너머 산 너머서 어둠을 살라 먹고 산 너머서 밤새도록 어둠을 살라 먹고, 이글이글 앳된 얼굴 고운 해야 솟아라.
>
> — 박두진, 「해」

이 시는 1945년 8월 15일 광복이 온 뒤 그 기쁨과 솟아나는 희망에 대해 힘차게 쓴 시다. 여기서 해는 뭘 상징할까? 조국의 광복이다. 어둠은? 일제 강점을 의미할 것이다. 빠른 호흡으로 비슷한 시어/시구를 반복하여 리듬감을 살렸고 그 덕에 경쾌한 느낌이 난다.

⑪ **친근한 어조** : 누구와도 거부감 없이 친하게 어울리는 듯한 어조

> 오십 리 길 짐차에 실려 왔어유
> 멀미도 가시기 전에
> 낯선 거리 쏴댕기면서
> 지 몸 살 사람 찾고 있지유
> (중략) 그러니께 지폐 한 장으루다
> 우리 식구 사돈에 팔촌까지 두루 사 가시는 선상님
> 몸값이나 후하게 쳐주셔야겠슈
>
> — 이재무, 「딸기」

이 귀여운 시에서 화자는 누굴까? 딸기다. 딸기가 충청도 사투리를 쓰면서 날 후려치지 말고 몸값 제대로 쳐서, 농산물을 제값 주고 사 먹으라는 뼈 있는 말(!)을 애교 있게 전하고 있다. 이렇게 친근한 투로 말하는 시를 읽고 나면 사람들은 나중에 과일 값 깎으려다가도 제값 주고 사게 되지 않을까?

⑫ <u>영탄적 어조</u> : 슬픔이나 기쁨 등의 감정을 강조하여 드러내는 어조

• 영탄적 어조
㊥ 감탄적 어조

> 산산이 부서진 <u>이름이여!</u>
> 허공 중에 헤어진 <u>이름이여!</u>
> 불러도 주인 없는 <u>이름이여!</u>
> 부르다가 내가 죽을 <u>이름이여!</u>
> 심중에 남아 있는 말 한마디는 끝끝내 마저 하지 못하였구나.
>
> <u>사랑하던 그 사람이여!</u>
> <u>사랑하던 그 사람이여!</u>
>
> — 김소월, 「초혼(招魂)」

• 초혼(부를 招 넋 魂)
① 혼을 부름

② 사람이 죽었을 때, 그 혼을 소리쳐 부르는 일. 그 사람이 살아 있을 때 입던 저고리를 왼손에 들고 지붕에 올라서거나 마당에 서서 오른손은 허리에 대고 북쪽 하늘을 향해 "○○동네 ○○○(이름) 복(復)"이라고 세 번 부른다. 죽은 자를 붙잡기 위한 남은 이의 처절한 외침인데 주로 사극에서 왕이 죽으면 내관이 궁궐 지붕에 올라가 곤룡포를 세 번 휘두르며 '상위복' 하고 외치는 행위가 바로 '초혼'이다.

영탄적 어조는 앞으로 엄청 자주 나오는 말이니 지금 잘 알아둬야 한다. 제목에서도 알 수 있지만 초혼은 이미 죽은 사람의 혼을 부르는 의식이다. 여기서 '산산이 부서진 이름'은 곧 죽은 이의 이름인 것이다. 이때 화자는 계속해서 이 이름을 부르며 느낌표를 붙인다. 그만큼 감정이 격앙됐다. 이렇게 감정이 한껏 올라온 상태를 '감정의 고조'라고 부르기도 한다. 따라서 **영탄적 어조 = 감정의 고조**라고 봐도 된다. 하지만 영탄적 어조에서 유의해야 할 점이 있다.

우리는 기쁠 때도 흥분하지만, 슬프거나 화가 날 때도 흥분한다. 그래서 **영탄적 어조, 감정의 고조 안에는 슬픔/분노와 같은 부정적인 감정으로 흥분된 상태도 포함**된다. 따라서 **기쁨으로 흥분된 상태만을 뜻하는 예찬적 어조**는 완벽하게 영탄적 어조나 감정의 고조와 같다고 볼 수 없다. 예찬적 어조는 영탄적 어조, 감정의 고조에 포함되는 하부 개념이라고 봐야 한다. 꼭 명심하자.

복습 퀴즈 다음 빈칸을 채워보세요.

1. 화자가 시에 드러나는지 드러나지 않는지에 따른 개념어

① _____, 직접적으로 드러난 화자 : 시에서 '나' 또는 '우리'라는 시어를 통해 자기를 드러내는 화자

② _____, 직접적으로 드러나지 않은 화자 : 자신을 지칭하는 시어가 겉으로 드러나지 않는 화자

2. 화자와 관련된 대상과 관련된 개념어

① _____ : 시인이 경험한 것 중 시인의 미적 감각을 통해 선택된 대상

② _____ : 화자의 이야기를 들어주는 사람

3. 화자의 어조와 관련된 개념어

어조란? 시인이 시에서 표현하고자 하는 사상이나 감정을 효과적으로 표현하기 위해 말하는 방식, 억양 등을 달리하는데 이때 화자가 사용하는 특징적인 ㉠ _____나 _____를 '어조'라고 한다.

① _____ : 강하고 힘이 넘치는 느낌을 주는 어조

② _____ : 섬세한 시어를 사용해 부드러운 느낌을 주는 어조

③ _____ : 엄격하게 딱 잘라 결정하는 듯한 어조

④ _____ : 급하지 않고 느리고 길게 뽑는 가락을 띤 어조

⑤ _____ : 시적 대상에 대해 쌀쌀한 태도로 비웃는 어조

⑥ _____ : 시적 대상이나 상황에 대해 못마땅하게 여기는 어조

⑦ _____ : 자신의 생각에 따르도록 만드는 듯한 어조

⑧ _____ : 상황이나 감정에 휘둘리지 않고 차분하고 평온한 느낌을 주는 어조

⑨ _____ : 혼자 말하는 듯한 어조

⑩ _____ : 밝고 긍정적인 시어와 빠른 호흡이 두드러지는 어조

⑪ _____ : 누구와도 거부감 없이 친하게 어울리는 듯한 어조

⑫ _____ : 슬픔이나 기쁨 등의 감정을 강조하여 드러내는 어조

정답

1.
① 표면적 ② 이면적
2.
① 시적 대상 ② 청자
3.
㉠ 말투나 목소리
① 남성적 어조 ② 여성적 어조 ③ 단호한 어조 ④ 유장한 어조
⑤ 냉소적 어조 ⑥ 비판적 어조 ⑦ 설득적 어조 ⑧ 담담한 어조
⑨ 독백적 어조 ⑩ 경쾌하고 발랄한 어조 ⑪ 친근한 어조 ⑫ 영탄적 어조

시적 상황

내적 상황과 외적 상황을 잘 구별해서 공부해두자.

 ## 시적 상황이란?

시적 상황은 시 속에서 화자 또는 시적 대상이 처한 형편이나 처지 또는 시에 반영된 시대적·역사적·사회적 상황을 말한다. 시의 내적 상황이란, 화자나 시적 대상이 놓여 있는 시간적, 공간적, 심리적 처지다. 한편 시의 외적 상황이란, 시 창작 과정에 영향을 준 시대적, 역사적, 사회적 상황이다.

1. 시의 내적 상황과 관련된 개념어

쉽게 말해 주어진 시 안에서, 시 속의 시어들만으로 파악할 수 있는 상황을 시의 내적 상황이라고 한다.

① 고뇌하는 상황 : 화자가 어떤 이유로 인해 괴로움을 겪는 상황

> 교과서에 실린 대다수 시들에서 화자는 고통을 겪거나 결핍이 있는 상황에 놓여 있기 일쑤다. 사실, 모든 게 다 만족스럽고 행복하면 굳이 글을 쓰기보다 더 재밌는 일들을 많이 할 테니 고뇌, 번뇌, 방황하는 상황에 놓인 화자가 많은 건 당연하다고 볼 수도 있다.
>
> 🐾

② 의지와 상반된 상황 : 화자의 생각과 다른 방향으로 일이 일어나는 상황

> 화자가 바라고 기대했던 일들이 일어나지 않다 보니 고뇌, 번뇌, 방황을 겪고, 그 과정에서 느낀 아픔이나 쓰라림을 시로 승화했다고 보면 맞겠다. 다만 화자가 기존에 무언가를 바랐건만 그것이 이뤄지지 않았음을 확신할 수 있을 만한 근거가 반드시 시 속에 명확히 드러나 있어야 한다.
>
> 🐾

• 고뇌하는 상황
(유) 번뇌의 상황, 방황하는 상황

• 상반(서로 相 돌이킬 反)
서로 반대됨

③ <u>고향을 떠나 있는 상황</u> : 화자가 고향이 아닌 다른 곳에서 지내고 있는 상황

드나드는 배 하나 없는 지금
부두에 호젓 선 <u>나는 멧비둘기 아니건만</u>
<u>날고 싶어 날고 싶어.</u>
<u>머리에 어슴푸레 그리어진 그곳</u>
<u>우라지오의 바다는 얼음이 두껍다.</u>

등대와 나와
서로 속삭일 수 없는 생각에 잠기고
밤은 얄팍한 꿈을 끝없이 꾀인다.
가도 오도 못할 우라지오.

— 이용악, 「우라지오 가까운 항구에서」

아까 등장했던 이용악 시인 기억나지? 우라지오는 러시아의 블라디보스토크를 일본식으로 발음한 지명인데 화자가 현재 있는 곳이다. 드나드는 배 한 척 없는 지금, 머리에 어슴푸레 그려지는 고향으로 화자는 새가 되어 날아가고 싶어 한다. 그러나 나(화자)는 가지도 오지도 못하는 우라지오의 항구에 서서 끝없이 고향을 그리고만 있다. 일제강점기에 고향을 잃고 떠돌아야만 했던 조선인들의 비참한 생활상을 그리는 시라든가, 산업화/도시화로 인해 고향을 떠나 서울살이를 하던 이들의 애환(슬픔과 기쁨)을 그리는 시라면 이렇게 고향을 떠난 상황이 자주 제시된다.

④ <u>이별의 상황</u> : 시적 화자 또는 시적 대상이 다른 대상과 서로 떨어져 있는 상태
⑤ <u>사별의 상황</u> : 시적 대상의 죽음으로 화자와 시적 대상이 이별한 상황

이별과 사별은 약간 다르다. 이별은 그저 헤어진 상태라면, 사별은 시적 대상이 죽어서 만나고 싶어도 물리적으로 그 만남이 불가능하다. 그래서 사별의 상황에서는 시적 대상의 죽음을 가리키는 시어들이 정확하게 나와 주어야 한다. 이를테면 저승, 서방정토, 천국, 피안(彼岸)과 같이 사후세계와 관련된 어휘들이 등장한다든가, 맥락상 명백한 죽음의 상황이 그려진다든가 하는 방식으로 말이다.

2. 시의 외적 상황과 관련된 개념어

시가 쓰인 당대의 시대적 배경을 시의 외적 상황이라고 한다. 앞에서 잠깐 설명했으니 여러분들도 짐작하겠지만 대한민국의 현대사는 일제강점기, 전쟁, 군부독재 등 바람 잘 날 없이 비극으로 얼룩진 시기였다. 따라서 이 당시 시에는 비극적이고 암울하며 부정적인 상황이 상당히 자주 등장하며, 못 먹고 못살던 시절의 가난한 삶의 모습도 많이 그려진다. 모든 게 풍요로운 지금을 사는 여러분들은 공감되지 않겠지만 불과 50년 전만 하더라도 한국은 세계에서 가장 가난한 나라들 중 하나였다.

① <u>비극적 상황</u> : 슬프고 애달픈 일을 당하여 불행한 상황

② <u>가난한 상황</u> : 경제적으로 넉넉하지 못하여 어려운 처지에 놓인 상황

> 가난이야 한낱 남루에 지나지 않는다.
> 저 눈부신 햇빛 속에 갈매빛의 등성이를 드러내고 서 있는 여름 산 같은 우리들의 타고난 살결, 타고난 마음씨까지야 다 가릴 수 있으랴.
>
> — 서정주, 「무등을 보며」

• 비극적 상황
⑰ 비통한 상황, 참담한 상황

여기서 남루라 함은 옷차림이 낡아 해졌다는 의미다. 가난은 그저 옷이 낡고 해어진 정도에 불과할 뿐, 부끄러워할 의미가 없다는 말이다. 서정주 시인이 광주로 내려와 조선대에서 교편을 잡던 시절 무등산을 보며 지었다는 시.

③ <u>부정적 상황</u> : 화자가 바람직하지 못하다고 여기는 상황

④ <u>암울한 상황</u> : 암담하고 답답한 현실이 드러난 상황

일제강점기, 6.25전쟁, 극심한 가난, 1960년대부터 이어진 군부독재 상황 등 답답한 현대사와 얽힌 시들은 대부분 부정적이고 암울한 상황을 그린다고 봐도 무방하다. 그런 시들을 읽으면서 이 시가 언제 쓰였는지 알아차릴 수 있는 센스만 있다면 참 쉬울 텐데, 요즘은 현대사를 배울 기회가 많지 않다 보니 공부를 잘한다는 친구들도 잘 모르더라고. 이 책에서 전부 다룰 수는 없지만 그래도 자주 출제된 시들을 많이 실어두었으니, 열심히 읽어서 제대로 알아두길 간곡히 바라본다.

확인 문제 03 다음 시에 대한 설명으로 적절하지 <u>않은</u> 것은?

성북동 산에 번지가 새로 생기면서
본래 살던 성북동 비둘기만이 번지가 없어졌다.
새벽부터 돌 깨는 산울림에 떨다가
가슴에 금이 갔다.
그래도 성북동 비둘기는
하느님의 광장 같은 새파란 아침 하늘에
성북동 주민에게 축복의 메시지나 전하듯
성북동 하늘을 한 바퀴 휘 돈다.

성북동 메마른 골짜기에는
조용히 앉아 콩 하나 찍어 먹을
널찍한 마당은커녕 가는 데마다
채석장 포성이 메아리쳐서
피난하듯 지붕에 올라앉아
아침 구공탄 굴뚝 연기에서 향수를 느끼다가
산 1번지 채석장에 도로 가서
금방 따낸 돌 온기에 입을 닦는다. (후략)

— 김광섭, 「성북동 비둘기」

① 갈 곳을 잃은 현대인들의 희망을 보여준다.
② 자연을 위협하는 물질문명의 폭력성을 보여준다.
③ 화자는 부정적 상황에 **비판적 태도**를 보이고 있다.
④ '비둘기'는 인간들에 의해 파괴된 자연을 상징한다.
⑤ 1960년대 이후 급격히 진행된 산업화·도시화가 드러난다.

정답 ①

이 시에서는 비둘기(자연)가 갈 곳을 잃은 상황이 제시돼 급속한 산업화, 도시화로 인해 위협받는 자연의 모습을 비판하고 있다.

다음 공란을 채우시오.

1. 시적 상황

① _____ 이란, 시 속에서 화자 또는 시적 대상이 처한 형편이나 처지 또는 시에 반영된 시대적·역사적·사회적 상황을 말한다.

시의 ② _____ 이란, 화자나 시적 대상이 놓여 있는 시간적, 공간적, ③ _____ 처지다.

한편 시의 ④ _____ 이란, 시 창작 과정에 영향을 준 시대적, 역사적, 사회적 상황이다.

2. 시의 내적 상황과 관련된 개념어

① _____ 하는 상황 : 화자가 어떤 이유로 인해 괴로움을 겪는 상황

② 의지와 _____ 된 상황 : 화자의 생각과 다른 방향으로 일이 일어나는 상황

③ _____ 을 떠나 있는 상황 : 화자가 고향이 아닌 다른 곳에서 지내고 있는 상황

④ _____ 의 상황 : 시적 화자 또는 시적 대상이 다른 대상과 서로 떨어져 있는 상태

⑤ _____ 의 상황 : 시적 대상의 죽음으로 화자와 시적 대상이 이별하게 된 상황

3. 시의 외적 상황과 관련된 개념어

① _____ : 슬프고 애달픈 일을 당하여 불행한 상황

② _____ : 경제적으로 넉넉하지 못하여 어려운 처지에 놓인 상황

③ _____ : 화자가 바람직하지 못하다고 여기는 상황

④ _____ : 암담하고 답답한 현실이 드러난 상황

Note

_____
_____
_____
_____
_____
_____
_____
_____
_____
_____
_____

정답

1.
① 시적 상황 ② 내적 상황 ③ 심리적 ④ 외적 상황

2.
① 고뇌 ② 상반 ③ 고향 ④ 이별 ⑤ 사별

3.
① 비극적 상황 ② 가난한 상황 ③ 부정적 상황 ④ 암울한 상황

4강 정서와 태도

왜 그 정서와 태도로 볼 수밖에 없는지 기준점을 파악하며 공부하세요.

정서란?

시에서 화자가 처한 시적 상황에 대해 느끼는 감정이다. 정서는 다소 수동적이라고 볼 수 있다. 시적 상황에서 화자가 어떤 느낌을 받느냐와 관련돼 있기 때문이다.

태도란?

시적 상황에 대한 화자의 대응 방식이다. 태도는 정서와는 달리, 다소 능동적이다. 같은 시적 상황에서 비슷한 느낌을 받았대도 다른 대응 방식을 취할 수 있기 때문이다.

1. 화자의 정서와 관련된 개념어

① 고독감 : 외로움을 느끼는 마음
② 그리움 : 곁에 없는 대상을 보고 싶은 느낌

> 넓은 벌 동쪽 끝으로
> 옛이야기 지줄대는 실개천이 휘돌아 나가고, 얼룩백이 황소가
> 해설피 금빛 게으른 울음을 우는 곳,
> 그곳이 차마 꿈엔들 잊힐 리야
>
> — 정지용, 「향수(鄕愁)」

시의 제목에 드러나 있듯, 시적 상황은 "고향을 떠나 있는 상황"이다. 화자는 "그곳이 차마 꿈엔들 잊힐 리야"라는 말을 통해 고향을 그리워하는 정서를 직접적으로 보여준다.

• 고독감
⑨ 외로움, 외로움의 정서

• 지줄대다
재잘대다의 사투리

• 해설피
해질 무렵 빛이 약해진 모습

• 향수(鄕愁)
고향을 그리워하는 마음이나 시름

③ **상실감** : 가졌던 것이나 마땅히 가져야 할 것을 잃어버렸을 때의 느낌

> 모란이 피기까지는,
> 나는 아직 나의 봄을 기다리고 있을테요. 모란이 뚝뚝 떨어져버린 날,
> 나는 비로소 봄을 여읜 설움에 잠길 테요.
>
> — 김영랑, 「모란이 피기까지는」

상실은 그리움과는 결이 좀 다르다. 가졌어야 했던 것, 혹은 마땅히 가질 수 있었던 대상이 확실하게 드러나야 한다. 이 시에서 잃어버린 대상이 무엇일까? 모란이다. 모란은 뭘 상징할까? 봄 그 자체다. 화자는 모란이 피어야만 나의 봄이 온 것이고, 모란이 지면 나의 봄도 끝난다고 했기 때문에.

④ **슬픔** : 인생의 불행, 고통, 고뇌 때문에 마음이 상하고 아픈 느낌

> 나는 이 겨울을 누워서 지냈다.
> 사랑하는 사람을 잃어버려
> 염주처럼 윤나게 굴리던
> 독백도 끝이 나고
> 바람도 불지 않아
> 이 겨울 누워서 편하게 지냈다.
>
> 문정희, 「겨울 일기」

• 슬픔
㉤ 비애(悲哀)의 정서, 애상(哀傷)적 정서

슬픔을 모르는 친구들은 없을 거다. 다만 슬픔이랑 같은 뜻을 지닌 비애, 애상적 정서가 무슨 뜻인지 모르는 중학생을 너무 많이 봤다. 위 시를 보자. 사랑하는 사람을 잃었단다. 염주를 굴리며 하던 간절한 독백(본래는 혼잣말이라는 뜻인데)도 끝이 났다는데 편하게 지냈다니, 웬말인가?

그렇다, 반어법이다. 결코 편히 지낼 수 없었겠지만 본심과 반대로 말한 것이라 볼 수 있다. 여기서, 비애와 애상적 정서도 슬픔과 같은 말이라는 점을 꼭 외워두고 넘어가자.

⑤ 이별의 정서 : 누군가와 헤어졌을 때 느끼는 감정

이 부분은 쉬워서 넘어가려는데, 불만 없지? 정확하게 '임'이 나오는지, 헤어짐과 이별에 대한 어휘가 있는지만 확인하면 된다.

⑥ 고조된 감정 : 외부의 자극을 받아 어떤 **감정의 정도가 심해지거나 폭발할 때** 감정이 고조되었다, 고양되었다고 함.

아까 앞에서도 말했지만 영탄적 어조 = 감정의 고조, 고조된 감정이라고 봐도 된다. 우리는 기쁠 때도 흥분하지만, 슬프거나 화날 때도 흥분한다. 영탄과 감정의 고조에는 슬픔과 분노처럼 부정적인 감정이 고스란히 포함되지만, 예찬적 어조는 그중에서도 기쁨이라는 긍정적 감정으로 흥분된 경우에만 쓴다는 점을 명심하자.

⑦ 유흥의 정서 : 즐겁게 놀 때 발생하는 흥겨운 마음의 상태

한 잔 먹세그려, 또 한 잔 먹세그려
꽃 꺾어 산 놓고 무진 무진 먹세그려

— 정철의 시조

현대 시보다는 조선 초기~중기에 지어진 양반 사대부가의 시조에 주로 등장하는 정서다. 자연에서 그 흥취를 즐기며 흥얼대는 느낌을 생각하면 딱이다.

2. 시의 분위기(작품의 바탕에 깔려 풍겨 나오는 독특한 느낌)와 관련된 개념어

시의 분위기란 화자가 이별, 대상의 부재(不在: 있지 않음), 괴로운 현실, 내적 고뇌와 같은 시의 상황에 대해 느끼는 다양하고 섬세한 감정으로 인해 작품 바탕에 깔려 나오는 독특한 느낌을 말한다.

① 숭고한 분위기 : 뜻이 높고 고상하며 존경심을 느끼는 분위기

죽는 날까지 하늘을 우러러
한 점 부끄럼이 없기를
잎새에 이는 바람에도
나는 괴로워했다.
별을 노래하는 마음으로
모든 죽어가는 것을 사랑해야지

그리고 나에게 주어진 길을 걸어가야겠다.

오늘 밤에도 별이 바람에 스치운다.

― 윤동주, 「서시」

하늘을 우러러 한 점 부끄럼없이 살고 싶었다는 저 마음은 인간으로서는 이루기 어려운 경지다. 또한 잎새에 이는 미세한 바람에도 괴로울 만큼 양심의 가책을 느꼈다는 말도 시인이 보통 도덕적인 양반이 아니라는 생각이 든다. 여기서 '별을 노래하는 마음'은 하늘을 우러르는 마음과도 통하는데, 그러한 마음으로 '죽어가는 것'을 사랑하겠다고 한다. 보통 죽어가는 것은 연약하고, 노쇠하여 자연스럽게 사랑하기 힘들고 사랑하려고 노력해야만 사랑할 수 있는 존재다. 그리고 '나에게 주어진 길(=인생)'을 묵묵히 걸어가야겠다고 다짐한다. 이렇듯 보통 사람으로서는 실천하기 어려운 가치를 지향하며 그에 걸맞게 살고 싶어 하는 삶의 자세가 드러난 느낌의 시를 숭고하다고 한다.

② 애상적 분위기 : 슬퍼하고 가슴 아파하는 분위기

쉽게 말해, 애상적 분위기는 '슬픈 듯한 느낌'을 뜻한다.

③ <u>정적인 분위기</u> : 조용하고 고요하며 움직이지 않는 느낌을 주는 분위기

> 하늘로 날을 듯이 길게 뽑은 부연 끝 풍경이 운다.
> 처마 끝 곱게 느리운 주렴에 반월(半月)이 숨어
> 아른아른 봄밤이 두견이 소리처럼 깊어가는 밤
> 곱아라 고아라 진정 아름다운지고
>
> — 조지훈, 「고풍 의상」

풍경은 처마 끝에 매달아 바람이 부는 대로 흔들리면서 잘랑잘랑 소리를
내는 작은 종이다. 그리고 이 시의 시간적 배경은 반달이 뜬 봄밤이다. 따
뜻하게 바람이 살랑살랑 부는 밤, 종소리가 작게 울리는 밤. 얼마나 고요
하고 아름다운가? 이런 느낌을 정적인 분위기라고 한다. 고요할 정(靜)을
쓴다.

④ <u>경건한 분위기</u> : 공경하는 마음으로 깊이 삼가고 엄숙한 느낌이 나는 분위기

> 나는 <u>당신의</u> 살아 있는 연필
> 어둠 속에서도 빛나는 말로 <u>당신이 원하시는 글을 쓰겠습니다.</u>
>
> 정결한 몸짓으로 일어나는 향내처럼
> <u>당신을 위하여 소멸하겠습니다.</u>
>
> — 이해인, 「살아 있는 날은」

이해인 시인은 수녀님이시다. 그렇다면 여기서 당신은 하느님을 뜻한다.
하느님이 원하시는 글로 세상을 밝히고, 기꺼이 그를 위해 사라지는 삶을
살겠다 다짐하는 내용으로 경어체(높임말)를 쓰고 있다. 보통은 이처럼 종교
적인 색채가 강한 시에 경건한 분위기가 드러난다.

• 정적인 분위기
㉆ 동적인 분위기
• 부연
처마 끝에 달린 짧은 서까래
• 풍경
처마 끝에 매다는 작은 종

⑤ **목가적 분위기** : 시골에서 한가롭고 평화로우며 서정적인 느낌이 나는 분위기

• 돈부
콩의 종류

> 깊은 산 허리에 자그만 집을 짓자
> 텃밭엘랑 파 고추 둘레에는 돈부도 심자
> 박꽃이 희게 핀 황혼이면 먼 구름을 바라보자
>
> — 정훈, 「머얼리」

⑥ **향토적 분위기** : 고향이나 시골의 정취를 풍기는 분위기

농촌, 어촌, 산촌 등 시골의 모습을 떠올리게 하는 소재, 사투리(방언)를 목가적 분위기에 비해 더 찾아볼 수 있다는 점이 다르다. 쉽게 말해, 목가적 분위기는 다소 럭셔리한 제주도 한달살이 힐링 캠프 같은 느낌이라면, 향토적 분위기는 제주도 구좌읍에서 직접 당근도 캐고 비료도 뿌리고 잡초도 뽑고 물질해서 전복도 캐는 생활인으로서의 모습이 좀 더 드러나 있다고 해야 맞겠다. 목가적 분위기에서도 물론 이것저것 농작물을 심기는 하지만, 노동에 초점이 맞춰져 있다기보다는 자연에서 느끼는 한가로운 정서에 좀 더 주목한다는 점을 알 수 있다.

⑦ **환상적 분위기** : 현실적인 기초나 가능성이 없고 헛된 것을 생각하게 하는 분위기

> 샤갈의 마을에는 3월에 눈이 온다.
> 봄을 바라고 섰는 사나이의 관자놀이에
> 새로 돋은 정맥(精脈)이
> 바르르 떤다.
>
> 바르르 떠는 사나이의 관자놀이에
> 새로 돋은 정맥(精脈)을 어루만지며
> 눈은 수천 수만의 날개를 달고
> 하늘에서 내려와 샤갈의 마을의
> 지붕과 굴뚝을 덮는다.

3월에 눈이 오면
샤갈의 마을의 쥐똥만 한 겨울 열매들은
다시 올리브빛으로 물이 들고

— 김춘수, 「샤갈의 마을에 내리는 눈」

〈나와 마을〉
(마르크 샤갈, 1911, 미국근대미술관)

학생들에게 환상적인 분위기가 무슨 뜻일 거 같으냐고 물으면 십중팔구 '멋지고 신나는' 분위기라고 말하는데, 사실 문학적 개념으로서 '환상적'이라는 말은 '현실에서 일어날 수 없는'의 뜻으로 받아들이면 편하다. 김춘수는 샤갈의 〈나와 마을〉이라는 그림을 보고 3월에 내리는 눈을 생각해냈는데 현실적으로는 있을 수 없는 정경이다. 이런 분위기를 환상적, 혹은 낭만적 분위기라고 한다.

3. 화자의 태도와 관련된 개념어

시적 대상이나 제시된 상황에 대하여 보이는 화자의 자세 또는 대응 방식을 화자의 태도라고 하며, 이는 주로 화자의 어조(말투)를 통하여 나타난다. 같은 시적 상황에 놓인대도 화자마다 그 상황을 대하는 방식은 천차만별이다. 보통 그럴 때 화자의 태도는 화자가 쓰는 말투에 잘 드러난다.

① 구도(구할 求 길 道)적 태도 : 진리나 종교적인 깨달음의 경지를 구하는 태도. 삶의 궁극적 이치를 돈이나 권력이 아니라 참된 도리나 종교적 깨달음에서 찾는 것

암벽을 더듬는다
빛을 찾아서 조금씩 움직인다.
결코 쉬지 않는
무명(無明)의 벌레처럼 무명을
더듬는다

오세영, 「등산」

• 무명
이름이 없음

이 시는 산을 오르며 느끼고 깨달은 바를 진리를 추구하는 삶으로 확장하고 있는 작품이다. 윗 부분에서 화자는 스스로를 무명을 더듬는 벌레로 비유하는데, 이를 통해 빛, 즉 진리를 탐구하는 화자의 진지한 열정을 드러내고 있다.

② <u>의지적 태도</u> : 자신의 확고한 목표를 이루어내려는 태도

> 그 열렬한 고독 가운데
> 옷자락을 나부끼고 호올로 서면 운명처럼 반드시 '나'와 대면하게 될지니
> 하여 '나'란 나의 생명이란
> 그 원시의 본연한 자태를 다시 배우지 못하거든 <u>차라리 나는 어느 사구에 회한 없는 백골을 쪼이리라.</u>
>
> — 유치환, 「생명의 서」

• **사구**(沙丘)
모래언덕
• **회한**(悔恨)
뉘우침
• **백골**(白骨)
죽은 사람의 몸이 썩고 남은 뼈

화자는 이 시 속에서 삶의 본질을 깨닫고 싶다는 갈망을 나타내고 있다. 그래서 열렬한(아라비아 사막의) 고독이라는 고통 속에서도 자신의 운명과 대결하며 본질적 자아인 '나'를 배우겠다는 자세를 취하고 있다. 한편 사막에서도 본질적 자아에 대한 해답(원시의 본연한 자태를 배움)을 얻지 못하면 차라리 사구(沙丘), 즉 모래언덕에 쓰러져 죽어도 상관없다는 강인한 의지를 드러내고 있다.

③ <u>극복 의지</u> : 절망적이거나 어려운 상황을 이겨내려는 굳센 마음

> 저것은 벽
> <u>어쩔 수 없는 벽이라고 우리가 느낄 때</u>
> 그때,
> <u>담쟁이는 말없이 그 벽을 오른다.</u>
>
> 물 한 방울 없고, 씨앗 한 톨 살아남을 수 없는
> 저것은 절망의 벽이라고 말할 때

담쟁이는 서두르지 않고 앞으로 나간다.

한 뼘이라도 꼭 여럿이 함께 손을 잡고 올라간다.
푸르게 절망을 다 덮을 때까지
바로 그 절망을 잡고 놓지 않는다.

— 도종환, 「담쟁이」

남들은 어쩔 수 없는 벽이라 여길 때, 담쟁이 덩굴은 그 벽을 차근차근 함께 손을 잡고 연대하여 넘어간다는 내용으로 현실적인 역경을 극복하기 위해서는 연대하는 태도가 중요하다는 점을 강조한 시다. 의지적 태도와 뭐가 다르냐고? 딱히 다를 건 없으나 극복할 대상(여기서는 '벽')이 좀 더 명확히 드러나 있다는 미세한 차이는 있겠다.

④ 대결 의지 : 부조리하거나 부당한 현실과 맞서 싸우려는 의지

• 대결 의지
㊀ 저항 의지
• 막음
마지막

나는 독(毒)을 차고 선선히 가리라
막음 날 내 외로운 혼(魂) 건지기 위하여.

— 김영랑, 「독을 차고」

말랑말랑한 서정시를 주로 쓴 시인으로 알려져 있지만 김영랑은 일제의 탄압에 맞서 창씨개명을 거부하고, 일본어로는 단 한 줄의 시도 남기지 않았던 저항 시인이었다. 그는 일제 탄압이 극에 달했던 1930년대 말, 위 시를 통해 '독을 차고' '선선히' 가겠다며 저항 의지를 다졌고 실제로 1940년부터는 작품 활동을 전혀 하지 않았다. 이런 배경을 알지 못한다면 위 시를 보고 "무엇과 대결하는 거지?"라는 생각을 하게 마련. 잘 알아두자.

• 창씨개명
일제강점기, 조선인에게 일본식 성·이름 사용을 강요한 정책

⑤ 긍정적 인식 : 상황이나 대상이 옳다고 인정하거나 바람직하다고 받아들이는 태도

• 긍정적 인식
㊀ 낙관적 태도
㊉ 부정적 인식, 비관적 태도

오늘도 하루 잘 살았다

굽은 길은 굽게 가고
곧은 길은 곧게 가고

막판에는 나를 싣고
가기로 되어 있는 차가
제시간보다 일찍 떠나는 바람에

걷지 않아도 좋은 길을 두어 시간
땀 흘리며 걷기도 했다

그러나 그것도 나쁘지 아니했다
걷지 않아도 좋은 길을 걸었으므로

— 나태주, 「사는 일」

다른 사람이었으면 짜증을 냈을 법한 상황에서도 나쁘지 않았다, 잘 살았다고 말하는 화자는 삶을 긍정적으로 바라본다.

⑥ 달관적 태도 : 세상의 근심, 걱정 등에서 벗어나 초월한 자세를 보이는 태도

나 하늘로 돌아가리라
아름다운 이 세상 소풍 끝나는 날,
가서, 아름다웠더라고 말하리라……

— 천상병, 「귀천」

위 시를 썼을 당시 천상병 시인은 동백림 사건에 연루되어 군사정권에 의해 모진 고문을 당했다. 그 후유증으로 몸과 정신이 많이 상했다. 그럼에도 화자는 세상살이를 소풍이라며, "아름다웠다"고 한다. 이렇듯 무언가를 뛰어넘은(초월한) 듯한 경지에 있는 태도를 '달관'이라고 부른다. 이 시를 삶에 대한 긍정적 태도라고 볼 수도 있지 않으냐고? 맞다. 그렇게도 볼 수 있다.

• 귀천(돌아갈 歸 하늘 天)
하늘로 돌아가다

• 동백림 사건
동백림 사건은 1967년 박정희 정권이 동베를린(동백림)에 거주하거나 유학 중인 한국 예술인·지식인 200여 명을 간첩단으로 조작한 사건이다. 죄 없는 이들이 큰 피해를 입었고 오랜 시간이 지난 2006년에야 이 사건이 정치적 목적으로 저질러진 것으로 인정됐다.

⑦ **예찬적 태도** : 대상이 가진 좋은 점을 찾아서 그것을 칭찬하는 태도

> 나무는
> 실로 운명처럼
> 조용하고 슬픈 자세를 가졌다
>
> 홀로 내려가는 언덕길
> 그 아랫마을에 등불이 켜이듯
> 그런 자세로
> 평생을 산다
>
> 철 따라 바람이 불고 가는
> 소란한 마을 길 위에
>
> 스스로 펴는 그 폭넓은 그늘 …
>
> 나무는
> 제자리에 선 채로 흘러가는
> 천년의 강물이다.
>
> ― 이형기, 「나무」

나무를 사람인 듯 표현하며 그 변함없는 나무의 모습을 통해 긍정적인 삶의 태도를 제시하는 시다. 한평생 고독하게 살면서도 기품을 잃지 않는 의연한 자세를 지닌 이의 모습이 떠오르지 않나? 그런 삶의 태도를 칭찬하고 좋다고 하는 시다.

⑧ **동경의 태도** : 어떤 것을 간절히 그리워하여 그것만을 생각하는 태도

> 돌담에 속삭이는 햇발같이
> 풀 아래 웃음짓는 샘물같이
> 내 마음 고요히 고운 봄 길 위에
> 오늘 하루 하늘을 우러르고 싶다.
>
> ― 김영랑, 「돌담에 속삭이는 햇발같이」

동경은 어떤 대상을 너무나 좋아하는 나머지 그것처럼 되고 싶어 하거나 그것을 닮고 싶어 하는 태도를 뜻한다. 이 시에서는 "하늘을 우러르고 싶다"는 표현이 등장한다. 하늘을 동경하는 태도가 드러나 있다고 하면 딱이다.

⑨ <u>조화와 합일의 추구</u> : 이질적인 것들이 서로 어울려 한 방향을 추구하는 태도

꽃도 새도 짐승도 한자리 앉아, 워어이 워어이 모두 불러 <u>한자리 앉아</u> 앳되고 고운 날을 누려보리라

— 박두진, 「해」

광복 직후 새로운 공동체의 이상을 기대하며 쓴 시로, 꽃, 새, 짐승 등은 각자 다른 삶을 살아오던 이질적 존재들을 뜻한다. 하지만 이들이 조화와 합일을 이루어 '앳되고 고운 날', 즉, 광복 이후 새로운 조선을 누려보자는 기대감을 힘차게 드러내고 있다.

⑩ <u>자연 친화적 태도</u> : 자연을 좋아하고 그것을 즐기는 태도

산촌에 눈이 오니 돌길이 무쳐셰라(묻혔구나)
시비를 여지 마라, 날 찾을 이 뉘 이시리
밤중만(滿) 일편명월(一片明月)이 긔 벗인가 하노라.

— 신흠의 시조

• 시비(柴扉)
사립문

선조 때 기축옥사로 인해 정치 싸움에서 진 뒤 고향으로 쫓기듯 도망 온 신흠은 산촌(산마을)에 묻혀 지내며 사립문을 굳이 열지 말라고 한다. 자신을 찾을 사람이 없고, 그저 밤중에 가득 차오른 한 조각 밝은 달(일편명월)만이 그(여기서는 신흠 자신)의 벗(친구)이라고 한다. 이처럼 자연을 친구라 부르면서 친근하게 대하는 구절이 나오면 자연 친화적 태도라고 부른다.

• 기축옥사
선조 22년(1583년)에 정여립의 반역 사건을 계기로 일어난 정치다툼이다. 권력의 핵심에서 쫓겨났던 신하 정여립이 전라도 일대에서 '대동계'라는 모임을 만들어 활쏘기를 익힌 일이 역모로 고발돼 체포·처형됨으로써 '동인'이 몰락하고 '서인'이 정치 세력을 넓히는 계기가 됐다.

⑪ <u>성찰적 태도</u> : 지나간 일을 되돌아보며 반성하고 살피는 태도

• 성찰적 태도
㉔ 반성적 태도

> <u>생각하면</u>
> <u>삶이란</u>
> <u>나를 산산이 으깨는 일</u>
> 눈 내려 세상이 미끄러운 어느 이른 아침에
> 나 아닌 그 누가 마음 놓고 걸어갈
> <u>그 길을 만들 줄도 몰랐었네, 나는</u>
>
> — 안도현, 「연탄 한 장」

❖ 성찰적 · 반성적 태도와 회고적 · 회상적 태도는 어떻게 다를까?

→ 성찰적 · 반성적 태도 = 회고적 · 회상적 태도 + **깨달음 혹은 후회**

앞에서 한 번 본 기억이 있는 시다. 이렇듯 자신이 살아온 삶에 대해 되돌아보면서 깨달음이나 반성, 후회 등을 느끼는 듯한 태도를 성찰적, 혹은 반성적 태도라고 부른다. 그런데 **과거를 돌아본다는 점이 비슷하다고 해서 성찰적, 반성적 태도 = 회상적, 회고적 태도라고 착각하는 친구들이 정말 많은데, 이는 명백히 구분해야 한다.**
회상적, 회고적 태도는 과거를 돌아보는 태도 그 자체다. 회상적, 회고적 태도가 잘 드러나는 시는 아래, 기형도 시인의 「엄마 걱정」인데 찬찬히 읽어보자.

> 열무 삼십 단을 이고
> 시장에 간 우리 엄마
> 안 오시네, 해는 시든 지 오래
> 나는 찬밥처럼 방에 담겨
> 아무리 천천히 숙제를 해도
> 엄마 안 오시네, 배춧잎 같은 발소리 타박타박
> 안 들리네, 어둡고 무서워
> 금 간 창틈으로 고요한 빗소리
> 빈방에 혼자 엎드려 훌쩍거리던

아주 먼 옛날
지금도 내 눈시울을 뜨겁게 하는
그 시절, 내 유년의 윗목

— 기형도, 「엄마 걱정」

• 윗목
온돌방의 아궁이에서 먼 쪽, 온도가 매우
차다.

위 시에서 화자는 어린 시절, 엄마가 시장에 가서 늦게까지 돌아오지 않아 무섭고 외롭고 슬펐던 기억을 떠올린다. 2연에서 '아주 먼 옛날'이라고 말하는 부분에서 어른이 된 화자가 어린 시절을 떠올리는 상황임을 알 수 있다. 여기까지가 회상적, 회고적 태도다. 그런데 화자는 과거를 돌아보며 깨달음을 얻거나 반성하고 있지는 않다. 그래서 이 시를 두고 '반성적, 성찰적'이라고 하면 틀리다. 그렇다면 여기서 퀴즈! 화자는 어린 시절을 '추억하고 있다' '그리워한다'. 맞을까, 틀릴까? 그렇다. 틀리다! 화자는 아직도 어린 시절을 떠올리면 눈시울이 뜨거워질 만큼 슬프다. 그런 가슴 아픈 시절을 추억하거나 그리워한다고 보기는 어려울 것이다.

⑫ 비판적 태도 : 옳고 그름을 판단하여 밝히거나 잘못된 점을 따지는 태도
⑬ 회의(懷疑)적 태도 : 믿고 따르려는 태도가 아니라 의심하면서 믿지 않는 태도

땀내와 사랑내 포근히 품긴
보내주신 학비 봉투를 받아
대학 노一트를 끼고
늙은 교수의 강의 들으러 간다.

— 윤동주, 「쉽게 씌어진 시(詩)」

윤동주는 일제강점기 만주에서 크게 농사를 짓는 부유한 집안의 아들로 태어나 일본으로 유학을 가 영문학을 전공했다. 당시 일본은 조선인 유학생이 실질적인 학문인 공학, 경제학 등을 배울 수 없게 제한했으며 순수학문에서만 조선인을 선발했다. 윤동주는 이런 상황에서 영문학을 전공하며 자괴감을 느꼈던 듯싶다. 위 시에서는 '늙은 교수'라는 말이 나온다. '늙었

다'는 표현에서 실질적 도움이 되지 못하고 낡은 공부를 하고 있다는 회의적 태도가 드러나며, 이는 당시 시대적 배경에 대한 비판적 태도로 볼 수도 있다.

⑭ <u>냉소적 태도</u> : 대상을 비웃는 태도
⑮ <u>도피적 태도</u> : 어려운 상황이나 문제를 해결하는 대신 피하고 도망가려는 태도
⑯ <u>체념적 태도</u> : 희망을 버리고 아주 단념하는 태도

보름달은 밝아 어떤 녀석은
꺽정이처럼 울부짖고 또 어떤 녀석은 서림이처럼 해해대지만 <u>이까짓 산 구석에 처박혀 발버둥친들 무엇하랴</u>
　　　↘ 여기서 **체념적 태도**가 드러난다. 그래봤자 소용없으리라는 말

비료값도 안 나오는 농사따위야
<u>아예 여편네에게나 맡겨두고</u>
　　　　↘ 농사일은 아내에게 맡기고 본인은 춤이나 추겠다는 **도피적 태도**

쇠전을 거쳐 도수장 앞에 와 돌 때
<u>우리는 점점 신명이 난다.</u>
　　　↘ 정말 신이 난 게 아니라, 자조적(스스로를 비웃는 듯한)인 웃음에 가깝다. 이런
　　　　태도를 차갑게 비웃는 태도, 즉 **냉소적 태도**라고 부를 수 있다.

한 다리를 들고 날라리를 불거나.
고갯짓을 하고 어깨를 흔들거나.

― 신경림, 「농무」

농무는 풍물놀이에 맞춰 힘든 농사일로 인한 피로를 달래는 춤이다. 시인은 이런 즐거운 소재를 가지고 1970년대 급격한 산업화, 도시화 정책으로 인해 소외되고 점점 황폐화된 농촌의 모습을 적나라하게 표현한다.

⑰ <u>운명적 수용</u> : 어떤 상황을 자신의 운명으로 생각하고 받아들이는 태도

또 내 스스로 화끈 낯이 붉도록 부끄러울 적이며
나는 내 슬픔과 어리석음에 눌리어 죽을 수밖에 없는 것을
느끼는 것이었다.
그러나 잠시 뒤에 나는 고개를 들어
허연 문창을 바라보든가 또 눈을 떠서 높은 천장을 쳐다보는 것인데,
<u>이때 나는 내 뜻이며 힘으로, 나를 이끌어가는 것이 힘든 일인 것을 생각하고,
이것들보다 더 크고, 높은 것이 있어서, 나를 마음대로 굴려 가는 것을 생각하
는 것인데,</u>
이렇게 하여 여러 날이 지나는 동안에, 내 어지러운 마음에는 슬픔이며, 한탄
이며, 가라앉을 것은 차츰 앙금이 되어 가라앉고

— 백석, 「남신의주 유동 박시봉방」

위 시는 일제강점기에 백석 시인이 평안북도 신의주의 남쪽, 유동이라는 동네에 있는 박시봉이라는 목수의 방에 세들어 살 때 쓴 시다. 상실과 방황으로 괴로워하던 화자가 무기력한 삶을 반성하고, 새로운 삶에 대한 의지를 드러내는 내용이다. 여기서 밑줄 친 부분을 보면 '나는 내 뜻이며 힘으로 나를 이끌어가는 것이 힘든 일'이며 그것보다 더 크고 높은 것(아마도 운명일 것이다)이 있어서 나를 마음대로 굴려 간다고 한다. 인생이 마음대로 되지 않는다 인정하고 그 운명을 수용하기로 한 것이다.

⑱ <u>관조(觀照)적 태도</u> : 좀 떨어진 위치에서 거리를 두고 대상을 바라보는 태도

• 관조(觀照)
① 지혜로써 사물의 실상(實相)을 비추어 봄
② 조용한 마음으로 대상의 본질을 바라봄

크낙산 골짜기가 온통
연록색으로 부풀어 올랐을 때
그러니까 신록이 우거졌을 때
그곳을 지나가면서 나는 미처 몰랐었다
뒷절로 가는 길이 온통
주황색 단풍으로 물들고 나뭇잎들
무더기로 바람에 떨어지던 때
그러니까 낙엽이 지던 때도

그곳을 거닐면서 나는 끼지 못했었다
이렇게 한 해가 다 가고
눈발이 드문드문 흩날리던 날
앙상한 대추나무 가지 끝에 매달려 있던
나뭇잎 하나
문득 혼자서 떨어졌다

저마다 한 개씩 돋아나
여럿이 모여서 한여름 살고
마침내 저마다 한 개씩 떨어져
그 많은 나뭇잎들
사라지는 것을 보여주면서

— 김광규, 「나뭇잎 하나」

관조란 감정을 절제하고, 적극성을 배제한 채 '넌지시' 사물을 바라보는 태도다. 고요한 마음으로 사물을 관찰하고, 생각하는 과정이 포함되기도 한다. 이 시에서 화자는 나뭇잎이 나서 자라고 낙엽 져 떨어지는 과정을 찬찬히 지켜보면서 생성과 소멸에 대해 깨달은 바를 인간의 삶에 적용해 이해하고, 더 나아가 이렇듯 태어나 죽어가는 그 모든 과정이 인간을 둘러싼 모든 우주의 원리임을 깨닫는다. 묘사를 좀 더 자세히 하면서 담담한 어조를 쓰고, 한편으로 성찰한 내용과 깨달음까지 담겨 있다면 관조적 태도라고 볼 수 있다.

1. 정서: 시에서 화자가 처한 시적 상황에 대해 느끼는 감정

① 정서는 다소_____이라고 볼 수 있다. 시적 상황에서 화자가 어떤 느낌을 '받느냐'와 관련돼 있기 때문이다.

2. 태도: 시적 상황에 대한 화자의 대응 방식

② 태도는 반면_____이다. 같은 시적 상황에서, 비슷한 느낌을 받았대도 다른 대응 방식을 취할 수 있기 때문이다.

3. 화자의 정서와 관련된 개념어

①_____: 외로움을 느끼는 마음

②_____: 곁에 없는 대상을 보고 싶은 느낌

③_____: 가졌던 것이나 마땅히 가져야 할 것을 잃어버렸을 때의 느낌

④_____: 인생의 불행, 고통, 고뇌 때문에 마음이 상하고 아픈 느낌

⑤_____의 정서 : 누군가와 헤어졌을 때 느끼는 감정

⑥_____된 감정 : 외부의 자극을 받아 어떤 감정의 정도가 심해지거나 폭발할 때 감정이 고조되었다, 고양되었다고 함.

⑦_____의 정서 : 즐겁게 놀 때 발생하는 흥겨운 마음의 상태

4. 시의 분위기(작품의 바탕에 깔려 풍겨 나오는 독특한 느낌)와 관련된 개념어

시의 _____란 화자가 이별, 대상의 부재(不在: 있지 않음), 괴로운 현실, 내적 고뇌와 같은 시의 상황에 대해 느끼는 다양하고 섬세한 감정으로 인해 작품 바탕에 깔려 나오는 독특한 느낌을 말한다.

① _____ 분위기 : 뜻이 높고 고상하며 존경심을 느끼는 분위기

② _____ 분위기 : 슬퍼하고 가슴 아파하는 분위기

③ _____ 분위기 : 조용하고 고요하며 움직이지 않는 느낌을 주는 분위기

④ _____ 분위기 : 공경하는 마음으로 깊이 삼가고 엄숙한 느낌이 나는 분위기

⑤ _____ 분위기 : 시골에서 한가롭고 평화로우며 서정적인 느낌이 나는 분위기

⑥ _____ 분위기 : 고향이나 시골의 정취를 풍기는 분위기

⑦ _____ 분위기 : 현실적인 기초나 가능성이 없고 헛된 것을 생각하게 하는 분위기

5. 화자의 태도와 관련된 개념어

시적 대상이나 제시된 상황에 대하여 보이는 화자의 자세 또는 대응 방식을 화자의 ㉠ _____ 라고 하며, 이는 주로 화자의 ㉡ _____ 를 통하여 나타난다.

➡ 같은 시적 상황에 놓인대도 화자마다 그 상황을 대하는 방식은 천차만별이다. 보통 그럴 때 화자의 태도는 화자가 쓰는 말투에 잘 드러난다.

① _____ 적 태도 : 진리나 종교적인 깨달음의 경지를 구하는 태도. 삶의 궁극적 이치를 돈이나 권력이 아니라 참된 도리나 종교적 깨달음에서 찾는 것
② _____ 태도 : 자신의 확고한 목표를 이루어내려는 태도

③ _____ 의지 : 절망적이거나 어려운 상황을 이겨내려는 굳센 마음

④ _____ 의지 : 부조리하거나 부당한 현실과 맞서 싸우려는 의지

⑤ _____ 인식 : 상황이나 대상이 옳다고 인정하거나 바람직하다고 받아들이는 태도

⑥ _____ 태도 : 세상의 근심, 걱정 등에서 벗어나 초월한 자세를 보이는 태도

⑦ _____ 태도 : 대상이 가진 좋은 점을 찾아서 그것을 칭찬하는 태도

⑧ _____ 의 태도 : 어떤 것을 간절히 그리워하여 그것만을 생각하는 태도

⑨ _____ 와 _____ 의 추구 : 이질적인 것들이 서로 어울려 한 방향을 추구하는 태도

⑩ _____ 태도 : 자연을 좋아하고 그것을 즐기는 태도

⑪ _____ 태도 : 지나간 일을 되돌아보며 반성하고 살피는 태도

㉤ _____ 태도

❖ 성찰적 • 반성적 태도와 회고적 • 회상적 태도와의 차이점?
→ 성찰적, 반성적 태도 = 회고적. 회상적 + © _____

⑫ _____ 적 태도 : 옳고 그름을 판단하여 밝히거나 잘못된 점을 따지는 태도

⑬ _____ 적 태도 : 믿고 따르려는 태도가 아니라 의심하면서 믿지 않는 태도

⑭ _____ 적 태도 : 대상을 비웃는 태도

⑮ _____ 적 태도 : 어려운 상황이나 문제를 해결하는 대신 피하고 도망가려는 태도

⑯ _____ 적 태도 : 희망을 버리고 아주 단념하는 태도

⑰ _____ : 어떤 상황을 자신의 운명으로 생각하고 받아들이는 태도

⑱ _____적 태도 : 좀 떨어진 위치에서 거리를 두고 대상을 바라보는 태도

정답

1.
① 수동적

2.
① 능동적

3.
① 고독감 ② 그리움 ③ 상실감 ④ 슬픔 ⑤ 이별 ⑥ 고조 ⑦ 유흥

4.
① 숭고한 ② 애상적 ③ 정적인 ④ 경건한 ⑤ 목가적 ⑥ 향토적 ⑦ 환상적

5.
㉠ 태도
㉡ 어조(말투)
　① 구도 ② 의지 ③ 극복 ④ 대결 ⑤ 긍정적 ⑥ 달관적
　⑦ 예찬적 ⑧ 동경 ⑨ 조화, 합일 ⑩ 자연 친화적 ⑪ 성찰적, 반성적
㉢ 깨달음 혹은 후회
　⑫ 비판 ⑬ 회의적 ⑭ 냉소 ⑮ 도피 ⑯ 체념 ⑰ 운명 ⑱ 관조

이미지와 상징

중학교 내신 문제 단골 출제 파트! 학교 수업 전 먼저 읽어보세요.

이미지란?

시를 읽을 때 떠오르는 대상의 구체적인 모습이나 움직임, 상태 등을 말한다.
이는 **추상적 관념**을 **형상화**하여 제시하고, 특정한 정서를 **환기**한다.

- **추상적 관념** : 눈에 보이지 않는 것 **예** 사랑, 평화, 행복 등
- **형상화** : (감각으로 느낄 수 있게) 나타내다.
- **환기**(喚起) : 감정, 정서, 생각을 불러일으키다.

위 세 단어는 앞으로 정말 지겹도록 나올 거다. 반드시 알아둬라. 다음의 이미지, 심상에 대해서는 맨 앞에서 자세히 다룬 적 있으니 간략히 다루고 넘어가도록 하겠다.

1. 감각의 종류와 관련된 개념어

① **감각적 이미지** : 시각, 청각, 촉각, 후각, 미각과 같은 인간의 감각과 관련된 이미지

② **미각적 이미지** : 맛과 같이 혀를 통해 느낄 수 있는 이미지
　예 짭조름한 소금

③ **시각적 이미지** : 모양이나 빛깔과 같이 눈을 통해 느낄 수 있는 이미지
　예 새빨간 노을 / 푸른 하늘 은하수

④ **청각적 이미지** : 소리와 같이 귀를 통해 느낄 수 있는 이미지
　예 개굴개굴 개구리 / 졸졸졸 흐르는 개울물

⑤ **촉각적 이미지** : 감촉과 같이 피부를 통해 느낄 수 있는 이미지
　예 밥티처럼 따스한 별

⑥ **후각적 이미지** : 냄새와 같이 코를 통해 느낄 수 있는 이미지
　예 달은 과일보다 싱그럽다

• **이미지** ⓨ 심상
시를 읽을 때 떠오르는 구체적인
모습·움직임·상태

⑦ **공감각적 이미지** : 어떤 감각을 다른 종류의 감각으로 바꾸어 표현한 이미지(감각의 전이)

  예 분수처럼 흩어지는 푸른 종소리: 청각의 시각화

  예 해설피 금빛 게으른 울음: 청각의 시각화

  예 배춧잎처럼 시든 발소리 타박타박: 청각의 시각화

  예 피부의 바깥에 스미는 어둠: 청각의 촉각화

  ↳ 차갑고 달콤한 아이스크림? 복합감각 O, 공감각 X

확인 문제 04 다음 시에 두드러지게 나타나는 감각적 이미지를 쓰시오.

(1)

> 가난하다고 해서 두려움이 없겠는가,
> 두 점을 치는 <u>소리</u>
> 방범대원의 호각 <u>소리</u>, 메밀묵 사려 <u>소리</u>에
> 눈을 뜨면 멀리 육중한 기계 굴러가는 <u>소리</u>.
>
> ─ 신경림, 「가난한 사랑 노래」

<u>정답</u>: 청각적 심상

(2)

> 포플러 나무의 근골 사이로
> <u>공장의 지붕은 흰 이빨을 드러내인 채</u>
> <u>한 가닥 구부러진 철책</u>이 바람에 나부끼고
> 그 위에 <u>셀로판지로 만든 구름</u>이 하나
>
> ─ 김광균, 「추일서정」

<u>정답</u>: 시각적 심상

(3)

나는 한 마리 어린 짐승
젊은 아버지의 <u>서느런</u> 옷자락에
<u>열로 상기한</u> 볼을 말없이 부비는 것이었다.

― 김종길, 「성탄제」

정답: <u>촉각적 심상</u>

2. 상징적 이미지와 관련된 개념어

상징이란 **구체적 대상**을 통해 여러 가지 의미나 **관념**을 떠올리게 한다는 말이다.

앞(68p)에서 가르쳐준 뜻을 떠올리며 위 상징의 정의를 바꿔서 다시 읽어 보자. 그렇다. 상징은 눈에 보이고 느껴지는 것(구체적 대상)을 통해 눈에 보이지 않는 것(관념)을 떠올릴 수 있게 해주는 것이다. 이를테면 왼쪽 네 번째 손가락에 반지가 끼워져 있다고 해볼까? 그건 뭘 의미할까? 그 / 그녀가 이미 짝이 있다는 얘기지. 왼손 네 번째 손가락에 낀 반지는 약혼을 의미하니까 말이지. 반지는 눈에 보이지? 근데 결혼을 약속한 사이는 눈에 안 보이지? 그러니까 눈에 보이는 (구체적 대상) 반지는 눈에 보이지 않는 (약혼한 사이) 관계를 짐작하게 하지. 이제부터는 무작정 내 스타일이라고 들이대기 전에 그/그녀의 왼쪽 네 번째 손가락을 반드시 확인하는 습관을 들이자.

① **생성 이미지** : 새로운 대상이 생겨나거나 소망이 이루어지는 느낌을 주는 이미지

어둠은 새를 낳고, 돌을
낳고, 꽃을 <u>낳는다.</u>
아침이면,
어둠은 온갖 물상을 돌려주지만
스스로는 땅 위에 굴복한다.

― 박남수, 「아침 이미지 1」

어두웠던 새벽에서 아침이 오면서 새도 보이고 돌도 보이고 꽃도 보이는 바로 그 상황을 말하는 시다. 참 독특한 게 '어둠'이 새, 돌, 꽃을 '낳는'다고 말한다. 여기서 그럼 생성 이미지를 드러내는 시적 대상은? 그렇다. 놀랍게도 어둠이다!

보통 어둠은 소멸 이미지로 쓰일 때가 많다. 뭔가를 사라지게 하는 느낌이 더 강하기 때문이다. 헌데 이렇게 생성 이미지로 쓰일 수도 있다. 그러니 문학 작품을 해석할 때는 '편견'을 버리는 게 제일 중요하다. 예를 들어 '치킨을 먹었다'고 해보자. 기분이 좋을까, 나쁠까? 보통 학생들은 '치킨을 먹었으니 대충 기분 좋겠지?' 하고 생각하곤 하는데, 그게 아니다. 아래 문장을 보자.

① **눅눅한** 치킨을 **억지로** 먹었다 — 기분 나쁘다 (근거 : 억지로, 눅눅한)
② **바삭한** 치킨을 **허겁지겁** 먹었다 — 기분 좋다 (근거 : 허겁지겁, 바삭한)

그렇다. 꾸며주는 말이나 서술어에 따라 얼마든지 화자의 감정 및 그가 처한 상황이 달라질 수 있는 셈이다. 이렇듯 문학 작품을 해석할 때는 아해 다르고 어해 다르다는 말을 항상 새겨서, 내 해석의 근거를 정확하게 찾아내려고 노력하자. 바로 위 시에서 어둠을 생성 이미지로 볼 수 있는 근거는? "낳다"라는 서술어 때문이다.

---

② <u>**소멸 이미지**</u> : 기존의 대상이 사라지거나 소망이 좌절되는 느낌을 줌 (기대감의 좌절도 포함)

> 저무는 역두에서 너를 보냈다.
> 비애(悲哀)야!
> 개찰구에는
> 못 쓰는 차표와 함께 찍힌 청춘의 조각이 흩어져 있고
> 병든 역사(歷史)가 화물차에 실리어 간다.
>
> — 오장환, 「The Last Train」

말 그대로 뭔가가 사라지거나 없어지거나, 혹은 기대하던 것이 좌절된 상황과 관련돼 있다면 소멸 이미지로 볼 수 있다. 위에서 밑줄 친 어휘들이 그 근거들이니 잘 살펴보자.

• **역두**
역의 앞쪽

• **비애**(슬플 悲 슬플 哀)
깊은 슬픔을 뜻하는 말

• **개찰구**
차표. 입장권을 입구에서 검사하고 승객을 안으로 받아들이는 곳

③ 상승 이미지 : 낮은 데서 높은 데로 올라가는 느낌을 주는 이미지

산호도 섬도 없는 저 하늘로
나를 <u>밀어 올려다오</u>
채색한 구름같이 나를 <u>밀어 올려다오.</u>
이 울렁이는 가슴을 <u>밀어 올려다오!</u>

— 서정주, 「추천사」

상승 이미지와 하강 이미지는 진짜 진짜 자주 나오는 개념어다. 둘을 합쳐서 수직적 이미지라고도 부르는데, 이 두 이미지에 해당하려면 반드시 방향성과 관련된 말이 나와야 한다. 예를 들어, 「추천사」라는 시에서 '추천'은 그네타기를 뜻하는 말이다. 더욱이, '밀어 올려다오'라는 말에서 아래에서 위로 올라가는 방향성이 느껴진다. 명백한 상승 이미지다.

④ 하강 이미지 : 높은 데서 낮은 데로 내려오는 느낌을 주는 이미지

<u>관이 내렸다.</u> 깊은 가슴 안에 밧줄로 <u>달아 내리듯.</u>
주여
용납하소서.
머리맡에 성경을 얹어주고
나는 옷자락에 <u>흙을 받아 좌르르 하직했다.</u>

— 박목월, 「하관」

산꿩도 섧게 울은 슬픈 날이 있었다.
산절의 마당귀에 <u>여인의 머리오리가 눈물방울과 같이 떨어진</u> 날이 있었다.

— 백석, 「여승」

한편 위 두 시에서는 위에서 아래로 내려가는 방향성이 느껴지는 시어들이 제시된다. '내렸다' '달아 내리듯' '좌르르' '하직' '눈물방울과 같이 떨어진'과 같은 시어들이 바로 이것이다. '눈물 흘리다' '좌르르'와 같은 말 하나도 하강적 이미지라고 할 수 있다는 점을 명심해야 한다. 그러니까 내 맘대로 통치는 습관을 버리고 미세하고 섬세하게 시어 하나하나를 따져보는 습관이 중요하다.

→ 상승 이미지와 하강 이미지를 합쳐서 <u>수직적 이미지</u>

⑤ 역동적 이미지 : 힘차게 움직이는 느낌을 주는 이미지

> 모든 산맥들이
> 바다를 연모해 휘달릴 때에도
> 차마 이곳을 범하던 못하였으리라.
>
> — 이육사, 「광야」

동적인 이미지는 아까 정적 이미지 설명할 때 그 반대되는 뜻으로 이미 말한 바 있다. 그런데 역동적이라고 하려면 단순히 움직이는 수준에서 멈추면 안 된다. 힘차게 움직이는 과정과 관련된 말이 필요한데, 여기서 '휘—'라는 접두사는 마구, 매우의 뜻을 더해준다. 그래서 마구, 매우 달린다는 뜻이 되므로 역동적 이미지라는 말을 정확하게 쓸 수 있다.

⑥ 어둠과 추위의 이미지 : 시어나 시구가 어둠과 추위의 의미를 떠올리게 하는 이미지

> 울엄매의 장사 끝에 남은 고기 몇 마리의
> 빛 발(發)하는 눈깔들이 속절없이
> <u>은전(銀錢)</u>만큼 손 안 닿는 한(恨)이던가.
> 울엄매야 울엄매,
>
> 별밭은 또 그리 멀리

우리 오누이의 머리 맞댄 골방 안 되어

손시리게 떨던가 손시리게 떨던가.

— 박재삼, 「추억에서」

→ 이 시는 어둠과 추위의 이미지를 통해 가난하던 어린 시절을 나타내고 있다. (O, X)

• 정답은 O

→ 위 시에서 화자는 생선 장사를 하던 어머니 아래 자란 어린 시절을 떠올린다. 가난은 어디서 짐작할 수 있는가? 그렇다 은전(돈)만큼 손이 안 닿는 한이라는 표현에서. 또 어둠은 어디에서? 별밭이라는 표현에서(별밭이 되려면 밤이 되어야 하니 말이다). 또 추위는? 손시리게 떨던가라는 표현에서. 이렇게 정확히 문학 개념어의 뜻과 이어지는 단서를 찾을 줄 알아야 한다.

확인 문제 05 다음 시에 대한 설명으로 적절하지 않은 것은?

첩첩 산중에도 없는 마을이 여긴 있습니다. 잎 진 사잇길, 저 모래톱, 그 너머 강기슭에서도 보이진 않습니다. 허방다리 들어내면 보이는 마을.(시각적 심상) 갱(坑) 속 같은 마을. 꼴깍, 해가, 노루꼬리 해가 지면 집집마다 봉당에 불을 켜지요.(시각적 심상) 콩깍지, 콩깍지처럼 후미진 외딴집, 외딴집에도 불빛은 앉아 이슥토록 창문은 모과(木瓜)빛입니다.(시각적 심상)

기인 밤입니다. 외딴집 노인은 홀로 잠이 깨어 출출한 나머지 무를 깎기도 하고 고무를 깎다, 문득 바람도 없는데 시나브로 풀려 풀려 내리는 짚단, 짚오라기의 설레임을 듣습니다.(청각적 심상) 귀를 모으고 듣지요. 후루룩후루룩(청각적 심상) 처마깃에 나래 묻는 이름 모를 새, 새들의 온기(溫氣)(촉각적 심상)를 생각합니다. 숨을 죽이고 생각하지요.

참 오래오래, 노인의 자리맡에 발은 기침 소리(청각적 심상)도 없을 양이면 벽 속에서 겨울 귀뚜라미는 울지요. 떼를 지어 웁니다, 벽이 무너지라고 웁니다.(청각적 심상)

어느덧 밖에는 눈발이라도 치는지, 펄펄 함박눈이라도 흩날리는지, 창호지 문살에 돋는 월훈(月暈)(시각적 심상)

— 박용래, 「월훈」

• 봉당
안방과 건넌방 사이의 마루를 놓을 자리에 마루를 놓지 않고 흙바닥을 그대로 둔 곳

• 시나브로
모르는 사이에 조금씩

• 월훈(月暈)
달무리. 달 옆에 모인 구름들을 뜻함

① **감각적 이미지**의 사용이 두드러진다.

  ↳ 위 시에서는 시각, 청각, 후각, 촉각적 심상이 골고루 쓰였다.

② **경어체의 사용**으로 **정감의 깊이**를 더해준다.

  ↳ 경어체 = 존댓말이라고 생각하면 된다. '~습니다'로 마쳤기에 경어체를 썼고, 좀 더 서정적
  인 느낌이 든다. 서정적이라는 말? 감성적이라는 말과 비슷하다고 생각하면 된다.

③ **향토적 서정**을 불러일으키는 **토속어**를 사용하였다.

  ↳ 서정 = 정서라고 생각하면 된다. 향토적인 느낌을 나타내는 토속어를 썼느냐는 질문인데,
  앞서 설명했던 것처럼 토속적, 향토적이라는 말은 시골에서 노동하는 상황과 관련된 어휘
  들이 있느냐는 의미. 위 시에서 색으로 표현한 시어들을 토속어로 볼 수 있으니 참고하기
  바란다.

④ 다양한 **심상**을 통해 외딴 집의 분위기를 나타냈다.

  ↳ 1번과 거의 같은 말이다.

⑤ 노인의 고독한 삶을 통해 **소외된 현대인들의 모습**을 보여준다.(X)

  ↳ 첩첩산중 중에서도 첩첩산중으로 들어가야 있는 외딴집에서 홀로 살고 있는 노인의 고독
  한 모습이 드러난 건 맞지만, 이게 소외된 현대인의 모습이라기엔 시에서 근거가 부족하다.
  그래서 5번이 답이다.

★지역 방언과 비속어 구분하기

가끔 지역 방언, 사투리와 비속어를 혼동하는 경우가 있다. 지역 방언, 사투리는 그 지
방에서만 쓰는 말로 향토적이거나 토속적인 느낌을 준다. 하지만 비속어는 말 그대로
'욕'을 뜻한다. 여기선 속된 말이라고 소개하지만 누군가를 비하하려는 의미로 쓴 말, 즉 욕
이 비속어라 할 수 있다. 엄연히 구분/구별해야만 풀 수 있는 문제가 내신에 꽤 자주 출제
되니 알아두면 좋겠다.

• **지역 방언 = 사투리**

→ 향토적, 토속적 정감을 자아내는 어휘라고 볼 수 있다.

• **비속어 = 속된 말**

→ 이 말 하나로는 향토적, 토속적 정감을 자아낸다고 단정할 수 없다.

• **그렇다면 비속어와 사투리를 문학 작품에 사용했을 때의 효과는?**

→ 생동감과 현장감을 느낄 수 있다는 장점이 있다.

2. 상징과 관련된 개념어

① 관습적 상징 : 특정 문화 안에서 이미 의미가 고정되어 있는 상징

많은 사람들이 비둘기 = 평화를 떠올릴 것이다. 이는 비둘기가 평화의 상징이라는 말을 많이 들어왔기 때문이다. 이처럼 그 **문화권이나 시대에서 의미가 고정되어 사용되는 상징**을 **관습적 상징**이라고 한다. 아까 예로 들었던 약혼 반지도 이 상징의 범주 안에 들어간다.

> 눈 맞아 휘어진 대를 뉘라서 굽다던고
> 굽을 절이면 눈 속에서 푸를쏘냐
> 아마도 세한(歲寒)고절(孤節)은 너뿐인가 하노라.
>
> — 원천석, 「눈 맞아 휘어진 대를」

이 시에서 '대'는 대나무로 절개와 지조를 상징한다. 겨울에도 그 푸른 빛이 여름과 다름없기 때문이다. 그런데 다른 시조에 나오는 '대'도 대부분 마찬가지로 지조와 절개를 상징하는 소재로 나온다.

★ 이 틈에 정리하고 가는 대표적인 관습적 상징 : 사군자(四君子)

고결함이 마치 군자와 같다 하여 계절마다 유교적인 이상(충, 효, 절개)을 상징하는 소재로 쓰인 식물들 4개는 꼭 알아두자. 엄청 자주 나온다.

· 봄 : 이른 봄, 아직 눈이 다 녹지 않았음에도 불구하고 가장 먼저 꽃피워 진한 향을 뿜는 **매화(梅)**
· 여름 : 깊은 계곡에서도 꽃을 피워내는 **난초(蘭)**
· 가을 : 서리가 내리는 추운 가을에도 꽃을 피워내는 **국화(菊)**
· 겨울 : 겨울이나 여름이나 그 푸른 빛이 변함없는 **대나무(竹)**

② 개인적 상징 : 시인에 의해 독창적인 의미를 부여받은 상징. 개인적 상징은 오로지 그 시에서만 참신한 의미로 사용되기 때문에 그 의미를 파악하려면 상당한 노력을 기울여야 한다.

• 관습적 상징
유 전통적 상징, 제도적 상징, 관습적 표현

• 세한(歲寒)
매서운 추위

• 고절(孤節)
홀로 지키는 지조와 절개

• 개인적 상징
유 문학적 상징, 창조적 상징

모란이 피기까지는 나는 기다릴 테요, 나의 봄을.

— 김영랑, 「모란이 피기까지는」

해당 시 안에서만 시인이 부여한 의미를 상징하는 소재로 쓰이는 상징을 뜻한다. 위 시는 김영랑의 「모란이 피기까지는」이라는 시인데, 앞서 언급했듯 김영랑은 일제강점기에도 창씨개명을 거부하며 끝까지 신념을 지켜낸 시인이었다. 그에게 있어 봄은 아마 조국의 광복을 상징했을 테다. 이어 모란이 피기 전까지는 봄이 아니라고 했으니 여기서 모란은? 그렇다. 모란 또한 조국의 광복을 상징한다. 하지만 이 시를 벗어나 일상생활에서 여러분이 다른 사람들에게 "1945년 8월 15일, 드디어 모란이 피었죠"라고 말한다면 어떨까? 미쳤다는 소리 듣기 십상이다. 왜냐면 이 시를 벗어나는 순간부터 다른 작품이나 상황에선 모란은 그저 모란일 따름이니 말이다.

③ **원형적 상징** : 역사, 종교, 신화에서 되풀이되어 나타나 **인간의 잠재의식에 담긴 원초적 이미지**로 인류 **공통**적인 **보편성**을 갖는다. 원형적 상징 은 오랜 역사 속에서 겪은 조상의 경험이 전형화되어 계승된 결과물이라 할 수 있다.

· 물 : 생명, 재생, 정화, 죽음
· 불 : 상승의 에너지, 열정, 정열적인 사랑, 소멸과 파괴

해야 솟아라, 해야 솟아라, 말갛게 씻은 얼굴 고운 해야 솟아라.

— 박두진, 「해」

해는 생명과 희망, 권능을 주로 상징하는데, 위 시에서도 어두웠던 시절을 몰아내고 새로운 시대로 넘어가는 과정을 밝혀주는 소재로 등장한다.

다음 빈칸을 채워보세요.

1. 이미지란?

시를 읽을 때 떠오르는 대상의 구체적인 모습이나 움직임, 상태 등을 ①_____라고 한다.
이는 추상적 관념을 형상화하여 제시하고, 특정한 정서를 환기한다.

㉠ ·_____ : 눈에 보이지 않는 것 <예> 사랑, 평화, 행복 등

㉡ ·_____ : (감각으로 느낄 수 있게) 나타내다.

㉢ ·_____ : 감정, 정서, 생각을 불러일으키다.

※ 이미지와 같은 뜻으로 쓰이는 유의어들

→ ㉣_____ , 시를 읽을 때 떠오르는 구체적인 모습·움직임·상태

2. 감각의 종류와 관련된 개념어

①_____이미지 : 시각, 청각, 촉각, 후각, 미각과 같은 인간의 감각과 관련된 이미지

②_____이미지 : 맛과 같이 혀를 통해 느낄 수 있는 이미지
<예> 짭조름한 소금

③_____이미지 : 모양이나 빛깔과 같이 눈을 통해 느낄 수 있는 이미지
<예> 새빨간 노을 / 푸른 하늘 은하수

④_____이미지 : 소리와 같이 귀를 통해 느낄 수 있는 이미지
<예> 개굴개굴 개구리 / 졸졸졸 흐르는 개울물

⑤_____이미지 : 감촉과 같이 피부를 통해 느낄 수 있는 이미지
<예> 밥티처럼 따스한 별

⑥_____ 이미지 : 냄새와 같이 코를 통해 느낄 수 있는 이미지

예 달은 과일보다 싱그럽다

⑦_____ : 어떤 감각을 다른 종류의 감각으로 바꾸어 표현한 이미지 (_____)

예 분수처럼 흩어지는 푸른 종소리 : ㉠_____의_____화

예 해설피 금빛 게으른 울음 : ㉡_____의_____화

예 배춧잎처럼 시든 발소리 타박타박 : ㉢_____의_____화

예 피부의 바깥에 스미는 어둠 : ㉣_____의_____화

 └→ 차갑고 달콤한 아이스크림? ㉤_____

3. 상징적 이미지와 관련된 개념어

상징이란 ㉠ _____ 을 통해 여러 가지 의미나 ㉡_____을 떠올리게 함

① _____ 이미지 : 새로운 대상이 생겨나거나 소망이 이루어지는 느낌을 주는 이미지

② _____이미지 : 기존의 대상이 사라지거나 소망이 좌절되는 느낌을 줌(기대감의 좌절도 포함)

③ _____이미지 : 낮은 데서 높은 데로 올라가는 느낌을 주는 이미지

④ _____이미지 : 높은 데서 낮은 데로 내려오는 느낌을 주는 이미지

→ ③, ④ 두 개를 합쳐서_____

⑤_____이미지 : 힘차게 움직이는 느낌을 주는 이미지

⑥_____과_____의 이미지 : 시어나 시구가 어둠과 추위의 의미를 떠올리게 하는 이미지

4. 상징과 관련된 개념어

① _____ 상징 : 특정 문화 안에서 이미 의미가 고정되어 있는 상징

★ 이 틈에 정리하고 가는 대표적인 관습적 상징 : 사군자(四君子)

고결함이 마치 군자와 같다 하여 계절마다 유교적인 이상(충, 효, 절개)을 상징하는 소재로 쓰인 식물들 4개는 꼭 알아두자.

· 봄 : 이른 봄, 아직 눈이 다 녹지 않았음에도 불구하고 가장 먼저 꽃피워 진한 향을 뿜는

㉠ _____

· 여름 : 깊은 계곡에서도 꽃을 피워내는 ㉡ _____

· 가을 : 서리가 내리는 추운 가을에도 꽃을 피워내는 ㉢ _____

· 겨울 : 겨울이나 여름이나 그 푸른 빛이 변함없는 ㉣ _____

② _____ 상징 : 시인에 의해 독창적인 의미를 부여받은 상징. 개인적 상징은 오로지 그 시에서만 참신한 의미로 사용되기 때문에 그 의미를 파악하려면 상당한 노력을 기울여야 한다.

③ _____ 상징 : 역사, 종교, 신화에서 되풀이되어 나타나 **인간의 잠재의식에 담긴 원초적** 이미지로 인류 **공통**적인 **보편성**을 갖는다. 원형적 상징은 오랜 역사 속에서 겪은 조상의 경험이 전형화되어 계승된 결과물이라 할 수 있다.

정답

1.

① 이미지

㉠ 추상적 관념

㉡ 형상화

㉢ 환기

㉣ 심상

2.

① 감각적 ② 미각적 ③ 시각적 ④ 청각적 ⑤ 촉각적 ⑥ 후각적 ⑦ 공감적, 감각의 전이

㉠ 청각, 시각 ㉡ 청각, 시각 ㉢ 청각, 시각 ㉣ 청각, 촉각 ㉤ 복합감각

3.

㉠ 구체적 대상 ㉡ 관념

① 생성 ② 소멸 ③ 상승 ④ 하강 ⑤ 역동적 ⑥ 어둠, 추위

4.

① 관습적

㉠ 매화 ㉡ 난초 ㉢ 국화 ㉣ 대나무

② 개인적 ③ 원형적

시상 전개 방식

모의고사, 수능 단골 출제되는 핵심 파트. 최소 3회독 하세요!

시상 전개 방식이란?

시인은 시상을 효과적으로 표현하기 위해 소재나 시구 등을 일정한 질서와 규칙에 따라 배열하는데 이것을 시상 전개 방식이라고 한다.

> 시상이란 말을 너무 어렵게 생각하지 말자. 시상이란 곧 "시인의 생각"이야. 따라서 "시상의 전개"는 "시가 쓰이다"와 같은 말이란다. 수능에서는 그래서 시가 "어떤 방식"으로 쓰여 있는지 묻는 문제가 많이 나오곤 해. 저 "어떤 방식"에 해당하는 문학 개념어들을 실어둔 챕터이니 정확히 익혀 시험을 대비하도록 하자!

1. 시상의 흐름과 관련된 개념어

① 시상의 집약 : 시상이 한곳에 모여서 강렬한 인상을 남김. 시상이 이어지다가 어느 한 지점에서 집중적으로 모여서 주제를 형상할 수 있는 기반을 닦는 것

> 열무 삼십 단을 이고
> 시장에 간 우리 엄마
> 안 오시네, 해는 시든 지 오래
> 나는 찬밥처럼 방에 담겨
> 아무리 천천히 숙제를 해도
> 엄마 안 오시네, 배춧잎 같은 발소리 타박타박
> 안 들리네, 어둡고 무서워
> 금 간 창틈으로 고요한 빗소리
> 빈방에 혼자 엎드려 훌쩍거리던
>
> 아주 먼 옛날
> 지금도 내 눈시울을 뜨겁게 하는
> 그 시절, 내 유년의 윗목
>
> — 기형도, 「엄마 걱정」

• 시상 전개 방식
㈜ 시상 전개 과정, 시상의 흐름, 시의 구성 방법, 시상을 떠올린 과정, 시상의 진행

• 집약
한데 모아서 요약함

• 윗목
온돌방의 아궁이에서 먼 쪽, 온도가 매우 차다.

윗목은 아랫목에 비해 훨씬 추운 공간이다. 여기서 화자는 1연에서 본인의 가난하고 외롭고 쓸쓸했던 어린 시절을 떠올리고 있는데, 이 모든 화자의 생각과 감정들이 **윗목**이라는 시어 하나에 응축돼 있다. 빈방에서 홀로 시장에 간 엄마를 기다리던 외로운 어린 시절을 윗목이라는 어휘 하나가 강렬하게 보여주는 셈이다.

② **시상의 확산** : 시상이 점점 크게 범위를 넓혀가거나 의식의 범위가 확대됨. 시인이 미처 깨닫지 못한 삶의 면을 보여줄 수 있음

> 나는 떠난다. 청동의 표면에서
> 일제히 날아가는 <u>진폭의 새가 되어</u>
> <u>광막한 하나의 울음</u>이 되어
> <u>하나의 소리</u>가 되어
>
> — 박남수, 「종소리」

> 지는 낙엽에 누이동생의 <u>무덤</u> 앞에서 지난날을 회상하니 <u>애달픔과 미안함</u>에 <u>통곡</u>할 수밖에 없구나.
>
> — 월명사, 「제망매가」 변형

위 시처럼 새가 울음이, 또 그 울음이 하나의 소리로 도달할 수 있는 범위가 점점 확장되는 것도 시상의 확산(시인의 생각이 넓혀지고 있음)을 뜻하지만, 아래 시처럼 지는 낙엽을 보고 누이동생의 죽음을 떠올린 후 거기서 애달픔과 미안함을 느끼다 통곡에까지 이르는 과정 역시 시상의 확산이라 할 수 있다. 뒤에서 또 나오겠지만 점층적 강조, 점층법과 거의 비슷한 느낌이라 볼 수 있다.

③ **시상의 통일** : 하나의 주제를 중심으로 시의 제재나 정서들이 집중됨

솔직히 하나 마나 한 말이긴 하다. 대부분 시는 하나의 주제를 다루고 있기에 보통 시들은 시상(시인의 생각)이 하나로 통일돼 있을 수밖에 없다. 따라서 시상이 통일돼 있는지 여부를 묻기보다 그래서 '무슨 내용'으로 통일돼 있는지를 묻는 문제로 출제된다.

④ **연상** : 하나의 이미지를 출발점으로 삼아 **관련된 다른 관념으로 꼬리에 꼬리를 무는** 방식으로 전개됨. 머릿속에 떠오르는 생각을 따라가며 시를 전개하는 방법

피아노에 앉은
여자의 두 손에서는
끊임없이
열 마리씩
스무 마리씩
신선한 물고기가
튀는 빛의 꼬리를 물고
쏟아진다.
나는 바다로 가서
가장 신나게 시퍼런
파도의 칼날 하나를
집어 들었다.

― 전봉건, 「피아노」

"원숭이 엉덩이는 빨개, 빨간 건 사과, 사과는 맛있어, 맛있는 건 바나나, 바나나는 길어, 긴 것은 기차…" 하는 가사를 지닌 노랫말 들어봤지? 바로 이것처럼 하나의 생각을 시작으로, 관련된 다른 생각으로 넘어가는 방식으로 시인의 생각을 전개하는 방식을 '연상'이라고 부른다. 위 시에서는 여자의 두 손이 빠르게 움직이는 모습에서 물고기를 떠올리고, 그 물고기가 헤엄치는 파도를 떠올리는 식으로 시인의 생각이 옮겨 간다. 혹시 이것도 시상의 확산이라 볼 수 있냐고? 볼 수 있다. 그러니까 꼭 하나의 시에

딱 하나의 개념어만 적용된다고 생각하지 말고, 문제에서 물어보는 맥락을 고려하면 좋겠다.

2. 정형적 구조와 관련된 개념어

① 기승전결 : 시상 제기—시상 심화—시상 전환—중심 생각 제시로 이어지는 시상 전개 방식

어떤 계기가 있어서 시상을 일으키고 (일어날 기 起), 시상을 발전시켰다가(이을 승 承), 한번 뒤집고(구를 전 轉,) 이어 결말을 짓는(맺을 결 結) 순서로 전개한다. 보통은 **뒤집한 부분이 어디인지**를 묻는 문제가 출제된다.

매운 계절(季節)의 채찍에 갈겨
마침내 북방(北方)으로 휩쓸려 오다.

하늘도 그만 지쳐 끝난 고원(高原)
서릿발 칼날진 그 위에 서다.

〕 기

어데다 무릎을 꿇어야 하나
한 발 재겨 디딜 곳조차 없다.

〕 승

이러매 눈 감아 생각해볼밖에 ——→ 전
겨울은 강철로 된 무지갠가 보다. ——→ 결

— 이육사, 「절정」

여기서 1~2연은 기, 3연은 승에 해당한다. 눈앞의 어려움이 심화되는 상황이므로. 이어서 4연의 1행, 눈 감아 생각하는 부분이 전에 해당한다. 이를 계기로 현재의 힘든 상황(겨울)은 어려운 시기를 이겨내고 얻은 무지개(광복)가 강철과도 같이 단단하리라는 믿음을 도리어 강하게 만들어준다는 점을 알 수 있다.

확인 문제 07 다음 시에서 시상의 전개가 전환되는 부분으로 적절한 것은?

㉠님은 갔습니다. 아아, 사랑하는 나의 님은 갔습니다.

㉡푸른 산빛을 깨치고 단풍나무 숲을 향하여 난 작은 길을 걸어서 차마 떨치고 갔습니다.

황금의 꽃같이 굳고 빛나던 옛 맹세는 차디찬 티끌이 되어서 한숨의 미풍에 날아갔습니다.

날카로운 첫 키스의 추억은 나의 운명의 지침을 돌려놓고 뒷걸음쳐서 사라졌습니다.

㉢나는 향기로운 님의 말소리에 귀먹고 꽃다운 님의 얼굴에 눈멀었습니다.

사랑도 사람의 일이라 만날 때에 미리 떠날 것을 염려하고 경계하지 아니한 것은 아니지만 이별은 뜻밖의 일이 되고 놀란 가슴은 새로운 슬픔에 터집니다.

㉣그러나 이별을 쓸데없는 눈물의 원천을 만들고 마는 것은 스스로 사랑을 깨치는 것인 줄 아는 까닭에 걷잡을 수 없는 슬픔의 힘을 옮겨서 새 희망의 정수박이에 들이부었습니다.

우리는 만날 때에 떠날 것을 염려하는 것과 같이 떠날 때에 다시 만날 것을 믿습니다.

㉤아아, 님은 갔지마는 나는 님을 보내지 아니하였습니다,

제 곡조를 못 이기는 사랑의 노래는 침묵을 휩싸고 돕니다.

— 한용운, 「님의 침묵」

① ㉠　② ㉡　③ ㉢　④ ㉣　⑤ ㉤

정답 ④ ㉣

앞에서는 찾아온 이별에 슬퍼하다가 ㉣부터 "그러나" 슬픔에도 불구하고 그 힘을 희망으로 바꾸겠다는 인식의 전환이 드러난다. 이 부분이 시상(시인의 생각)이 전환(바뀌는)되는 부분이라고 볼 수 있다.

② **선경후정** : 앞부분에서 풍경을 보여주고 뒷부분에서 화자의 정서를 표출하는 시상 전개 방식

> 여수 밤바다 이 조명에 담긴 아름다운 얘기가 있어
> 네게 들려주고파 전활 걸어 뭐 하고 있냐고
> 나는 지금 여수 밤바다, 여수 밤바다
> 이 바다를 너와 함께 걷고 싶어
>
> — 장범준, 「여수 밤바다」

앞에서는 눈앞에 보이는 경치에 대해 묘사한 뒤, 뒷부분에서는 그 경치를 보면서 드는 생각이나 마음을 노래하는 형식의 시상전개를 '선경후정'이라고 한다. 보통은 고전시가에 자주 보이는 시상 전개 방식인데 위에 든 예시는 노랫말이라 놀랐나? 사실 노래 가사는 시에 음악을 붙인 것이나 다름 없다. 위 노랫말도 여수 밤바다의 아름다운 풍경을 보니 좋아하는 누군가가 생각났고, 이 바다를 너와 함께 걷고 싶다는 마음을 말한다. 이것도 선경후정이다.

③ **수미상응** : 시의 처음과 끝을 동일하거나 유사한 시구로 구성하는 방식 (수미상관, 수미쌍관과 동의어)

머리와 꼬리가 서로 관련이 있다는 뜻이다. 맨 처음에 시작한 시어/시구와 끝마무리하는 시어/시구가 비슷하다.

➡ **수미상응의 효과 3: 형태적 안정감, 주제의 강조, 운율의 형성** (암기!!)

> 엄마야 누나야 강변 살자 ┐
> 뜰에는 반짝이는 금모랫빛   │ 같음. 수미상응
> 뒷문 밖에는 갈잎의 노래   │
> 엄마야 누나야 강변 살자 ┘
>
> — 김소월, 「엄마야 누나야」

3. 시간의 흐름과 관련된 개념어

① 시대의 변화 : 시대의 흐름에 따른 시상 전개

까마득한 날에
하늘이 처음 열리고
어데 닭 우는 소리 들렸으랴

모든 산맥들이
바다를 연모해 휘달릴 때도
차마 이곳을 범(犯)하던 못하였으리라

끊임없는 광음(光陰)을
부지런한 계절이 피어선 지고
큰 강물이 비로소 길을 열었다

지금 눈 내리고
매화 향기 홀로 아득하니
내 여기 가난한 노래의 씨를 뿌려라.

다시 천고(千古)의 뒤에
백마 타고 오는 초인(超人)이 있어
이 광야에서 목놓아 부르게 하리라

— 이육사, 「광야」

시간이 흐르는 범위가 상당히 큰 편이다. 하늘이 새로 열리던 아주 까마득한 옛날부터 먼 과거(지각이 형성되던 때 : 산맥이 바다를 연모해 휘달릴 때), 그로부터 시간이 수도 없이 흘러(광음(光陰), 즉 빛과 어둠이 피었다가 졌다는 표현은 낮밤이 반복됐다는 뜻이다.) 문명이 시작되었고(큰 강물이 비로소 길을 열었다) 지금이 됐다. 지금은 눈 내리는 것으로 표현된 혹독한 시련이 지속되는 일제강점기이지만, 아주 먼 미래(천고의 뒤)에는 반드시 흰 말을 타고 오는 초인과 같은 광복이 오리라는 믿음을 말한다. 이처럼 시간이 흐르는 범주가 엄청나게 긴 경우를 시대의 변화라고 부른다.

② **계절의 변화** : 계절의 흐름에 따른 시상 전개

가야 할 때가 언제인가를
분명히 알고 가는 이의
뒷모습은 얼마나 아름다운가.

봄 한철
격정을 인내한
나의 사랑은 지고 있다.

분분한 낙화…
결별이 이룩하는 축복에 싸여
지금은 가야 할 때

무성한 녹음(綠陰)과 그리고
머지않아 열매 맺는
가을을 향하여
나의 청춘은 꽃답게 죽는다. (후략)

— 이형기, 「낙화」

늦봄에 꽃이 떨어지고(낙하) 무성하게 숲이 우거진(녹음) 여름을 지나 열매 맺는 가을로 이어지는 시간의 흐름이 드러난다. 위 시처럼 반드시 계절을 알려주는 시어가 등장해야만 한다는 점, 명심하자!

③ **하루 중 시간의 변화** : 아침—낮—저녁—밤의 흐름에 따른 시상 전개

논밭 갈아 기음매고 베잠방이 대님쳐 신들메고
낮 갈아 허리에 차고 도끼 벼려 둘러매고 무림산중(茂林山中) 들어가서 삭정이 마른 섶을 베거니 버히거니 지게에 짊어 지팡이 받쳐 놓고 샘을 찾아가서 점심 도시락 부시고
곰방대를 톡톡 떨어 잎담배 피어 물고 콧노래에 졸다가
석양이 재 넘어갈 제 어깨를 추키면서 긴소리 짧은소리 하며 어이 갈꼬 하더라

— 작자 미상 시조

• **기음매고**
  김매고, 잡초를 뽑고
• **대님**
  바짓가랑이의 발회목 부분을 매는 끈
• **신들메고**
  신이 벗어지지 않도록 발에 잡아매고
• **부시고**
  다 비우고
• **~제**
  ~할 때

조선 후기에 쓰인 시조다. 찬찬히 읽어보면 일종의 브이로그 같은 느낌이다. 산으로 출근해서 나무하고 샘터에 가서 점심 먹고 담배 한 대 태우며 낮잠 한숨 잤다가 해 저물 무렵 노래 부르면서 다시 집으로 간다는 내용이다. 역시 하루 중 시간의 변화를 알 수 있는 시어들이 명확하게 드러나야 한다.

4. 이동과 관련된 개념어

① **공간의 이동** : 장소가 바뀜에 따라 시상을 전개해나가는 방법

> 누군가 나에게 물었다. 시가 뭐냐고
> 나는 시인이 못 되므로 잘 모른다고 대답하였다.
> <u>무교동</u>과 <u>종로</u>와 명동과 <u>남산</u>과
> <u>서울역</u> 앞을 걸었다.
> 저녁녘 <u>남대문시장</u> 안에서
> 빈대떡을 먹을 때 생각나고 있었다.
>
> ― 김종삼, 「누군가 나에게 물었다」

공간의 이동과 시선의 이동 전부 시험에 정말 자주 출제되는 어휘이니 잘 봐둬라. 특히 공간의 이동이라고 명확하게 말하기 위해서는 정확한 장소의 명칭이 나와야 한다. 무교동, 종로, 명동, 남산, 서울역 앞, 남대문시장 등은 전부 명확한 장소다. 해서 공간의 이동이라 분명히 말할 수 있는 셈이다.

② **시선의 이동** : 화자의 시선에 따라 시상을 전개해나가는 방법

> 파르란 구슬빛 바탕에 자주빛 호장을 받친 <u>호장저고리</u>
> 호장저고리 <u>하얀 동정</u>이 환하니 밝도소이다.
> 살살이 퍼져 내린 곧은 선이 스스로 돌아 곡선을 이루는 곳
> 열두 폭 기인 치마가 사르르 물결을 친다.

치마 끝에 곱게 갑춘 운혜 당혜
발자취 소리도 없이 대청을 건너 살며시 문을 열고, 그대는 어느 나라의 고전
을 말하는 한 마리 호접

— 조지훈, 「고풍 의상」

· 운혜
앞코에 구름무늬가 있는 여성용 가죽신
· 당혜
앞뒤에 덩굴무늬가 있는 여성용 가죽신
· 호접(胡蝶)
나비

시선의 이동은 꼭 공간의 이동이 있어야만 하는 것이 아니다. 위 시처럼 화자가 저고리(위)—치마(중간)—운혜 당혜(아래)로 쓸어 내려가며 보는 상황도 시선의 이동이다. 화자는 실제로는 전혀 움직이지 않았다.

➡ 공간이 이동하면? 당연히 시선은 이동하게 된다. 눈을 빼놓고 움직일 수는 없으니 말이다. **헌데 시선의 이동이라고 해서 반드시 공간의 이동이라고는 할 수 없다**는 점(장소를 옮기지 않았다면)을 명심하자.

③ <u>근경</u>(近境)에서 <u>원경</u>(遠景)으로 시선의 이동
: 시선이 가까운 곳에서 먼 곳으로 이동하는 경우

<u>들길</u>은 마을에 들자 붉어지고
<u>마을 골목</u>은 들에 내려서자 푸르러졌다.
바람은 넘실 천이랑 만이랑
이랑이랑 햇빛이 갈라지고
보리도 허리통이 부끄럽게 드러났다. (중략)
얇은 단장하고 아양 가득 차 있는
<u>산봉우리</u>야 오늘밤 너 어디로 가버리련

— 김영랑, 「오월」

가까운 들길, 마을 골목에서 마지막에는 좀 더 먼 데에 있는 산봉우리로 시선이 옮겨 간다. 이런 형태의 이동을 근경에서 원경으로 시선이 이동한 다고 한다. 이 시에 공간의 이동이 드러났을까? 그렇게 보기에는 약간 애 매하다. 물론 들길도 있고, 마을 골목도 있지만 들길과 마을 골목이 서로 만나서 자연경관이 바뀐 상황을 말하고 있을 따름이지 화자가 실제로 들 길과 마을 골목을 돌아다녔는지는 알 수 없기 때문이다.

④ 원경(遠景)에서 근경(近境)으로 시선의 이동

: 시선이 먼 곳에서 가까운 곳으로 이동하는 경우

> 설악산 대청봉에 올라 (중략)
>
> 다만 무릎께까지라도 다가오고 싶어
>
> 안달이 나서 몸살을 하는 바다를 내려다보니
>
> 온통 세상이 다 보이는 것 같고
>
> 또 세상살이 속속들이 다 알 것도 같다
>
> 그러다 속초에 내려와 하룻밤을 묵으며
>
> 중앙시장 바닥에서 다 늙은 함경도 아주머니들과
>
> 노령노래 안주해서 소주도 마시고
>
> 피난민 신세타령도 듣고 (중략)
>
> 세상은 아무래도 산 위에서 보는 것과 같지만은 않다.
>
> — 신경림, 「장자를 빌려 — 원통에서」

• 노령노래
함경도 지방의 민요

설악산 대청봉에서 저 멀리 있는 세상을 내려다보다가 다시 아래로 내려와 가까운 데서 사람들을 바라보는 시상의 흐름이 드러난다. 이런 형태의 이동을 원경에서 근경으로 시선이 이동한다고 말한다. 공간의 이동도 되냐고? 되지! 설악산 대청봉에서 속초, 중앙시장 등등 화자가 직접 움직여서 들른 장소가 정확히 나왔으니까.

5. 강조와 관련된 개념어

① 점층적 강조 : 화자의 정서나 시적 상황을 점점 강하게 하거나 크게 하는 방법. 의미가 점차 넓어지고 강해진다.

아래 시에서는 울음의 강도가 점점 세지고 있다.

> 벽 속에서 겨울 귀뚜라미는 울지요. 떼를 지어 웁니다, 벽이 무너지라고 웁니다.
>
> — 박용래, 「월훈」

점강법 : 점층법과 반대되는 개념으로 점차 의미를 작아지고 좁아지고 약해지게 하는 기법이다. 점점 범위가 좁아지는 아래 문장이 대표적인 점강법이다.

> 천하를 태평하게 하려거든 먼저 그 <u>나라</u>를 다스리고, 나라를 다스리려면 그 <u>집</u>을 바로잡으며, 집을 바로잡으려면 그 <u>몸</u>을 닦을지니라.

② <u>유사한 문장 구조의 반복</u> : 같거나 비슷한 문장의 짜임을 반복하는 방법

> 벗꽃 지는 걸 <u>보니</u> 푸른 솔 <u>좋아</u>
> 푸른 솔 좋아하<u>다 보니</u> 벗꽃마저 <u>좋아</u>

'~보니' '~좋아'가 반복되면서 운율을 형성한다. 비슷한 문장 구조의 반복, 대구법과 같은 뜻으로 봐도 무방하다.

6. 대조와 관련된 개념어

두 대상의 상반되는 측면을 맞세워감으로써 그 상태나 흥취를 더욱 선명하게 드러내는 시상 전개 방법이다. 1대1 대응을 이루는 방식으로 시가 전개된다.

① <u>이미지의 대조</u> : 소재의 이미지를 대칭적으로 설정하고 대비를 중심으로 전개하는 방법

> 풀이 눕는다.
> 바람보다도 더 빨리 눕는다.
> 바람보다도 더 빨리 울고
> 바람보다도 먼저 일어난다.
>
> 날이 흐리고 풀이 눕는다.
> 발목까지
> 발밑까지 눕는다.
> 바람보다 늦게 누워도
> 바람보다 먼저 일어나고

바람보다 늦게 울어도

바람보다 먼저 웃는다.

날이 흐리고 풀뿌리가 눕는다.

— 김수영, 「풀」

위 시에서 시적 대상은 무얼까? 풀이다. 시인은 풀에 대해서 드는 생각을 쭉 써 내려가기로 선택했다. 그런데 이 풀의 속성을 더 극적으로 보여주려고 끌고 온 대조적인 소재가 바람이다. 바람은 풀을 눕히는 부정적인 소재로 볼 수 있는데 여기서 김수영이 1960년대 군부독재 시절을 살았던 시인임을 감안하면, 바람은 독재정권의 억압을 의미한다고 볼 수 있다. 그렇다면 풀이 궁극적으로 상징하는 바는? 억압에도 불구하고 끊임없이 일어나는 민중의 생명력을 뜻한다.

② **자연과 인간의 대조** : 자연과 인간의 삶을 대칭적으로 설정하고 대비를 중심으로 전개하는 방법

③ **과거와 현재의 대조** : 과거의 상황과 현재의 상황을 대칭적으로 설정하고 대비를 중심으로 전개하는 방법

오백 년 도읍지(都邑地)를 필마(匹馬)로 돌아드니,

산천은 의구(依舊)하되 인걸(人傑)은 간데없다.

어즈버, 태평연월(太平烟月)이 꿈이런가 하노라.

— 길재의 시조

길재는 고려 말의 충신으로, 태조 이성계의 벗이자 이방원의 스승이었다. 본인이 가르친 학생이 내가 충성하던 나라를 무너뜨리고 새로운 나라를 세웠을 때 선생의 마음은 어땠을까? 만약 내 책을 읽고 공부한 여러분이 다 커서(물론 그럴 일은 절대 없겠지만) 우리나라를 무너뜨린다면? 내 마음은 아마 무너져 내릴 것이다. 길재도 마찬가지였다. 이방원은 임금이 되어 길재에게 벼슬자리를 권했으나 길재는 늙으신 어머니를 돌봐야 한다고 거절

• **의구(依舊)하되**
옛날과 다름없지만

하고는 본인의 고향으로 돌아갔다. 그 길에 길재는 혼자서 말을 타고 젊은
시절 열심히 일하며 충성했던 고려의 옛 도읍지, 개경에 들러 멸망한 고국
에 대한 쓸쓸한 심회를 노래한다.

산천은 의구(依舊)하되 인걸(人傑)은 간 데 없다.

↳ 산천은 옛날과 다름없이 변함없지만, 함께 일했던 걸출한 인재들은 죽거나 새로운 조선의
  신하가 되어버렸다. 무한하고 절대적인 자연과, 유한하며 변화하는 인간을 대조하므로 자
  연과 인간의 대조라고 볼 수 있다.

어즈버, 태평연월(太平烟月)이 꿈이런가 하노라.

↳ 앞에 있는 '어즈버'는 아아! 와 같은 감탄사다. '아아! 태평했던 그 시절이 꿈이었는가 한다'
  라는 뜻이다. 고려 왕조가 융성했던 바로 그 시절(과거)을 알고 있던 길재가 멸망한 왕조
  (현재)의 모습을 바라보면서 쓸쓸함을 느끼는 부분이다. 과거와 현재의 대조로 볼 수 있다.

④ 색채의 대조 : 색채를 대칭적으로 설정하고 대비를 중심으로 전개하는 방법

어두운 방 안엔
바알간 숯불이 피고,

외로이 늙으신 할머니가
애처로이 잦아드는 어린 목숨을 지키고 계시었다.

이윽고 눈 속을
아버지가 약(藥)을 가지고 돌아오시었다.

아, 아버지가 눈을 헤치고 따 오신
그 붉은 산수유 열매─.

― 김종길, 「성탄제」

1연에서 어두운(검은색), 바알간(붉은색)은 검은색과 붉은색의 색채 대비로 볼 수 있으며, 4연에 나오는 눈(흰색)과 산수유 열매(붉은색)는 흰색과 붉은색의 색채 대비라고 할 수 있다. 상당히 자주 출제되는 개념이니 잘 알아두자.

⑤ **계절의 대조** : 계절을 대칭적으로 설정하고 대비를 중심으로 전개하는 방법

겨울은,
바다와 대륙 밖에서
그 매운 눈보라를 몰고 왔지만
이제 올
너그러운 봄은, 삼천리 마을마다
우리들 가슴속에서
움트리라

— 신동엽, 「봄은」

가장 극적인 대조를 보이는 계절은 무얼까? 그렇다. 겨울과 봄이다. 다 그런 건 아니지만, 보통 겨울은 혹독한 시련과 고난을 뜻할 때가 많고 봄은 좀 더 희망적인 시기를 의미할 때가 많다. 위 시는 6.25전쟁 직후에 쓰인 시로, 겨울은 분단된 조국의 현실을 의미하며 봄은 통일된 한반도를 뜻한다. 서로 반대되는 속성을 계절에 빗대 좀 더 효과적으로 다가오게끔 표현한 셈이다.

다음 빈칸을 채워보세요.

시인은 시상을 효과적으로 표현하기 위해 소재나 시구 등을 일정한 질서와 규칙에 따라 배열하는데 이것을 ⊙_____이라고 한다.

1. 시상의 흐름과 관련된 개념어

① 시상의 _____: 시상이 한곳에 모여서 강렬한 인상을 남김. 시상이 이어지다가 어느 한 지점에서 집중적으로 모여서 주제를 형상할 수 있는 기반을 닦는 것

② 시상의 _____: 시상이 점점 크게 범위를 넓혀가거나 의식의 범위가 확대됨. 시인이 미처 깨닫지 못한 삶의 면을 보여줄 수 있음

③ 시상의 _____ 하나의 주제를 중심으로 시의 제재나 정서들이 집중됨

④_____: 하나의 이미지를 출발점으로 삼아 관련된 다른 관념으로 꼬리에 꼬리를 무는 방식으로 전개됨. 머릿속에 떠오르는 생각을 따라가며 시를 전개하는 방법

2. 정형적 구조와 관련된 개념어

①_____: 시상 제기→시상 심화→시상 전환→중심 생각 제시로 이어지는 시상 전개 방식

➡ 어떤 계기가 있어서 시상을 일으키고 ⊙_____ , 시상을 발전시켰다가
ⓒ_____, 한번 뒤집고 ⓒ_____, 이어 결말을 짓는 ⓔ _____ 순서로 전개한다.

②_____ : 앞부분에서 풍경을 보여 주고 뒷부분에서 화자의 정서를 표출하는 시상 전개 방식

③_____: 시의 처음과 끝을 동일하거나 유사한 시구로 구성하는 방식

(㉠ _____ , ㉡ _____ 과 동의어)

➡ 효과(3) : ㉢ _____ , ㉣ _____ , ㉤ _____

3. 시간의 흐름과 관련된 개념어

① _____ 의 변화 : 시대의 흐름에 따른 시상 전개

② _____ 의 변화 : 계절의 흐름에 따른 시상 전개

③ _____ 의 변화 : 아침―낮―저녁―밤의 흐름에 따른 시상 전개

4. 이동과 관련된 개념어

① _____ 의 이동 : _____ 가 바뀜에 따라 시상을 전개해 나가는 방법

② _____ 의 이동 : _____ 에 따라 시상을 전개해 나가는 방법

③ _____ 에서 _____ 으로 시선의 이동 : 시선이 가까운 곳에서 먼 곳으로 이동하는 경우

④ _____ 에서 _____ 으로 시선의 이동 : 시선이 먼 곳에서 가까운 곳으로 이동하는 경우

5. 강조와 관련된 개념어

① _____ 강조 : 화자의 정서나 시적 상황을 점점 강하게 하거나 크게 하는 방법. 의미가 점차 넓어지고 강해진다.

⟨반⟩ ㉠ _____ : 점층법과 반대되는 개념으로 점차 의미를 작아지고 좁아지고 약해지게

하는 기법이다.

② _____: 같거나 비슷한 문장의 짜임을 반복하는 방법

6. 대조와 관련된 개념어

두 대상의 ㉠ _____으로써 그 상태나 흥취를 ㉡ _____
드러내는 시상 전개 방법이다. ㉢ _____으로 시가 전개된다.

① _____ : 소재의 이미지를 대칭적으로 설정하고 대비를 중심으로 전개하는 방법

② _____ 과_____의 대조 : 자연과 인간의 삶을 대칭적으로 설정하고 대비를 중심
으로 전개하는 방법

③ _____와_____의 대조 : 과거의 상황과 현재의 상황을 대칭적으로 설정하고
대비를 중심으로 전개하는 방법

④ _____의 대조 : 색채를 대칭적으로 설정하고 대비를 중심으로 전개하는 방법

⑤ _____의 대조 : 계절을 대칭적으로 설정하고 대비를 중심으로 전개하는 방법

정답

㉠ 시상 전개 방식

1.

① 집약 ② 확산 ③ 통일 ④ 연상

2.

① 기승전결

   ㉠ 기 ㉡ 승 ㉢ 전 ㉣ 결

② 선경후정

③ 수미상응

   ㉠ 수미상관, ㉡ 수미쌍응, ㉢ 형태적 안정감, ㉣ 주제의 강조, ㉤ 운율의 형성

3.

① 시대 ② 계절 ③ 하루 중 시간

4.

① 공간, 장소 ② 시선, 화자 ③ 근경, 원경 ④ 원경, 근경

5.

① 점층적

   ㉠ 점강법

② 유사한 문장 구조의 반복

6.

㉠ 상반되는 측면을 맞세워감

㉡ 더욱 선명하게

㉢ 1대1 대응을 이루는 방식

   ① 이미지의 대조 ② 자연, 인간 ③ 과거, 현재 ④ 색채 ⑤ 계절

표현

6강과 더불어 가장 자주 출제되는 파트인데 좀 어려우니 5회독 권합니다.

표현이란?

시인이 언어를 통해 시상(시인의 생각)을 구체적으로 표출하는 것을 말한다.

1. 시어의 특성과 관련된 개념어

① 객관적 상관물 : 시상과 감정을 드러내는 데 사용된 구체적 사물

② 매개물 : 시에 나타나는 사상이나 감정을 표현하는 구체적인 사물

유리에 차고 슬픈 것이 어른거린다.

열없이 붙어 서서 입김을 흐리우니

길들은 양 언 날개를 파다거린다.

지우고 보고 지우고 보아도

새까만 밤이 밀려나가고 밀려와 부딪치고

물먹은 별이, 반짝, 보석처럼 박힌다.

밤에 홀로 유리를 닦는 것은

외로운 황홀한 심사이어니,

고운 폐혈관이 찢어진 채로

아아, 늬는 산새처럼 날아갔구나!

— 정지용, 「유리창 1」

이 시에서 **'물먹은 별'**은 눈물 맺힌 화자의 눈에 비친 아이의 영상으로, 자식 잃은 아버지(정지용 시인은 어린 아들을 폐결핵으로 일찍 잃은 뒤 이 시를 썼다)의 슬픔을 표현하는 매개물/객관적 상관물이다.

시에서는 시인의 생각(시상)과 감정을 직접적으로 서술하는 대신 구체적인 사물을 통해 간접적으로 나타내는 경우가 많다. 이때 사용된 구체적인 사물을 객관적 상관물(혹은 매개물)이라고 한다.

• 매개물
㊐ 매개체 : 객관적 상관물과 비슷한 개념

• 매개(媒介)
① 사람 혹은 사물 사이에서 양편의 관계를 맺어 줌.
㉠ 화폐는 물품 교환을 ~하는 역할을 한다.

여기 상당히 이해가 어려운 부분이니 집중하세요.

쌤은 집 근처 안양천에서 매일 산책을 하고 있어. 쌤한테 별일이 없을 땐 안양천 물소리가 어떻게 들릴까? 그렇죠. 그냥 졸졸졸. 근데 어느 날, 어렵사리 만나온 쌤의 남자 친구 차은우 씨가 군대를 가버렸어.

쌤 마음이 어떨까? 엄청 슬프겠지? 그치만 운동은 가야 하니까 또 안양천에 나갔어. 그때 안양천 물소리는 어떻게 들릴까? 엉엉엉. 왜 애꿎은 안양천이 운다고 표현하냐고? **쌤 마음이 슬프니까 그 감정을 '투영'해서 안양천이 엉엉엉 운다고 하는 거지.** 창피하게 지성인인 내가 남자 친구가 군대 가서 운다고 직접적으로 표현할 순 없잖아. 이때 **객관적 상관물 혹은 매개물은** 뭐게? 안양천이지. 선생님의 슬픔이라는 감정을 안양천이 대신 나타내줬으니까.

차은우 선생님

물소리? → 졸졸졸

💔 이별(차임)

물소리? → 엉엉엉 감정 이입의 상황

안양천: (선생님의) 이별의 슬픔이 투영된 매개체. 매개물.
객관적 상관물 중에서도 "감정이입물"

<u>투영</u> : 화자의 감정이 사물에 스며든 것을 투영이라고 한다.

> 붉은 해는 서산 마루에 걸리었다.
> <u>사슴의 무리도 슬피 운다.</u>
> 떨어져 나가 앉은 산 위에서
> 나는 그대의 이름을 부르노라.
>
> — 김소월, 「초혼」

여기서 화자는 죽은 이의 혼을 부르는 의식(초혼)을 진행하고 있다. 얼마나 보고프면 그럴까? 굉장히 슬플 것이다. 그런데 본인의 슬픔을 누가 운다고 표현하고 있지? 그렇다. 사슴이다. 그러므로 사슴은 화자의 슬픔이 '투영' 된 객관적 상관물 혹은 매개물이다.

객관적 상관물(혹은 매개물)은 ㉠ **대리물**, ㉡ **자극물**, ㉢ **감정이입물** 등의 형태로 나타나는데, 좀 더 자세히 알아보자.

㉠ **화자의 대리물** : 화자를 대리하는 사람 혹은 사물

화자가 다른 사물/사람을 통하여 '이걸 나라고 생각했으면 한다'는 식으로 표현하는 말이 나와야 대리물이라고 정확하게 말할 수 있다.

> <u>묏버들</u> 가려 꺾어 보냅니다 임에게
> 주무시는 창 밖에 심어 두고 보세요.
> 간밤에 새 잎 나거든 <u>날인가 여기소서.</u>
>
> — 홍랑의 시조

기생 홍랑이 사랑했던 사람에게 묏버들을 꺾어 보내면서 창 밖에 심어두고 새잎이 나거든 '나인 듯이 여겨주세요'라고 정확하게 말한다. 여기서 묏버들은 그럼 화자인 홍랑을 대신해 임에 대한 사랑을 고스란히 투영하는 화자의 대리물이다.

ⓛ **정서 자극물** : 화자의 정서를 촉발하거나 고조시키는 사물. 외부에서 작용을 주어 감정이 강하게 표출되게 해주는 사물. 시에서는 어떤 사물이 화자를 건드려서 감정을 촉발(생기게)하거나, 고조(절정에 다다르게)시키는 경우를 말한다.

펄펄 나는 저 <u>꾀꼬리</u>는 암수 서로 정다운데
<u>외로운 이내 몸은</u>
뉘와 함께 돌아갈꼬.

— 유리왕, 「황조가」

고구려의 제2대 왕인 유리왕에게는 부인이 둘 있었는데, 유리왕이 사냥을 떠난 사이 그 부인들끼리 크게 싸워 한 명이 본인의 고향으로 돌아가버렸다. 유리왕이 그녀를 다시 데려오려 했지만 거절당하고 다시 고구려로 돌아오는 중에 서로 정답게 지저귀는 꾀꼬리를 보며 본인의 처지(임과 이별한 상황)를 절절히 깨닫는 마음을 노래한 시다. 여기서 **꾀꼬리 한 쌍**은 아내에게 버림받아 가뜩이나 **외롭고 쓸쓸한 유리왕과는 대조적으로 서로 사이가 너무 좋다.** 그래서 **유리왕의 슬픔을 촉발, 고조하는 정서 자극물**이라고 볼 수 있다.

ⓒ **감정이입물** : 화자의 감정을 투영시켜 화자와 동일시하는 사물
화자는 자신의 감정을 어떤 사물에 투영시킬 수 있다. **사물에 화자의 감정을 불어넣어 그 사물과 화자가 서로 통한다고 느낄 때 그 사물을 감정 이입물이라고 한다.** (→ 대리물과 구별)

감정이입물이 가장 자주 출제되는 객관적 상관물이니 잘 익혀두자.

혼자라도 가쁘게나 가자
마른 논을 안고 도는 착한 도랑이
젖먹이 달래는 노래를 하고, <u>제 혼자 어깨춤만 추고 가네</u>

— 이상화, 「빼앗긴 들에도 봄은 오는가」

화자가 흥겨우니 도랑도 어깨춤을 춘다고 표현했다. 화자의 감정이 '도랑'이라는 사물에 이입되었다.

천만 리 머나먼 길에 고운 임 여의옵고
내 마음 둘 데 없어 냇가에 앉으니,
저 물도 내 마음과 같아서 울며 밤길 가는구나.

— 왕방연의 시조

왕방연은 단종이 왕위에서 쫓겨나 영월로 유배를 갈 때 그를 호위했던 신하다. 하루아침에 작은 아버지인 수양대군(후에 세조)에 의해 왕위를 빼앗기고 초라한 집에 머물게 된 단종을 보고 돌아오는 길에 이 시조를 지었다고 전한다. 그가 느낀 슬픔을 누가 대신 운다고 표현했나? 그렇다. '저 물'이 내 (슬픈) 마음과 같아서 울었다고 했으니 물은 왕방연의 슬픔이 투영된 감정이입물이다.

이제 눈치챘나? 아까 쌤이 객관적 상관물을 설명할 때 썼던 안양천 예시 기억나? 그때 그 안양천은? 객관적 상관물 중에서도 감정이입물이다.

③ 압축 : 시인의 정서나 생각을 간결하고 짧은 형태로 표현하는 시어의 특성이다.
산문은 글쓴이의 의견이나 느낌을 하나 이상의 제대로 된 문장으로 표현한다. 그러나 **시는 시인의 정서와 사상을 짧고 간결한 언어로 표현**한다.

• 압축
㊀ 집약

연탄재, 함부로 발로 차지 마라
너는 누구에게 한 번이라도 따뜻한 사람이었느냐?

— 안도현, 「너에게 묻는다」

연탄.

시인은 스스로를 불태워 주위를 따스하게 하고, 타고 남은 연탄재로는 빙판길을 미끄럽지 않게 해주는 연탄을 보면서 이타적인 삶을 살아가는 존재를 떠올린다. 따라서 **연탄이라는 어휘 안에 따스하고 이타적인 삶을 살아야 한다는 시인의 정서, 사상이 압축되어 담겨 있는 셈**이다.

④ <u>함축</u> : 다양한 의미를 동시에 표현하는 시어의 특성

  일상의 언어는 대개 한 가지 의미를 충실히 표현하지만, 시어는 한 가지 의미만 표현하지 않기 때문에 다양한 해석이 가능하다. 시인은 시어의 함축성을 통하여 **하나의 시어로도 효과적으로 많은 의미**를 표현할 수 있다.

• **함축**
㉤ 내포

> 한 송이의 <u>국화꽃</u>을 피우기 위해
> <u>봄부터 소쩍새는</u>
> <u>그렇게 울었나 보다.</u>
>
>   — 서정주, 「국화 앞에서」

국화꽃.

여기서는 원숙한 인간상이라는 의미를 지니지만, 수험생에게는 합격을, 험한 인생을 살아가고 있는 사람에게는 삶의 목표/안정이라는 의미 등으로 해석할 수 있다.

★ 압축과 함축의 관계?

시인이 시어를 고를 때는 '시상을 **압축**'해서 쓴다고 하고, 그렇게 쓰인 **시어를 독자가 보고 해석할 때**는 '시어가 **함축, 내포**하는 뜻을 파악'한다고 한다. 그러니 잘 구별해서 알아두자.

⑤ <u>음성 상징어</u> : 의성어나 의태어를 사용하여 사물의 소리나 모양을 흉내 낸 시어
- 의성어 : 사물의 <u>소리</u>를 흉내 낸 시어 ㉮ 졸졸졸, 개굴개굴
- 의태어 : 사물의 <u>모양</u>을 흉내 낸 시어 ㉮ 무럭무럭, 쑥쑥

딱히 어려울 건 없는데 여러분들이 무럭무럭, 쑥쑥만 보면 자꾸 의성어라고르길래 가져왔다. 소리가 들려야지 의성어. 식물이나 애들이 크면서 무럭무럭!! 무럭무럭!! 쑥쑥!! 쑥쑥!! 하는 소리내는 거 봤어? 못 봤지? 제발 의태어로 기억해두세요!

⑥ 색채어 : 색깔을 직접적으로 나타내는 시어

별표를 900개 정도는 치고 싶은 용어다. 고1 3월 모의고사에 거의 항상 출제되는 개념어다. 색깔을 직접적으로 나타내는 말이 정확하게 나와야 색채어라고 할 수 있다.

얇은 사(絲) 하이얀 고깔은

고이 접어서 나빌레라

파르라니 깎은 머리

박사(薄紗) 고깔에 감추오고

— 조지훈, 「승무」

위 시에서 색채어는? 하이얀, 파르라니

함께 익히기 **색채 이미지 : 색깔을 연상시키는 시어**

색채어는 진짜 색을 나타내는 말이 정확하게 나와야 한다면, 색채 이미지는 색을 나타내는 말은 직접적으로 없지만 그 단어를 들으면 바로 떠오르는 색이 있는 단어다. 아래 시를 통해 색채어와 색채 이미지를 같이 찾아보자.

하늘 밑 푸른 바다가 가슴을 열고

흰 돛단배가 곱게 밀려서 오면

내가 바라던 손님은 고달픈 몸으로

청포를 입고 찾아온다고 했으니

내 그를 맞아 이 포도를 따 먹으면

두 손은 함뿍 적셔도 좋으련

아이야 우리 식탁엔 은쟁반에

하이얀 모시 수건을 마련해두렴

— 이육사, 「청포도」

• 색채 이미지를 나타내는 시어 : 하늘, 바다, 포도

직접적으로 색을 나타내는 말은 없지만 딱 듣는 순간 하늘/바다/포도에서 푸른색을 떠올릴 수 있다. (이 시의 제목이 청포도이기 때문에 이미 포도가 푸른색이라는 것을 알고 있는 상황이라 포도도 색채 이미지라고 볼 수 있다.)

• 색채어 : 푸른, 흰, 청포, 은쟁반, 하이얀

색채어는 진짜 색을 나타내는 말이 정확하게 나와야 하므로 위와 같이 '푸를 청'이 정확하게 들어가 있어야 하며, 은쟁반은 '은'의 색이 흰색이므로 색채어라고 볼 수 있다.

⑦ 환기(喚起) : 어떤 느낌을 느끼게 하거나 어떤 모습을 머릿속에 불러일으킴. 감정, 정서, 생각을 불러일으키는 것

중요해서 한 번 더 넣었다. 창문 열어서 시키는 그 환기랑 음만 같고 뜻은 완전히 다르니 잘 알아두자.

2. 비유와 관련된 개념어

비유는 시인이 나타내고자 하는 것(원관념)을 이와 유사한 다른 것(보조 관념)에 빗대어 표현하는 것을 말한다. 비유는 추상적인 정서나 사상을 효과적으로 표현하는 시의 기법이다. 시인은 직유, 은유, 활유, 의인 등 여러 가지 비유를 사용할 수 있다.

① 직유 : A는 B와 같다는 식으로 어떤 대상을 나타내기 위해 비슷한 성질을 가진 대상을 직접 끌어다가 견주는 비유
'~와 같이, ~처럼, ~인 듯, ~인 양' 등과 같이 직유라는 것을 알려주는 연결어가 분명하게 등장해야 한다.

나의 지식이 독한 회의(의심을 품음)를 구하지 못하고
내 또한 삶의 애증(슬픔과 증오)을 다 짐지지 못하여
<u>병든 나무처럼</u> 생명이 부대낄 때
저 머나먼 아라비아의 사막으로 나는 가자

― 유치환, 「생명의 서」

스스로의 삶에 대한 의문을 해결하지 못하고 지속적인 애증에 시달리는 모습을 병든 나무에 직접 빗대었다. '~처럼'이라는 연결어가 정확하게 있으니 직유라고 할 수 있다.

② <u>은유</u> : 어떤 대상을 나타내기 위해 비슷한 성질을 가진 대상(보조 관념)을 끌어다 은근히 견주는 비유(연결어가 없다!)

내 마음은 호수요 그대 노 저어 오오

― 김동명, 「내 마음은」

쉽게 생각하자. 직접적으로 비유 대상을 가리켜주는 연결어(~와 같이, ~처럼, ~인 듯, ~인 양)가 없으면 다 은유다. 숨길 은(隱)을 쓴다.

③ <u>활유</u> : 무생물을 생물처럼 나타내는 비유
④ <u>의인</u> : 사물의 움직임이나 모양, 추상적 관념 등을 사람처럼 나타내는 비유
　(사람만의 특징? 감정을 느끼고 말을 한다)

언뜻 봐서는 활유나 의인이나 그게 그것인 듯 보이는데 그렇지 않다. 활유는 반드시 무생물이 뭔가를 하는 상황에만 해당하고, 의인법은 무생물이든 생물이든 그것이 (문학 작품 해석에서는) 사람만이 할 수 있다 여겨지는 감정, 언어를 드러내는 행동을 할 때 쓰는 표현이다.

〈활유법과 의인법의 관계 연습〉

- **어둠**(무생물)은 **새를 낳고**(생물이 하는 행동)

활유법만 된다. 의인법이라 보기는 약간 애매하다. 사람뿐만 아니라 동물이라면 새끼를 낳기 때문이다.

- **빨래**(무생물)가 **춤을 춘다**(사람만이 하는 행동)

활유법도 되고 의인법도 된다. 춤추는 행동은 사람만 하는 행동이니 말이다.

- **사슴**(생물)이 슬피 **운다**(사람만이 하는 행동 - 감정)

사슴은 생물이므로 의인법에만 해당한다.

- **나뭇잎**(생물)이 **속삭인다**(사람만이 하는 행동 - 언어)

나뭇잎은 생물이므로 의인법에만 해당한다.

그림으로 나타내면 아래와 같다.

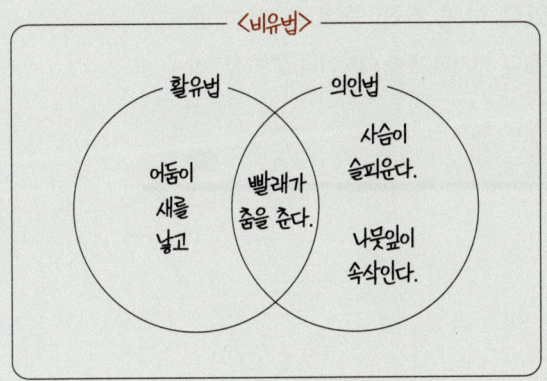

우리 집 강아지는 말도 하고 춤도 추고 울고 웃는다는 친구들이 있는데, 문학 문제 풀 때는 너희 집 천재 강아지의 웃음과 눈물과 춤과 슬픔은 생각지 말아줄래? 평가원이 그렇다는데 어떡하겠니. 그러려니 하자.

⑤ 중의 : 하나의 말이 둘 이상의 뜻을 나타내게 하는 비유. 한 단어에 두 가지 이상의 뜻을 담는 비유의 기법. 단어의 뜻이 여러 개이기 때문에 이에 따른 시의 해석도 다양해질 수 있는 효과가 있다.

청산리 벽계수야 수이(쉽게) 감을 자랑마라

일도창해(한번 푸른 바다에 다다르면)하면 돌아오기 어려우니

명월(밝은 달)이 만공산(온 산을 가득 비추니)하니 쉬어 간들 어떠하리.

— 황진이의 시조

여기서 벽계수(碧溪水)는 표면적으로는 맑고 푸른 시냇물을 뜻한다. 그런데 황진이가 살았던 시대에 '벽계수'라는 이름을 가진 양반이 있었고 황진이를 몹시 사랑해 구애하는 등 그녀를 힘들게 했다고 한다. 한편 명월(明月) 역시 밝은 달이라는 표면적인 뜻을 지니고 있지만 황진이의 기명(기생으로 활동할 때의 이름)이기도 하다. 따라서 벽계수와 명월은 동시에 두 가지 뜻을 표현하는 시어다. 이런 경우를 뜻이 겹쳐 있다 하여 거듭 중(重)을 써서 중의라고 부른다.(그럼 위 시에 숨어 있는 의미는? 그렇다. 어차피 변할 사랑이니 결혼하자 하지 말고 잠시만 함께하다 헤어지자는 뜻이다.)

3. 비유 외의 수사법과 관련된 개념어

여기서 수사법이란 말을 꾸미는 기법이라는 뜻이다.

① 과장 : 화자의 느낌이나 생각을 강조하기 위해 대상을 실제보다 지나치게 크게, 또는 지나치게 작게 표현하는 수사법

대동강 물은 그 언제나 마르려나

해마다 이별의 눈물 푸른 물결 위에 더하네

— 정지상, 「송인(送人)」

고려시대 문인이었던 정지상이 쓴 한시다. '사람을 보내며', 그러니까 이별하고 쓴 시인데 이분, 좀 뻥이 심하다. 본인이 맨날 대동강에 이별에 의한

슬픔으로 눈물을 흘릴 거니까 대동강이 마를 날이 없을 거란다. 이런 표현을 과장이라고 한다. 유의할 점은, 이렇게 지나치게 크게 표현한 것도 과장이지만 지나치게 작게 표현한 것도 과장이라는 점이다.

→ **지나치게 크게** 과장한 예 : **남산만 하게 부른 배**

→ **지나치게 작게** 과장한 예 : **코딱지만 한 집, 쥐꼬리만 한 월급**

② **대조** : 두 가지 대상을 맞대어 차이점을 밝혀 표현하는 수사법. 상대되는 어구나 사물 또는 현상을 맞세워 두 가지가 다름을 두드러지게 내보이는 기법

> 봄은 가까운 땅에서 숨결과 같이 일더니
> 가을은 머나먼 하늘에서 차가운 물결과 같이 밀려온다.
>
> ─ 김현승, 「가을」

대조는 '내용'이 서로 다른 경우를 뜻한다. 위 시에서 대조적인 시구들은 아래와 같다. **내용상 서로 반대되는 말들을 맞세워 봄과 가을의 대조적 속성을** 효과적으로 보여준다.

· 봄 ↔ 가을
· 가까운 ↔ 머나먼
· 땅 ↔ 하늘
· 숨결 ↔ 차가운 물결
· 일더니 ↔ 밀려온다.

그런데 이 경우, 대구라고 할 수 있을까?(대구에 대한 설명은 다음 페이지에 있으니까 참고 바람.) **YES : 형식적으로 비슷한 문장이 반복되며 구와 구가 서로 대응**하기 때문

· 봄은 : 가을은
· 가까운 : 머나먼
· 땅에서 : 하늘에서

· 숨결과 같이 : 차가운 물결과 같이
· 일더니 : 밀려온다

③ 대구 : 가락이 비슷한 말을 나란히 나타내어 표현하는 수사법으로, 서로 유사한 말을
   1대1로 맞세우는 표현 기법이다.

> 나는 향기로운 임의 말소리에 귀먹고
> 꽃다운 임의 얼굴에 눈멀었습니다.
>
> — 한용운, 「님의 침묵」

대구는 구와 구가 서로 대응한다는 뜻이다. 형식적으로 비슷한 문장 구조
가 반복된다고 봐도 된다.

· 향기로운 : 꽃다운
· 임의 말소리 : 임의 얼굴
· 귀먹고 : 눈멀었습니다

그런데 이 경우, 바로 앞페이지에서 설명한 대조라고 할 수 있을까?
NO! : 내용이 서로 반대되지 않기 때문에 대조라고 볼 수는 없다.

④ 반복 : 같거나 비슷한 낱말, 구, 절, 문 등을 되풀이하여 표현하는 수사법. 시에서는 반복
   을 통하여 시적 의미를 강조하고 운율감을 형성한다.

> 해야 솟아라, 해야 솟아라, 말갛게 씻은 얼굴 고운 해야 솟아라.
>
> — 박두진, 「해」

'해야 솟아라'라는 시구를 여러 번 반복해서 운율감을 형성했다.

반어와 역설의 관계

반어와 역설은 중학교 2학년 때 아마 다들 배웠거나 배울 것이다. 간략하게 한 번 더 설명하도록 하겠다. '아이러니(Irony)', 즉 모순(矛盾)의 개념부터 먼저 짚어야 한다. 세상에서 가장 날카로워 무슨 방패든 뚫을 수 있는 창과, 세상에서 가장 튼튼해 무슨 창이든 막아낼 수 있는 방패가 서로 부딪히면 무슨 일이 일어날까? 이런 상황이 바로 아이러니 혹은 모순이다. 말이 되지 않는다.

⊙ **반어 : 상황의 아이러니**

표현은 말이 되지만 그 상황에서는 전혀 나올 만한 표현이 아니라서 상황의 아이러니라고 부른다. 이를테면 다음의 예처럼 선생님이 말씀하시면 더 무섭겠지? 늦은 네게 엄청나게 열받았다는 뜻이니 잘 도망 다니길 바라.
예) 선생님 : (30분 지각한 학생에게) 참 빨리 오네? 우리 금쪽이^^

⊙ **역설 : 표현의 아이러니**

표현 자체가 말이 안 되는 경우라서 표현의 아이러니라고 부른다. 그런데 곰곰이 생각해 보면 그 안에 깊은 뜻이 있는 표현 기법이다.
예) 작은 거인 : 일상에서 흔히 마주칠 수 있는 평범한 사람(작은)이지만 알고 보면 각자 자기 자리에서 존경스러울 만큼 치열하게 하루하루를 살아내는 사람(거인)을 뜻함. 언뜻 봤을 때는 말이 안 되는 듯하지만 (왜냐면 거인이 작을 리는 없으니까) 깊이 생각해보면 아! 하게 되는 매력이 있는 수사법이다.

⑤ <u>반어</u> : 표현하려던 참뜻과는 반대되게 표현하는 수사법

> 내 그대를 생각함은
> 항상 그대가 앉아 있는 배경에서
> 해가 지고 바람이 부는 일처럼 <u>사소한 일일 것이나</u>
> 언젠가 그대가

한없이 괴로움 속을 헤매일 때에
오랫동안 전해 오던 그 사소함으로
그대를 불러보리라

— 황동규, 「즐거운 편지」

해가 지지 않고, 바람이 불지 않는 하루를 본 적 있니? 한 번도 본 적 없지? 그것처럼 매일 꼬박꼬박 '그대를 생각'한다는데 그게 어떻게 사소한 일이겠어. 사실은 엄청 대단한 일이지. 그런데도 사소하다고 표현해서 읽는 사람으로 하여금 한 번 더 생각해보게 의도하고 있어. 이게 반어법의 의도야. 읽는 사람이 한 번 더 생각해서 '정말 자주 생각하나 보구나' 하고 깊이 느끼게끔 하려는 의도지.

⑥ 역설 : 말이 되지 않는 표현을 통하여 중요한 진리를 담는 수사법

·우리들의 사랑을 위하여서는 이별이 있어야 하네

— 서정주, 「견우의 노래」

진정 성숙한 사랑을 이루기 위해서는 잠시 이별하는 아픔이 있어야 한다는 뜻이다.

·외로운 황홀한 심사

— 정지용, 「유리창」

정지용의 「유리창」이라는 시에 나온 시구다. 폐병으로 일찍 죽은 아들을 그리워하며 유리창을 밤에 홀로 닦는 화자는 유리창을 닦는 그 순간만큼

은 아들을 생각할 수 있으니 황홀하지만, 한편으로 아들을 떠올리자 다시 슬프고 외로워진다. 그런 복잡미묘한 마음을 이렇듯 역설적인 표현을 활용해 쓴 것이다.

· 결별이 이룩하는 축복

— 이형기, 「낙화」

「낙화」라는 시에서 등장하는 표현이다. 꽃이 떨어져야(결별) 열매가 맺히지(축복) 않겠는가? 그 점에서 이별은 오히려 성숙을 향한 여정이다.

· 괴로웠던 사나이, 행복한 예수 그리스도에게처럼

— 윤동주, 「십자가」

예수 그리스도는 인류의 구원을 위해 십자가를 진 사람이다. 그렇기에 예수가 십자가를 졌을 때는 괴롭지만 한편으로는 행복했을 것이라는 말이다. 스스로를 희생해 사랑하는 전 인류를 구했기 때문이다. 윤동주는 「십자가」라는 시에서 본인 역시 예수의 희생을 본받아 의미 있는 일(아마도 조국 독립이었을 것이다)에 피를 흘리겠다고 했다.

· 아아, 님은 갔지마는 나는 님을 보내지 아니하였습니다.

— 한용운, 「님의 침묵」

한용운의 「님의 침묵」이라는 시에 나오는 시구다. 임과 이별했지만 이별하지 않았다는 의미다. 이게 뭔 말이여? 그러니까 물리적으로는 서로 헤어졌고 떨어져 있는 상태이지만 화자는 보낸 임을 잊지 못했다는 말이다.

· <u>맛없지만 맛있는</u> 아빠의 밥상

아빠가 밥을 차리면 보통 맛이 없다. 아빠가 요리를 잘하시는 경우도 있겠지만 보통 아빠들은 요리를 잘 안 하시니 말이다. 그런데 엄마가 일이 있어 집을 비우셨을 때 아빠가 가끔 요리를 하실 때가 있겠지. 그럼 아빠가 해준 밥 먹고 "우엑, 맛없어" 하면 될까? 안 되겠지. 아빠가 상처받잖아. 그래서 그날 일기엔 뭐라고 쓰면 된다? (솔직히) 맛없지만 (자식을 사랑하는 어버이의 마음을 생각하면) 맛있는 아빠의 밥상. 이렇게 쓰면 역설법의 예시로 아주 훌륭한 문장이지.

---

⑦ <u>설의</u> : 뻔한 답을 일단 과제로 둔 채, 의문 형식으로 표현하는 수사법. 답을 알고 있지만 일부러 의문문의 형식으로 표현하여 독자의 판단을 구하는 표현 기법

가난하다고 해서 <u>사랑을 모르겠는가.</u>

— 신경림, 「가난한 사랑 노래」

의문형 종결어미라고도 부른다. 진짜 몰라서 물어보는 게 아니라 물어보는 방식으로 듣는 사람의 주의를 끌어 의도를 강조하려는 기법이다.

---

⑧ <u>도치</u> : 문법에 맞는 정상적인 말의 순서를 뒤집어 표현하는 수사법. 대개는 강조하려는 말을 앞에 배열한다.

나는 가끔 후회한다.
그때 그 일이 노다지였을지도 모르는데……
그때 그 사람이 그때 그 물건이
노다지였을지도 모르는데……

— 정현종, 「모든 순간이 꽃봉오리인 것을」

• 노다지
손쉽게 많은 이익을 얻을 수 있는 일감의 비유

위 문장은 원래 어떻게 어순이 이어져야 했던 문장일까?
"나는 그 일과, 사람과, 물건이 노다지였을지도 몰라서 가끔 후회한다."
그런데 "나는 가끔 후회한다"를 앞으로 끄집어내서 후회하는 감정을 훨씬
강조해두었다. 놓치고 나서야 그때 그 사람이나 그 물건이나 그 일이 참 소중
했다는 생각이 드니 매 순간을 가치 있게 여기며 만끽하자는 내용의 시다.

⑨ <u>점층</u> : 뒤로 갈수록 의미가 고조되거나 정도가 높아지도록 언어를 배열하는 수사법

나는 내 슬픔이며 어리석음이며를 소처럼 연하여 쌔김질하는 것이었다.
내 가슴이 꽉 메어 올 적이며
내 눈에 뜨거운 것이 핑 괴일 적이며,
또 내 스스로 화끈 낯이 붉도록 부끄러울 적이며,
나는 내 슬픔과 어리석음에 눌리어 죽을 수밖에 없는 것을 느끼는 것이었다.

— 백석, 「남신의주 유동 박시봉방」

위 시에서 화자는 절망의 감정이 점점 고조되고 있다.

⑩ **영탄** : 감탄사나 감탄 조사를 이용해 기쁨, 슬픔 등의 감정을 표현하는 수사법. **"아!"와 같은 감탄사가 나타나거나, '~이여, ~하도다'와 같은 감탄 표현이 나타나므로** '~하랴' 와 같은 설의와 구별된다.

> 소매는 길어서 하늘은 넓고
> 돌아설 듯 날아가며 사뿐히 접어 올린 <u>외씨버선이여!</u>
>
> — 조지훈, 「승무」

슬픔이나 기쁨, 분노 등의 감정이 훨씬 강렬하게 드러난다고 보면 된다. 앞에서부터 벌써 세 번째 소개하고 있는 개념어다. 그만큼 자주 출제되고 모의고사든 내신이든 계속 등장하는 개념이니 잘 알아두자.

4. 표현 기술과 관련된 개념어

① **형상화** : 대상을 어떤 방법을 통해 구체적이고 명확한 형상으로 나타냄. 시를 통해 정서를 표현하기 위해서는 그것을 구체적인 모습으로 표현해야 하는데 이 과정 자체를 "형상화"라고 부른다.

형상화 하면 너무 어렵게 느껴지는데 그냥 **'나타내다'**라고 생각하면 훨씬 쉽게 느껴진다.

② **병치**(倂置) : 두 가지 이상의 것을 한 곳에 나란히 두거나 설치하는 것. 대상의 인상이 매우 선명하게 드러나게 되어 강렬한 전달 효과가 생긴다.

> 이 흰 바람벽에
> 내 가난한 늙은 어머니가 있다.
> 내 가난한 늙은 어머니가
> 이렇게 시퍼러둥둥하니 추운 날인데 차디찬 물에
> 손은 담그고 무이며 배추를 씻고 있다.
> 또 내 사랑하는 사람이 있다.

• **흰 바람벽**

다른 시에서 등장한 '유리창', '거울', '우물' 등과 같이 이 시에서 바람벽은 그것을 바라보는 화자의 내면을 비추는 '매개체'의 역할을 하고 있다. 이를 통해 이 시의 화자는 자가 삶을 성찰하고, 결국 삶의의지를 다지는 계기를 마련하게 된다.

내 사랑하는 어여쁜 사람이
어느 먼 앞대 조용한 개포가의 나지막한 집에서
그의 지아비와 마주 앉어 대구국을 끊여놓고 저녁을 먹는다.
벌써 어린것도 생겨서 옆에 끼고 저녁을 먹는다.

― 백석, 「흰 바람벽이 있어」

화자는 흰 바람벽(네 면의 벽을 바람벽이라고 한다)을 마주하고 자신의 처지를 생각해보는데, 그 바람벽에 어머니와 사랑하는 여인의 모습이 동시에 나타난다. 효과는? 화자가 사랑하는 대상들이 지닌 속성(향토적이고, 소박하며, 다소 연약한 느낌)이 더 선명하게 드러난다.

③ **관습적 표현** : 예로부터 습관처럼 쓰이는 표현

바람이 시련과 역경을 가리키는 표현으로 사용되는 것처럼 구성원들 사이에서 오랫동안 관습적으로 통용되는 표현을 말한다. 관습적 표현은 그 사회 구성원들이 대개 잘 알고 있어서 이 표현을 사용하면 시의 내용을 쉽게 전달할 수 있다는 장점이 있다.

바위처럼 살아가보자 거센 비바람이 몰아친대도
어떤 유혹의 손길에도 흔들림 없는 바위처럼 살자꾸나

― 유인혁, 「바위처럼」

위 노래의 가사를 보자. 딱 전형적으로 관습적 표현을 썼다. 바위는 흔들림 없는, 심지가 굳은 삶의 자세를 상징하며 비바람은 인생에서 겪는 고난과 역경을 상징한다. 이렇게 관습적으로 계속 써온 표현을 쓰면 듣는 이들에게 전달하려는 메시지가 훨씬 쉽게 와닿는 효과가 있다.

④ **낯설게 하기** : 사물이나 관념을 특수화하고 낯설게 하여 새로운 느낌을 갖도록 표현함

피아노에 앉은
여자의 두 손에서는
끊임없이
열 마리씩
스무 마리씩
신선한 물고기가
튀는 빛의 꼬리를 물고
쏟아진다.

— 전봉건, 「피아노」

피아노치는 두 손에서 신선한 물고기의 움직임을 떠올렸다는 점이 상당히 낯설게 다가온다. 관습적 표현과 또 다르게 느낌을 강렬하게 전달하는 효과가 있다.

---

⑤ **변주** : 여러 가지 방법으로 변화를 줌. 시에서도 시어나 시구에 변화를 주어 효과적인 표현을 하기도 한다.

껍데기는 가라.
사월도 그 알맹이만 남고
껍데기는 가라
껍데기는 가라.
동학년 곰나루의, 그 아우성만 살고
껍데기는 가라 (중략)
껍데기는 가라.
한라에서 백두까지
향그러운 흙 가슴만 남고,
그 모오든 쇠붙이는 가라.

— 신동엽, 「껍데기는 가라」

반복되는 표현 안에 변화가 약간 있는 상태를 변주라고 한다. 여기서는 '껍데기는 가라'가 반복되는 가운데 중간에 **굵은 글씨**로 표현된 부분들의 내용만 살짝 바뀐다.

⑥ **주관적 변용** : 사물이 원래 가지고 있는 형태, 속성 등을 **자기의 관점에 따라 변화**시킴. 이는 시인의 상상력에 의해 이뤄지며 절실한 감정이나 시상을 효과적으로 표현하는 좋은 방법이다. 공감각적 이미지에서 나타나는 **감각의 전이**나 추상적 대상(눈에 보이지 않고 느껴지지 않는 대상)을 구체적인 사물(눈에 보이고 느껴지는 대상)인 것처럼 표현하는 **추상적 대상의 구체화**(개인적 상징) 등이 모두 해당한다.

함께 익히기　　감각의 전이, 추상적 대상의 구체화

> 한 가닥 구부러진 철책이 바람에 나부끼고
> 그 위에 셀로판지로 만든 구름이 하나
> 자욱한 풀벌레 소리 발길로 차며
> 호올로 황량한 생각 버릴 곳 없어
> 허공에 띄우는 돌팔매 하나.
>
> — 김광균, 「추일서정」

'자욱한 풀벌레 소리 발길로 차며'라는 구절은 풀벌레 소리(청각적 심상)를 자욱한 연기(시각적 심상)처럼 표현하며, 동시에 발로 찰 수 있다(촉각적 심상)고도 표현했다는 점에서 감각의 전이(공감각적 심상)로 볼 수 있다. 똑같은 풀벌레 소리라도 김광균 시인의 독특한 감성으로 다르게 변화시켜 활용한 주관적 변용의 예다.

> 동짓달 기나긴 밤을 한 허리를 버혀 내여(베어내어)
> 춘풍 니블(이불) 아래 서리서리 너헛다가(넣었다가)
> 어론님 오신 날 밤이여든 구뷔구뷔 펴리라.
>
> — 황진이의 시조

• **어론님**
사랑하는 임. 애인을 뜻하는 말

동지는 1년 중 가장 밤이 긴 때다. 그 긴 밤의 허리를 베어내 봄바람이 불 무렵 넣어두었다가 사랑하는 임이 오시는 밤에 다시 펴서 이어 붙이고 싶다는 뜻이다. 사랑하는 사람과 보내는 시간은 쏜살같이 지나가니 그 시간이 좀 더 이어졌으면 하는 마음을 신선하게 표현한 셈이다. 여기서는 '시간'이라는 추상적인 개념을 마치 자르고 이어 붙일 수 있는 구체적인 대상인 것처럼 변화시켜 말했다는 점에서 추상적 대상의 구체화라 볼 수 있다. 역시 황진이 본인의 주관적인 감성으로 독특하게 변화시켜 활용했으므로 주관적 변용의 예라 할 수 있다.

⑦ 시적 허용 : 시에서는 일상적인 언어 규범을 어겼지만 미묘한 의미를 드러내거나 음악성을 살리기 위해 의도적으로 문법에 맞지 않는 표현을 쓰기도 한다. 이를 시적 허용이라고 한다.

· 산에는 꽃 피네 꽃이 피네

  갈 봄 여름 없이 꽃이 피네

  ↳**가을** 봄 여름이라고 해야 맞는데 음률을 맞추기 위해 **가을**이라는 2음절을 **갈**이라는 1음절로 바꿔서 표현했다.

· 아이야, 은쟁반에 **하이얀** 모시 수건을 준비하련

  ↳본래는 **하얀**이라고 2음절로 표현해야 맞는데 새하얗다는 느낌을 강조하고자 **하이얀**이라는 3음절로 늘려서 표현했다.

---

⑧ 행간 걸침 : 시어가 앞 행과도 연결되고 뒤 행과도 연결되게 하는 기법. 의미상 한 행으로 배열해야 할 시 구절을 의도적으로 다음 행에 걸쳐놓아 시적 긴장감을 유발한다. 독자가 시를 읽다가 시의 특정 부분을 집중하게 하는 역할. 강조 효과도 있다.

그립다
말을 할까
하니 그리워

— 김소월, 「가는 길」

원래는 '그립다 말을 할까 하니'까지 쓰고 그다음으로 넘어가 '그리워'라고 해야 맞는데, '하니' 부분을 마지막 줄로 넘겨버리니 읽는 사람으로서는 "이 뒷부분에 무슨 내용이 있지?" 하고 한 번 흠칫하게 되는 효과가 있다. 이렇게 보통의 서술과 약간 달라져서 한 번 정도 '흠칫'하게 만드는 효과를 '시적 긴장감을 준다'라고 말하는데 행간 걸침은 이렇듯 시적 긴장감을 줄 때 자주 쓰이는 기법이다.

5. 표현 효과와 관련된 개념어

표현 효과란 비유나 상징을 동원하여 무언가를 표현했을 때 얻어지는 결과를 뜻한다.

① **대상과의 거리감** : 화자가 대상에서 느끼는 심리적 거리. 화자와 대상이 심리적으로 서로 가깝다면 친밀감이 생기고, 서로 멀다면 그만큼 친밀감이 낮다.

여승은 합장하고 절을 했다.
가지취의 내음새가 났다.
쓸쓸한 낯이 옛날같이 늙었다.
나는 불경처럼 서러워졌다.

— 백석, 「여승」

화자는 여승을 보고 합장(인사)을 하며 갑자기 '서러워졌다'고 한다. 여기서는 지면 부족으로 인해 생략해두었지만, 위 시에서 화자는 여승을 과거에 한 번 만난 적이 있다. 남편은 일제강점기 징용으로 인해 끌려가 다시 돌아오지 못했고, 하나 남았던 딸아이도 배고픔으로 인해 일찍 죽은 뒤 홀로 된 여인은 어쩔 수 없이 비구니(여승)가 되는 과정을 겪는다. 그 모든 상황을 이미 알고 있는 화자로서는 여승과 마주 인사하며 그녀의 슬픔을 마치 본인의 슬픔인 듯 느끼는 것이다. 그럼 이때 화자와 시적 대상인 여승 간의 거리감은 어떠한가? 그렇다. 이심전심이라는 말이 있듯, 화자는 굳이 말하지 않아도 그녀의 마음을 알 정도이니 심리적으로 가까운 사이라는 점이 드러난다.

• 생동감
⑨ 생명감

② **생동감** : 생기가 있고 살아서 움직이는 듯한 느낌

의성어나 의태어, 동적 이미지 등을 활용하여 시에 생기를 불어넣는 표현을 뜻한다.

> 혼자라도 가쁘게나 가자.
> 마른 논을 안고 도는 착한 도랑이
> 젖먹이 달래는 노래를 하고, 제 혼자 어깨춤만 추고 가네
>
> — 이상화, 「빼앗긴 봄에도 봄은 오는가」

도랑이 어깨춤을 춘다는 부분에서 생동감, 동적 이미지를 느낄 수 있다.

③ **시적 긴장감** : 독자로 하여금 작품에 관심과 흥미를 가지게 만드는 힘. **특정 요소나 표현이 시를 끝까지 주의 깊게 읽도록 만드는 것을 의미**한다고 봐야 한다. 여기서 '긴장'은 조마조마한 그 느낌을 말하는 게 아니라, 겉뜻과 속뜻이 달라서 생기는 팽팽함이라고 생각해야 맞다. 그래서 독자가 자연스럽게 술술 읽기보다는 한 번쯤 멈춰서 다시 생각해보게 만드는 표현 기법이다.

도치, 행간 걸침, 반복, 점층, 중의, 상징, 반어, 역설 등 지금까지 배웠던 수사법들이 왜 존재할까? 그렇다. 시적 긴장감을 유발해서 시를 읽는 맛을 나타내기 위해 있었던 셈이다.

> 눈은 살아 있다.
> 죽음을 잊어버린 영혼과 육체를 위하여
> 눈은 새벽이 지나도록 살아 있다.
>
> — 김수영, 「눈」

위 시에서는 본래 '눈은 죽음을 잊어버린 영혼과 육체를 위하여 새벽을 지나도록 살아 있다'라고 해야 어순에 맞는다. 헌데 주어인 '눈은'을 뒤로 빼 도치법을 사용했는데, 그러다 보니 읽는 사람은 한 번쯤 흠칫하면서 "이게 뭐야?" 하며 다시 한번 읽어보게 된다. 이것이 바로 시적 긴장감이다.

④ **시적 여운** : 시를 다 읽고 난 후에 마음에 남는 정취나 느낌으로, 시를 읽고 난 후에도
　독자에게 무언가를 생각하게 만드는 것이 있을 때 강하게 나타난다.

나는 가끔 후회한다
그때 그 일이
노다지였을지도 모르는데……
그때 그 사람이
그때 그 물건이
노다지였을지도 모르는데……

— 정현종, 「모든 순간이 꽃봉오리인 것을」

보통 위 시처럼 말줄임표로 마무리되거나 아니면 명사로 시상이 마무리되
면 시적 여운, 즉 감동이 끝까지 남는다고 볼 수 있다. 특히 **명사로 시상이
마무리된다**는 말은 요새 들어 자주 출제되는 표현이므로 잘 알아두자. 앞
에서 봤던 시 중에서 명사로 시상이 마무리돼 시적 여운이 남는 시들의
예는 아래에 모아두었으니 참고하기 바란다.

어느덧 밖에는 눈발이라도 치는지, 펄펄 함박눈이라도 흩날리는지, 창호지 문
살에 돋는 월훈

— 박용래, 「월훈」

아주 먼 옛날
지금도 내 눈시울을 뜨겁게 하는
그 시절, 내 유년의 윗목

— 기형도, 「엄마 걱정」

6. 운율과 관련된 개념어

① 산문적 진술 : 일정한 운율을 갖지 않고 자유로운 형식으로 쓴 산문 형식. **명확한 운율을 느끼기 어렵게 줄글로 쓴 시를 말한다.** 이런 시를 산문시라고 한다.

> 나는 갈고 심을 땅이 없으므로 추수가 없습니다. 저녁거리가 없어서 조나 감자를 꾸러 이웃집에 갔더니, 주인은 "거지는 인격이 없다. 인격이 없는 사람은 생명이 없다. 너를 도와주는 것은 죄악이다"고 말하였습니다.
> 그 말을 듣고 돌아 나올 때에, 쏟아지는 눈물 속에서 당신을 보았습니다.
>
> — 한용운, 「당신을 보았습니다.」

이리 봐도 저리 봐도 시로는 보이지 않을지 모르겠다. 그런데 시다. 특히 이과형 남학생들이 너무 힘들어하는 부분인데, 문학은 어디까지나 언어로 하는 '예술'이기 때문에 공식처럼 딱 떨어지게 형식을 반드시 지켜야 하는 건 아니다. 시이긴 해도 시인의 마음에 따라 필요하다면 형식을 파괴하고 산문처럼 창작할 수도 있다는 점, 받아들이자.

② 3장 형식 : 초장—중장—종장으로 완결된 시상을 표현하는 시조의 형식

> (초장) 비 오자 장독간에 봉선화 반만 벌어
> (중장) 해마다 피는 꽃을 나만 두고 볼 것인가
> (종장) _세세한_ 사연을 적어 누님께로 보내자
>
> — 김상옥, 「봉선화」

시조는 3장 6구 45자 내외로 쓰인 시로, 고려 말 조선 초부터 유행했고 심지어 지금도 현대 시조로 명맥이 이어오고 있다. 위 시가 대표적인 현대 시조인데, 초장(첫째 줄)-중장(둘째 줄)-종장(마지막 줄)으로 이뤄져 있고 항상 종장의 첫 음보는 3음절로 고정(세세한)되어 있다는 점을 파악할 수 있다. 꼭 고전 시가에서만 시조의 형식을 발견할 수 있는 게 아니라 현대시 중에서도 3장 형식을 따르는 시조가 있다는 점 명심하자.

③ <u>운율감</u> : 시에서 느껴지는 말의 가락, 리듬

④ <u>율격</u> : 일정한 요소의 반복이 규칙적으로 실현되어 나타난 정형성을 뜻함 운율감이나 율격은 거의 비슷한 말이다. 두 개념 다 외재적 운율(⑤의 정형률을 참고)과 내재적 운율(일정한 시어나 시구의 반복/비슷한 문장 구조의 반복 등 반복을 통해 느껴지는 운율. 굳이 글자수나 음보를 꼭 칼같이 맞춰야 할 필요는 없다)을 넓게 아우른다.

⑤ <u>정형률</u> : 규칙적이어서 겉으로 뚜렷하게 느껴지는 운율. 외형률이라고도 한다. **정형률은 내재율과 반대되는 말로**, 내재율이 그저 단순하게 어떤 어휘나 문장 구조, 소리 등이 반복되어 리듬을 만드는 데 그친다면, 정형률은 정확하게 글자 수라든가 음보, 비슷한 음이 반복되는 자리 등이 확실히 드러나게 정해진 틀을 따라 만들어지는 운율이다. **음수율, 음보율, 음위율** 등으로 세분화해서 살펴볼 수 있다.

㉠ <u>음수율</u> : 같은 글자 수를 반복해서 만들어내는 운율 (7·5조, 3·4조 등)

> 나의 살던 고향은(7음절) / 꽃피는 산골(5음절)
> 복숭아꽃 살구꽃(7음절) / 아기 진달래(5음절)
> 울긋불긋 꽃대궐(7음절) / 차리인 동네(5음절)
> 그곳에서 놀 던 때가(7음절) / 그립습니다.(5음절)
>
> — 이원수, 「고향의 봄」

위 시에서는 7음절로 발음되는 앞부분과 5음절로 발음되는 뒷부분으로 이뤄져 있어서 7.5조의 음수율을 보인다고 한다. 아니, 선생님, '차린 동네'는 4음절인데요? 그러니까, '차리인'으로 3음절로 늘여서 발음했잖니. '그곳에서 놀던 때가'는 8음절 아닌가요? 아니다. **'때가'를 1음절과 같은 시간에 발음하게 되니 7음절로 발음이 된다.** 음절은 소리의 단위(한 호흡에 끊어서 읽을 수 있는 소리)라는 점을 참고하자.

㉡ <u>음보율</u> : 3음보, 4음보 등 (⑥ 참조)
㉢ <u>음위율</u> : 두운이나 각운처럼 같은 자리에 같은 글자를 반복해서 만들어 내는 운율

• 운율감
㉌리듬감, 운율미

• 정형률
㉌정형적 운율, 외형율 ㉽내재율

벚꽃 지는 걸 보니
푸는 솔이 좋아
푸른 솔 좋아하다 보니
벚꽃마저 좋아

— 김지하, 「새봄」

⑥ <u>음보율</u> : 일정한 음보가 규칙적으로 반복되어 생기는 운율
- 음보는 운율을 이루는 소리 덩어리로, 소리 내어 읽을 때 한 호흡으로 묶여 읽히는 단위
- 각각의 음보는 발음하는 시간이 대부분 비슷한데, 몇 개의 마디로 끊어 읽느냐에 따라
  3음보 혹은 4음보가 나타난다.

아리랑∨아리랑∨아라리요
아리랑∨고개로∨넘어간다
나를∨버리고∨가시는 님은
십리도∨못 가서∨발병난다.

— 경기 아리랑

위 아리랑 민요처럼 보통 민요는 3음보의 율격을 지닌다.

오백 년∨도읍지(都邑地)를∨필마(匹馬)로∨돌아드니,
산천은∨의구(依舊)하되∨인걸(人傑)은∨간 데 없다.
어즈버,∨태평연월(太平烟月)이∨꿈이런가∨하노라.

— 길재의 시조

• 의구(依舊)하되
옛날과 다름없지만

위 시조처럼 보통 시조는 4음보의 율격을 지닌다.

다음 빈칸을 채워보세요.

1. 시어의 특성과 관련된 개념어

① _____ : 시상과 감정을 드러내는 데 사용된 구체적 사물

② _____ : 시에 나타나는 사상이나 감정을 표현하는 구체적인 사물 유 매개체

→ ① 객관적 상관물과 비슷한 개념

※ 객관적 상관물(혹은 ㉠_____)은 ㉡ _____ ,㉢ _____ , ㉣ _____ 등의 형태로 나타난다.

㉠ _____ : 화자를 대리하는 사람 혹은 사물

→ 화자가 다른 사물/사람을 통하여 ' 이걸 나라고 생각했으면 한다"라는 식으로 표현하는 말이 나와야 대리물이라고 정확하게 말할 수 있다.

㉡ _____ : 화자의 정서를 촉발하거나 고조시키는 사물. 외부에서 작용을 주어 감정이 강하게 표출되게 해주는 사물. 시에서는 어떤 사물이 화자를 건드려서 감정을 촉발(생기게)하거나, 고조(절정에 다다르게)시키는 경우를 말한다.

㉢ _____ : 화자의 감정을 투영시켜 화자와 동일시하는 사물

화자는 자신의 감정을 어떤 사물에 투영시킬 수 있다. 사물에 화자의 감정을 불어넣어 그 사물과 화자가 서로 통한다고 느낄 때 그 사물을 감정 이입물이라고 한다. (→ 대리물과 구별)

③ _____ : 시인의 정서나 생각을 간결하고 짧은 형태로 표현하는 시어의 특성

 산문은 글쓴이의 의견이나 느낌을 하나 이상의 제대로 된 문장으로 표현한다. 그러나 시는 시인의 정서와 사상을 짧고 간결한 언어로 표현한다.

④ _____ : 다양한 의미를 동시에 표현하는 시어의 특성 ㉠ 내포

★ 압축과 함축의 관계?

→ 시인이 시어를 고를 때는 '시상을 ㉠_____' 해서 쓴다고 하고, 그렇게 쓰인 시어를 독자가 보고 해석할 때는 '시어가 ㉡_____,_____하는 뜻을 파악'한다고 한다. 그러니 잘 구별해서 알아두자.

⑤ _____ : 의성어나 의태어를 사용하여 사물의 소리나 모양을 흉내 낸 시어

• 의성어 : 사물의 ㉠_____ 를 흉내 낸 시어

• 의태어 : 사물의 ㉡_____ 을 흉내 낸 시어

⑥ _____ : 색깔을 직접적으로 나타내는 시어

> 얇은 사(絲) 하이얀 고깔은
> 고이 접어서 나빌레라
> 파르라니 깎은 머리
> 박사(薄紗) 고깔에 감추오고
>
> — 조지훈, 「승무」

→ 위 시에서 색채어는? ㉠_____ , ㉡_____

※ ㉢_____ : 색깔을 연상시키는 시어

> 하늘 밑 푸른 바다가 가슴을 열고
> 흰 돛단배가 곱게 밀려서 오면
>
> 내가 바라던 손님은 고달픈 몸으로

청포를 입고 찾아온다고 했으니

내 그를 맞아 이 포도를 따 먹으면

두 손은 함뿍 적셔도 좋으련

아이야 우리 식탁엔 은쟁반에

하이얀 모시 수건을 마련해 두렴

— 이육사, 「청포도」

→ 색채 이미지를 나타내는 시어

: ㉣ _____ , _____ , _____

→ 색채어

: ㉤ _____ , _____ , _____ , _____ , _____ , _____

㉦ 환기 : 어떤 느낌을 느끼게 하거나 어떤 모습을 머릿속에 불러일으킴

2. 비유와 관련된 개념어

비유는 시인이 나타내고자 하는 것(㉠_____)을 이와 유사한 다른 것(㉡_____)에 빗대어 표현하는 것을 말한다. 비유는 추상적인 정서나 사상을 효과적으로 표현하는 시의 기법이다. 시인은 직유, 은유, 활유, 의인 등 여러 가지 비유를 사용할 수 있다.

① _____ : A는 B와 같다는 식으로 어떤 대상을 나타내기 위해 비슷한 성질을 가진 대상을 직접 끌어다가 견주는 비유

→ '~와 같이, ~처럼, ~인 듯, ~인 양' 등과 같이 직유라는 것을 알려주는 ㉠_____가 분명하게 등장해야 한다.

② _____ : 어떤 대상을 나타내기 위해 비슷한 성질을 가진 대상(보조 관념)을 끌어다 은근히 견주는 비유

→ ⑦ _____가 없다!

③ _____ : 무생물을 생물처럼 나타내는 비유

④ _____ : 사물의 움직임이나 모양, 추상적 관념 등을 사람처럼 나타내는 비유(사람만의 특징): _____

⑤ _____ : 하나의 말이 둘 이상의 뜻을 나타내게 하는 비유. 한 단어에 두 가지 이상의 뜻을 담는 비유의 기법. 단어의 뜻이 여러 개이기 때문에 이에 따른 시의 해석도 다양해질 수 있는 효과가 있다.

3. 비유 외의 수사법과 관련된 개념어

→ 여기서 수사법이란? ⑦ _____이라는 뜻

① _____ : 화자의 느낌이나 생각을 강조하기 위해 대상을 실제보다 지나치게 크게, 또는 지나치게 작게 표현하는 수사법

② _____ : 두 가지 대상을 맞대어 차이점을 밝혀 표현하는 수사법. 상대되는 어구나 사물 또는 현상을 맞세워 두 가지가 다름을 두드러지게 내보이는 기법

> 봄은 가까운 땅에서 숨결과 같이 일더니
> 가을은 머나먼 하늘에서 차가운 물결과 같이 밀려온다.
>
> — 김현승, 「가을」

→ 이 경우, 대구라고 할 수 있을까? (O, X)

③ _____ : 가락이 비슷한 말을 나란히 나타내어 표현하는 수사법으로, 서로 유사한 말을 1대1로 맞세우는 표현 기법이다.

> 나는 향기로운 임의 말소리에 귀먹고
> 꽃다운 임의 얼굴에 눈멀었습니다.
>
> — 한용운, 「님의 침묵」

→ 이 경우, 대조라고 할 수 있을까? (O, X)

④ _____ : 같거나 비슷한 낱말, 구, 절, 문 등을 되풀이하여 표현하는 수사법. 시에서는 반복을 통하여 시적 의미를 강조하고 운율감을 형성한다.

⑤ _____ : 표현하려던 참뜻과는 반대되게 표현하는 수사법

⑥ _____ : 말이 되지 않는 표현을 통하여 중요한 진리를 담는 수사법

⑦ _____ : 뻔한 답을 일단 과제로 둔 채, 의문 형식으로 표현하는 수사법. 답을 알고 있지만 일부러 의문문의 형식으로 표현하여 독자의 판단을 구하는 표현 기법.

⑧ _____ : 문법에 맞는 정상적인 말의 순서를 뒤집어 표현하는 수사법. 대개는 강조하려는 말을 앞에 배열한다.

⑨ _____ : 뒤로 갈수록 의미가 고조되거나 정도가 높아지도록 언어를 배열하는 수사법

⑩ _____ : 감탄사나 감탄 조사를 이용해 기쁨, 슬픔 등의 감정을 표현하는 수사법. "아!"와 같은 감탄사가 나타나거나, '~이여, ~하도다'와 같은 감탄 표현이 나타나므로 '~하랴'와 같은 설의와 구별된다.

4. 표현 기술과 관련된 개념어

① _____ : 대상을 어떤 방법을 통해 구체적이고 명확한 형상으로 나타냄. 시를 통해 정서를 표현하기 위해서는 그것을 구체적인 모습으로 표현해야 하는데 이 과정 자체를 "_____"라고 부른다.

② _____ : 두 가지 이상의 것을 한 곳에 나란히 두거나 설치하는 것. 대상의 인상이

매우 선명하게 드러나게 되어 강렬한 전달 효과가 생긴다.

③_____표현 : 예로부터 습관처럼 쓰이는 표현
바람이 시련과 역경을 가리키는 표현으로 사용되는 것처럼 구성원들 사이에서 오랫동안
관습적으로 통용되는 표현을 말한다. _____은 그 사회 구성원들이 대개 잘 알고 있
어서 이 표현을 사용하면 시의 내용을 쉽게 전달할 수 있다는 장점이 있다.

④_____ : 사물이나 관념을 특수화하고 낯설게 하여 새로운 느낌을 갖도록 표현함

⑤_____ : 여러 가지 방법으로 변화를 줌. 시에서도 시어나 시구에 변화를 주어 효과
적인 표현을 하기도 한다.

⑥_____ : 사물이 원래 가지고 있는 형태, 속성 등을 자기의 관점에 따라 변화시킴.
이는 시인의 상상력에 의해 이뤄지며 절실한 감정이나 시상을 효과적으로 표현하는 좋은
방법이다. 공감각적 이미지에서 나타나는 ㉠_____ 나 추상적 대상(눈에 보이지 않
고 느껴지지 않는 대상)을 구체적인 사물(눈에 보이고 느껴지는 대상)인 것처럼 표현하는
(개인적 상징) 등이 모두 해당한다.

⑦_____ : 시에서는 일상적인 언어 규범을 어겼지만 미묘한 의미를 드러내거나 음악
성을 살리기 위해 의도적으로 문법에 맞지 않는 표현을 쓰기도 한다. 이를 시적 허용이라
고 한다.

· 산에는 꽃 피네 꽃이 피네 　갈 봄 여름 없이 꽃이 피네

→ ㉠_____ 봄 여름이라고 해야 맞는데 음률을 맞추기 위해 ㉡_____ 이라는
2음절을 ㉢_____ 이라는 1음절로 바꿔서 표현했다.

· 아이야, 은쟁반에 하이얀 모시 수건을 준비하렴

→ 본래는 ㉣_____이라고 2음절로 표현해야 맞는데 새하얗다는 느낌을 강조하고자 ㉤_____이라는 3음절로 늘려서 표현했다.

⑧ _____ : 시어가 앞 행과도 연결되고 뒤 행과도 연결되게 하는 기법. 의미상 한 행으로 배열해야 할 시 구절을 의도적으로 다음 행에 걸쳐놓아 시적 긴장감을 유발한다. 독자가 시를 읽다가 시의 특정 부분을 집중하게 하는 역할. 강조 효과도 있음

5. 표현 효과와 관련된 개념어

① _____ : 화자가 대상에서 느끼는 심리적 거리. 화자와 대상이 심리적으로 서로 가깝다면 친밀감이 생기고, 서로 멀다면 그만큼 친밀감이 낮다.

② _____ : 생기가 있고 살아서 움직이는 듯한 느낌
의성어나 의태어, 동적 이미지 등을 활용하여 시에 생기를 불어넣는 표현을 뜻한다. ㊌ 생명감.

③ _____ : 독자로 하여금 작품에 관심과 흥미를 가지게 만드는 힘. 특정 요소나 표현이 시를 끝까지 주의 깊게 읽도록 만드는 것을 의미한다고 봐야 한다. 여기서 '긴장'은 조마조마한 그 느낌을 말하는 게 아니라, 겉뜻과 속뜻이 달라서 생기는 팽팽함이라고 생각해야 맞다. 그래서 독자가 자연스럽게 술술 읽기보다는 한 번쯤 멈춰서 다시 생각해보게 만드는 표현 기법이다.

④ _____ : 시를 다 읽고 난 후에 마음에 남는 정취나 느낌으로, 시를 읽고 난 후에도 독자에게 무언가를 생각하게 만드는 것이 있을 때 강하게 나타난다.

6. 운율과 관련된 개념어

① _____ : 일정한 운율을 갖지 않고 자유로운 형식으로 쓴 산문 형식. 명확한 운율을 느끼기 어렵게 줄글로 쓴 시를 말한다. 이런 시를 ⊙_____ 라고 한다.

② _____ : 초장—중장—종장으로 완결된 시상을 표현하는 시조의 형식

③ _____ : 시에서 느껴지는 말의 가락, 리듬 ㈌ 리듬감, 운율미

④ _____ : 일정한 요소의 반복이 규칙적으로 실현되어 나타난 정형성을 뜻함

⑤ _____ : 규칙적이어서 겉으로 뚜렷하게 느껴지는 운율. 외형률이라고도 한다.
㈌ 정형적 운율 ㉫ 내재율

→ ⊙_____ : 같은 글자 수를 반복해서 만들어내는 운율(7·5조, 3·4조 등)

→ ⓒ_____ 3음보, 4음보 등 (⑥ 참조)

→ ⓒ_____ : 두운이나 각운처럼 같은 ⓔ_____ 에 같은 ⓜ_____ 를 반복해서 만들어내는 운율

⑥ _____ : 일정한 음보가 규칙적으로 반복되어 생기는 운율

→ ⊙_____ 는 ⓛ_____ 로, 소리 내어 읽을 때 한 호흡으로 묶여 읽히는 단위

→ 각각의 음보는 발음하는 시간이 대부분 비슷한데, 몇 개의 마디로 끊어 읽느냐에 따라 3음보 혹은 4음보가 나타난다.

아리랑∨아리랑∨아라리요
아리랑∨고개로∨넘어간다
나를∨버리고∨가시는 님은
십리도∨못 가서∨발병난다.

→ 위 아리랑 민요처럼 보통 민요는 ⓒ_____의 율격을 지닌다.

오백 년∨도읍지(都邑地)를∨필마(匹馬)로∨돌아드니,
산천은∨*의구(依舊)하되∨인걸(人傑)은∨간 데 없다.
어즈버,∨태평연월(太平烟月)이∨꿈이런가∨하노라.
*의구(依舊)하되 : 옛날과 다름없지만

길재의 시조

→ 위 시조처럼 보통 시조는 ⓓ_____의 율격을 지닌다.

1.

① 객관적 상관물 ② 매개물

    ㉠ 대리물 ㉡ 자극물 ㉢ 감정이입물 ㉣ 매개물

③ 압축 ④ 함축

    ㉠ 압축 ㉡ 함축, 내포

⑤ 음성 상징어

    ㉠ 소리 ㉡ 모양

⑥ 색채어

    ㉠ 하이얀 ㉡ 파르라니 ㉢ 색채 이미지 ㉣ 하늘, 바다, 포도 ㉤ 푸른, 흰, 청포, 은쟁반, 하이얀

2.

㉠ 원관념 ㉡ 보조 관념

① 직유 ㉠ 연결어

② 은유 ㉠ 연결어

③ 활유 ④ 의인 ⑤ 중의

3.

㉠ 말을 꾸미는 기법

    ① 과장 ② 대조, O ③ 대구, X ④ 반복 ⑤ 반어 ⑥ 역설 ⑦ 설의 ⑧ 도치 ⑨ 점층 ⑩ 영탄

4.

① 형상화 ② 병치 ③ 관습적 표현 ④ 낯설게 하기 ⑤ 변주 ⑥ 주관적 변용 ㉠ 감각의 전이

⑦ 시적 허용

    ㉠ 가을 ㉡ 가을 ㉢ 갈 ㉣ 하얀 ㉤ 하이얀

⑧ 행간 걸침

5.

① 대상과의 거리감 ② 생동감 ③ 시적 긴장감 ④시적 여운

6.

① 산문적 진술

㉠ 산문시

② 3장 형식 ③ 운율감 ④ 율격 ⑤ 정형률

    ㉠음수율 ㉡ 음보율 ㉢음위율 ㉣ 같은 자리 ㉤ 같은 글자

⑥ 음보율

    ㉠ 음보 ㉡ 운율을 이루는 소리 덩어리 ㉢ 3음보 ㉣ 4음보

소재, 제재, 주제

자연의 섭리(순환적 질서), 비장미를 유의해서 공부하세요.
수능에 자주 출제됩니다.

소재란?

시에 등장하는 모든 사물

제재란?

가장 핵심이 되는 소재

주제란?

시에 들어 있는 시인의 중심 생각이나 정서

의외로 학생들이 이 세 가지 단어를 제대로 구별하지 않고 대충 넘어가곤
한다. 소재는 시에 등장하는 모든 사물에 붙일 수 있는 말인데, 그 소재들
중에서도 주제와 가장 관련된 핵심 소재만 제재라고 부른다. 이런 소재와
제재들을 통해 시인이 독자에게 말하려고 하는 의미를 주제라고 부른다.

1. 소재, 제재와 관련된 개념어

① **구체적 대상** : 뚜렷한 실체를 갖추고 있는 대상

이것은 소리 없는 아우성
저 푸른 해원을 향하여 흔드는 영원한 노스탤지어의 손수건.

— 유치환, 「깃발」

여기서 푸른 해원은 이상 세계, 이상향, 결핍이 없는 공간을 의미하는데,
깃발은 푯대에 묶여 있으므로 제아무리 바람에 힘차게 나부낀대도 '푸른
해원'에 갈 수 없다. 그리워해도 갈 수 없는 공간인 셈이다. 아우성은 '떠들
썩하게 기세를 울려 지르는 소리'라는 뜻인데, 왜 소리가 없다고 할까? 그
렇다. 여기서는 **구체적 대상인 '깃발'**을 통해 **아무리 노력해도 이상향에는**

• **노스탤지어**(Nostalgic)
향수(鄕愁), 고향을 그리워하는 마음

도달할 수 없는 인간의 근원적인 한계를 상징적으로 드러냈다.

② 사물의 속성 : 소나무는 한 자리에 서서 늘 푸르다고 하듯, 사물이 지니고 있는 나름의
　고유한 성질을 속성이라고 한다.

> 청산은 어찌하여 만고에 푸르르며,
> 유수는 어찌하여 주야에 긋지 아니는고
>
> — 이황의 시조

• **만고**
오랜 세월 동안

• **주야**(晝夜)
낮밤

• **긋지**
그치지

청산은 항상 오랜 세월 동안 변치 않고 푸르며, **유수**는 흐르는 물인데 밤
낮으로 그치지 않고 꾸준히 흐른다. 둘의 속성은? 변치 않고 꾸준하다는
속성이 있다.

③ 시적 공간 : 시의 공간적 배경으로 화자의 시적 경험이 전개되거나 시의 대상이 위치한
　장소. 시에 등장하는 장소라고 이해하면 된다.

> 지리산 하
> 한 봉우리에 숨은 실제의 뻐꾹새가
> 한 울음을 토해내면
> 뒷산 봉우리 받아넘기고
> 또 뒷산 봉우리 받아넘기고
> 그래서 여러 마리의 뻐꾹새로 울음 우는 것을 알았다.
>
> — 송수권, 「지리산 뻐꾹새」

• 위 시에서 시적 공간은 어딜까? 너무 쉽지? **지리산.**

• 위 시에서 시적 대상은 뭐지? **뻐꾹새!**

④ <u>모성적 존재</u> : 어머니로서 갖는 감정, 이성, 의지 등의 특성을 드러내는 사물 → 특히
　　자식에 대한 어미의 본능적 사랑. 보호. 돌봄. 생리적/심리적 욕구에 대한 행동 등

> 내 손에 호미를 쥐어다오
> <u>살진 젖가슴과 같은 이 부드러운 흙을</u>
>
> 　　　　　　　　　　　　　　　　　— 이상화, 「빼앗긴 들에도 봄은 오는가」

보통 지구나 땅, 흙은 생명을 길러내는 어머니에 빗대 표현된다. 위 시에
서도 '살진 젖가슴'이라는 어휘에 모성적 속성이 드러난다.

⑤ <u>초월적 존재</u> : 보통 사람이 아니라 경험이나 인식 자체가 이상의 경지를 뛰어넘은 사
　　람, 보통 사람이라면 생각하기 힘든 뛰어난 능력을 지닌 사람. 신적 존재인 하나님, 부
　　처님 등을 말할 때 쓰이기도 함

> 다시 천고의 뒤에
> <u>백마 타고 오는 초인</u>이 있어
> 이 광야에서 목 놓아 부르게 하리라.
>
> 　　　　　　　　　　　　　　　　　— 이육사, 「광야」

이육사의 「광야」에 나오는 부분인데, 독립운동가인 시인에게 백마를 타고
올 '초인'은 조국의 광복을 뜻하는 존재이자, 이 모든 현실의 아픔을 해결
해줄 초월적(한계를 뛰어넘은) 존재다.

⑥ <u>유년기 체험</u> : 시인이 어렸을 때 경험한 일이 소재로 등장하는 경우

> 나의 <u>소년 시절</u>은 은빛 바다가 엿보이는 그 긴 언덕길을 어머니의 상여와 함
> 께 꼬부라져 돌아갔다.
>
> 　　　　　　　　　　　　　　　　　— 김기림, 「길」

위 시에서 시인의 유년기 체험은 어땠을까? 상여는 죽은 사람의 장례를 치를 때 쓰는 제사 도구 중 하나인데, 어머니의 상여라고 했으니 시인은 어려서 어머니를 잃었다는 점을 알 수 있다. 상당히 슬프고 고통스러운 기억이었음을 짐작할 수 있다.

2. 주제와 관련된 개념어

① 주제 의식 : 작품 속에서 주제를 드러내는 것과 관련하여 시인이 가지고 있는 의식 성향

맑은 햇빛으로 반짝반짝 물들으며
가볍게 가을을 날으고 있는 나뭇잎.
그렇게 주고받는 <u>우리들의 반짝이는 미소</u>로도
이 <u>커다란 세계</u>를 넉넉히 떠받쳐 나갈 수 있다는 것을
믿게 해주십시오.

— 정한오, 「가을에」

시인은 현대 물질문명보다는 '미소'와 같은 인간적 가치를 더 높게 보고 있다. 따라서 이 시에는 현대 물질문명 사회에 대한 비판이라는 주제 의식이 또렷하게 나타난다.

② 이상 세계 : 우리가 사는 현실 세계에서 부족과 결핍, 고통 등으로 인해 불만이 있다면, 이상 세계는 이런 현실 세계와 달리 그 어떤 결핍과 불만이 없는 완전한 세계를 가리키는 말이다.

• 이상 세계
㊠ 이상향

이것은 소리 없는 아우성
저 <u>푸른 해원</u>을 향하여 흔드는 영원한 노스탤지어의 손수건.

— 유치환, 「깃발」

여기서 이상 세계는? 푸른 해원이다. 이렇듯 이상 세계를 특정하기 위해서는 '~를 향하여, ~에 가고 싶다' 등 정확하게 화자가 도달하고 싶어 한다는 욕망을 파악할 수 있게 하는 정확한 어휘가 필요하다.

③ <u>인간의 유한성</u> : 수명, 능력 등의 면에서 나타나는 인간의 한계

산천은 의구한데, <u>인걸은 간데없다.</u>

— 길재의 시조

자연은 옛날이나 지금이나 모습이 다름없는데, 이전에 함께했던 걸출한 사람들은 모두 어디론가 사라져버렸다는 말이다. 사람은 늙고 병들어 언젠가는 죽고, 또 인간은 자연 앞에서 한없이 약해지는 존재기도 하다. 그리고 이러한 인간의 유한성으로 인해 살아가는 과정은 늘 고통과 선택의 연속이다.

④ <u>인간적 고뇌</u> : 사람은 누구나 이상과 현실의 괴리 또는 인간의 유한성, 선택의 기로 등으로 인해 괴로움을 겪는다. 이때 자신에게 닥친 문제를 해결하지 못하여 겪는 괴로움을 뜻한다. (매우 자주 출제!)

(전략) 나는 내 슬픔과 어리석음에 눌리어 <u>죽을 수밖에 없는 것을 느끼는 것이었다.</u>

— 백석, 「남신의주 유동 박시봉방」

앞서도 한 번 말한 적 있지만, 문학은 시름과 고통을 견디는 과정에서 쓰인 경우가 많기에 보통 시는 인간적 고뇌를 토로하곤 한다. 자주 출제될 수밖에 없겠지? 인간이라면 겪을 수밖에 없는 고민과 고통을 인간적 고뇌라고 이해하면 된다.

⑤ **이상과 현실의 괴리** : 힘들고 어려운 현실과 어떠한 결핍도 없는 이상이 동떨어짐

> <u>인생은 살기 어렵다는데</u>
> 시가 이렇게 <u>쉽게 씌어지는 것</u>은 부끄러운 일이다.
>
> — 윤동주, 「쉽게 씌어진 시」

괴리는 '동떨어진 거리'를 뜻한다. 이를테면, 쌤은 늘 48kg을 이상적인 몸무게라고 생각해왔거든. 근데 쌤의 현재 몸무게는 60kg야. 그럼 이상과 현실의 괴리는? 그렇지. 12kg이지. 만약 쌤이 살이 갑자기 많이 쪄서 70kg가 됐다고 해보자. 괴리는 얼마만큼이지? 22kg이지. 쌤은 기분이 좋을까, 매우 나쁠까? 엄청 나쁘겠지?? 지금까지 다이어트에 쓴 돈이 얼만데. 그래서 괴리는 적으면 적을수록 좋아. 쌤이 행복해지려면 어떻게 해야 할까? 다이어트를 더 해서 48kg에 가까워지든가, 혹은 60kg로 내 이상을 끌어내리든가, 둘 중 하나를 해야겠지.

위 시를 쓴 윤동주 시인은 '하늘을 우러러 한 점 부끄럼 없이 살고 싶은' 이상을 가지고 있었지만, 현실은 이 암담한 일제강점기를 맞아 할 수 있는 것이라곤 그저 시를 쓸 수밖에 없는 나약한 지식인일 뿐인 초라한 처지다. 그런데 시가 굉장히 쉽게 쓰인다는 점에서 시인은 스스로에 대한 자괴감과 부끄러움을 느끼는 중이다.

⑥ **자연의 섭리** : 겨울이 지나면 봄이 오고, 봄이 오면 따뜻해지고 꽃이 피는 것처럼 자연계를 지배하고 있는 원리, 자연 그대로의 법칙을 자연의 섭리라고 함

> 가장 아름다운 걸 버릴 줄 알아
> 꽃은 다시 핀다.
> 제 몸 가장 빛나는 꽃을
> 저를 키워준 <u>들판에 거름으로 돌려보낼 줄 알아</u>
> 꽃은 봄이면 다시 살아난다.
>
> — 도종환, 「다시 피는 꽃」

아주 자주 나오고 최근 들어 수능에서 계속 출제되는 개념이다. 자연의 섭리는 **'순환적 질서'**라고도 부른다. 꽃이 져야 나중에 다시 꽃이 필 수 있다는 자연계의 질서를 **'섭리'**라 하는데, 인간의 생로병사(태어나 늙고 병들어 죽는) 과정 역시 섭리라고 할 수 있다.

⑦ <u>종교적 신념</u> : 확고한 신앙심에서 나온, 흔들림 없는 견해나 사상

> 아름다운 나무의 꽃이 시듦을 보시고
> 열매를 맺게 하신 <u>당신</u>은
>
> 나의 웃음을 만드신 후에
> 새로이 <u>나의 눈물을 지어주시다.</u>
>
> — 김현승, 「눈물」

독실한 기독교 신자였던 김현승 시인은 일찍이 아들을 잃은 뒤, 이 시를 썼다. 나의 웃음이자 기쁨이었던 아들도 사실은 당신(하나님)이 만들어주신 것. 지금 아들을 잃고 겪는 이 눈물과 엄청난 슬픔 역시 하나님의 섭리 안에서 이루어진 것이다. 이 슬픔은 결국 구원으로 가는 성숙의 길 안에 놓인 것이니 겸허히 받아들이겠다는 절절한 신앙 고백이다.

⑧ <u>화자와 대상과의 거리</u> : 화자가 대상에 대하여 느끼는 심리적·정서적 거리감
대상이 객관화의 단계에 머무를 때에 화자와 대상의 거리는 멀어진다. 반면 대상이 화자에 의해 정서적으로 표현될 때, 즉 주관화될 때에 거리는 가까워진다.

· 화자와 대상과의 거리
⑧ 시적 화자와 대상 간의 심리적 거리

⑨ <u>교감</u> : 화자와 대상이 서로 마음이 통함. 대상과 화자가 서로 접촉하며 함께 움직이는 느낌이 강하게 나타난다.

> 너무도 여러 겹의 마음을 가진
> 그 복숭아나무 곁으로
> 나는 왠지 가까이 가고 싶지 않았습니다

흰꽃과 분홍꽃을 나란히 피우고 서 있는 그 나무는

아마 사람이 앉지 못할 그늘을 가졌을 거라고

멀리로 멀리로만 지나쳤을 뿐입니다

흰꽃과 분홍꽃 사이에 수천의 빛깔이 있다는 것을

나는 그 나무를 보고 멀리서 알았습니다

눈부셔 눈부셔 알았습니다

피우고 싶은 꽃빛이 너무 많은 그 나무는

그래서 외로웠을 것이지만

외로운 줄도 몰랐을 것입니다

그 여러 겹의 마음을 읽는 데 참 오래 걸렸습니다

— 나희덕, 「그 복숭아 나무 곁으로」

위 시에서 화자는 색이 여러 개라서 왠지 꺼려졌던 복숭아나무에 거리감을 느낀다. 점점 시간이 지나면서 복숭아나무를 찬찬히 살펴보며 복숭아나무는 오히려 색이 여럿이라 '외로웠을 것'이라는 **주관적 느낌**을 가진다. 이처럼 화자에 의해 시적 대상이 **화자의 정서로 주관화**되어 표현되면 **거리감이 가까워졌다**고 하며, '교감'을 나눴다고 할 수 있다.

⑩ 합일 : 둘 이상이 합하여 완전히 하나가 되는 일

(전략)

지난겨울[힘든 현실]엔 빈 가지 사이사이로

하늘[천상적 가치, 이상]이 뜯어진 채 쏟아졌다[절망]

그 하늘을 어쩌지 못하고 지금

이 꽃들을 피워서 제 몸뚱이에 꿰매는가?

꽃은 드문드문 굵은 가지 사이에도 돋았다

아무래도 이 꽃들은 지난겨울 어떤,

• 합일
둘 이상이 합하여 완전히 하나가 되는 일
㊀ 물아일체(物我一體)
 사물과 내가 한 몸이 됨

하늘만 여러 번씩 쳐다보던

살림살이의 사연[지상적 가치]만 같고 또

그 하늘 아래서는 제일로 낮은 말소리, 발소리 같은 것[지상] 들려서 내려온

신과 신의 얼굴[천상적 존재]만 같고

어스름녘 말없이 다니러 오는 누이[지상적 존재]만 같고 (중략)

그리고 또한, 멀리서 어머니[위로, 위안]가 오시듯 살구꽃은 피었다[천상과 지상의
합일, 화합 상태]

흰빛에 분홍 얼룩 혹은

어머니[지상]에, 하늘[천상]에 우리를 꿰매 감친 굵은 실밥, 자국들[정서적 치유, 천상
과 지상의 화합, 살구꽃]

— 장석남, 「살구꽃」

교감보다 한층 더 나아간 상태를 **합일**이라고 한다. 위 시에서 하늘과 지상
은 봄에 핀 살구꽃을 통해 하나가 된다. 힘든 지상의 삶을 위로하듯 하늘에
서 보내준 살구꽃을 통해, 지상의 '우리'들은 **하늘과 마치 한 몸이 된** 듯 다
시 살아갈 힘을 얻는다. 이런 시적 상황을 합일의 상황이라고 할 수 있다.

3. 미학과 관련된 개념어

① **골계미** : 현실과 이상이 좀 어긋나는 가운데, 풍자나 해학의 수법으로 우스꽝스러운 상
황이나 인간상을 그릴 때 느껴지는 아름다움이다. 익살을 부리는 상황에서 교훈을 얻
을 때 쓰기도 한다.

• 골계미
㈜ 해학미

두터비 파리를 물고 두엄 위에 치달아 앉아

건넛산 바라보니 흰 송골매가 떠 있거늘 가슴이 섬찟하여 풀쩍 뛰어 내닫다가
두엄 아래 자빠졌구나

모쳐라, 날랜 나이니 망정이지 피멍 들 뻔했구나

— 작자 미상

여기서 두꺼비는 힘없는 백성(파리)을 괴롭히는 탐관오리를 상징한다. 본인보다 더 센 송골매(중앙의 힘센 관리)를 보고 풀쩍 뛰어내렸으면서 막판에는 '그나마 내가 날랬으니 망정이니 하마터면 피명들 뻔했네'라고 허세를 부리고 있다. 이 모습이 다소 웃긴다. 그런데 현실이 이상에 가까운가? 결코 이상에 가깝지 않다. 탐관오리가 백성을 괴롭히는 상황은 이상적이랄 수 없다. 하지만 이를 겪어내는 현실이 마냥 슬프고 고통스럽다기엔 유쾌하고 웃긴다. 이런 방식의 아름다움을 골계미라고 부른다.

• 비장미
㈜ 비극미

② 비장미 : 시적 화자의 의지가 외부 세계에 의해 좌절될 때 나타나는 미적 느낌. 사회적으로 또는 **정신적으로 고귀한 것을 추구**했는데 **그것이 현실적으로 좌절**되었을 때 나타나는 아름다움. 단순히 슬픈 상황이기만 해서는 비장미라고 할 수 없다.

산꿩도 섧게 울은 슬픈 날이 있었다.
산절의 마당귀에 여인의 머리오리가 눈물방울과 같이 떨어진 날이 있었다.

— 백석, 「여승」

위 시에서 화자는 여승을 과거에 한 번 만난 적이 있다. 남편은 일제강점기 징용으로 인해 끌려가 다시 돌아오지 못했고, 하나 남았던 딸아이도 배고픔으로 인해 일찍 죽은 뒤 홀로 된 여인은 어쩔 수 없이 비구니(여승)가 되는 과정을 겪는다. 그저 이 여인은 세 가족이 단란히 행복하게 사는 평범한 꿈을 꿨을 뿐인데, 이것이 현실적으로 좌절돼버린 것이다. 이처럼 바라던 바가 좌절되어 느껴지는 슬픔을 비장미라고 한다.

③ 숭고미 : 높은 이상이 빛나는 시점에서 느껴지는 아름다움을 말한다. 화자가 속해 있는 공간은 무언가 아직 부족하지만 그로 인해 절망하지 않고 높은 이상을 보일 때 느낄 수 있는 미의식

죽는 날까지 하늘을 우러러
한 점 부끄럼이 없기를
잎새에 이는 바람에도

나는 괴로워했다.
<u>별을 노래하는 마음으로</u>
<u>모든 죽어가는 것을 사랑해야지</u>

<u>그리고 나에게 주어진 길을 걸어가야겠다.</u>

오늘 밤에도 별이 바람에 스치운다.

— 윤동주, 「서시」

위 시에서 화자는 하늘을 우러러 한 점 부끄럼없이 살고 싶었다고 한다. 이 마음은 인간으로서는 이루기 어려운 경지다. 또한 잎새에 이는 미세한 바람에도 괴로울 만큼 양심의 가책을 느꼈다는 말도 한다. 여기서 '별을 노래하는 마음'은 하늘을 우러르는 마음과도 통하는데, 그러한 마음으로 '죽어가는 것'을 사랑하겠다고 한다. 보통 죽어가는 것은 연약하고, 노쇠하여 자연스럽게 사랑할 수는 없고 사랑하려고 노력해야만 사랑할 수 있는 존재다. 그리고 '나에게 주어진 길(=인생)'을 묵묵히 걸어가야겠다고 다짐한다. 이렇듯 보통 사람으로서는 실천하기 어려운 이상적인 가치를 지향하며, 부족한 현실이지만 그 이상에 걸맞게 살아가고자 노력하는 내용의 시를 읽을 때 느껴질 만한 아름다움을 숭고미라고 한다.

④ 우아미 : 조화와 균형에서 느껴지는 아름다움. 대개 고전적인 아름다움이라고 보아도 무방하다.

하늘로 날을 듯이 길게 뽑은 부연 끝 풍경이 운다.
처마 끝 곱게 느리운 주렴에 반월(半月)이 숨어
아른아른 봄밤이 두견이 소리처럼 깊어 가는 밤

곱아라 고아라 진정 아름다운지고

파르란 구슬 빛 바탕에
자줏빛 호장을 받친 호장 저고리
호장 저고리 하얀 동정이 환하니 밝도소이다.

살살이 퍼져 나린 곧은 선이
스스로 돌아 곡선(曲線)을 이루는 곳
열두 폭 기인 치마가 사르르 물결을 친다

초마 끝에 곱게 감춘 운혜(雲鞋) 당혜(唐鞋)
발자취 소리도 없이 대청을 건너 살며시 문을 열고
그대는 어느 나라의 고전(古典)을 말하는 한 마리 호접(蝴蝶)
호접(蝴蝶)인 양 사뿟이 춤을 추라 아미(蛾眉)를 숙이고…
나는 이 밤에 옛날에 살아
눈 감고 거문고ㅅ(의)줄 골라보리니

가는 버들인 양 가락에 맞추어
흰 손을 흔들어지이다.

— 조지훈, 「고풍 의상」

우아미는 현실과 이상이 이미 합일 된 상황, 그러니까 시 속에서 찾아볼 수 있는 결핍이 전혀 없고 그저 아름다운 상황을 예찬하고 있는 데서 느껴지는 아름다움이라 봐도 무방하다. 위 시처럼 고전적 아름다움이라든가, 혹은 그저 자연이나 인간의 완벽한 모습, 비례 등을 지켜보며 예찬하는 모습이 나온다면 우아미라고 할 수 있다.

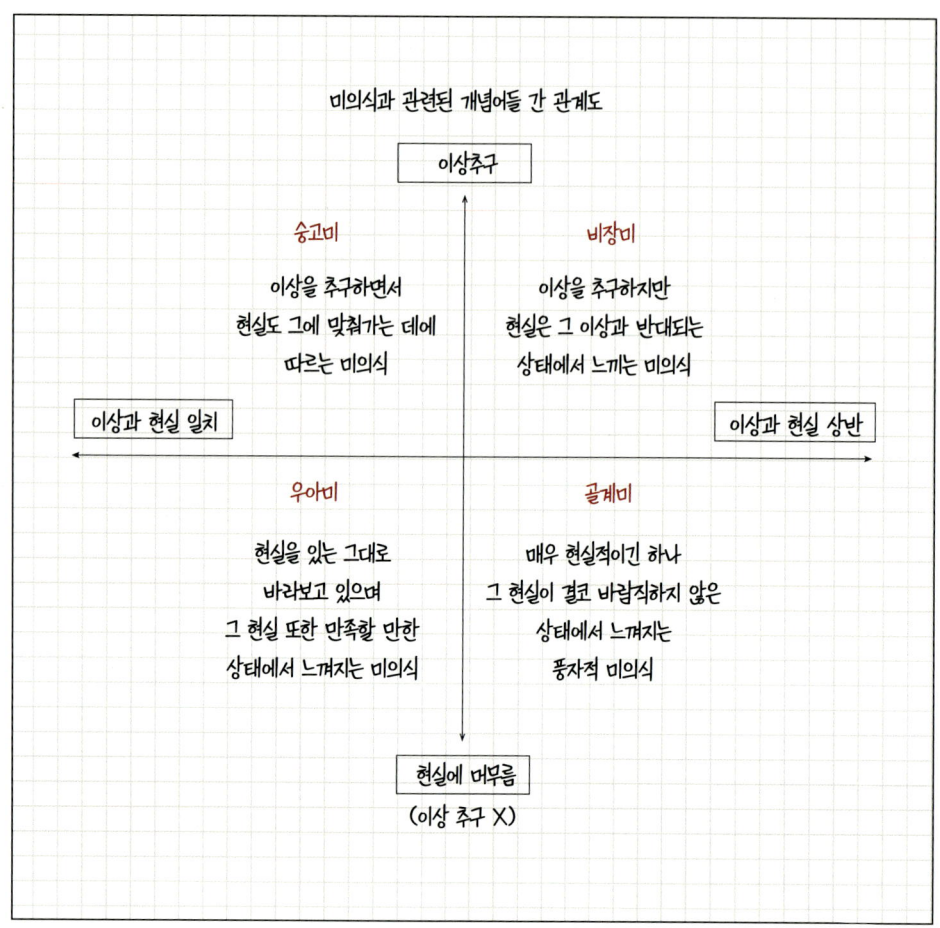

미의식과 관련된 개념어들 간 관계도

이상추구

숭고미

이상을 추구하면서
현실도 그에 맞춰가는 데에
따르는 미의식

비장미

이상을 추구하지만
현실은 그 이상과 반대되는
상태에서 느끼는 미의식

이상과 현실 일치

이상과 현실 상반

우아미

현실을 있는 그대로
바라보고 있으며
그 현실 또한 만족할 만한
상태에서 느껴지는 미의식

골계미

매우 현실적이긴 하나
그 현실이 결코 바람직하지 않은
상태에서 느껴지는
풍자적 미의식

현실에 머무름
(이상 추구 X)

다음 빈칸을 채워보세요.

1. 정의

① _____ : 시에 등장하는 모든 사물
② _____ : 가장 핵심이 되는 소재
③ _____ : 시에 들어 있는 시인의 중심 생각이나 정서

2. 소재, 제재와 관련된 개념어

① _____ : 뚜렷한 실체를 갖추고 있는 대상

> 이것은 소리 없는 아우성 / 저 푸른 해원을 향하여 흔드는 영원한 노스탤지어의 손수건.
>
> — 유치환, 「깃발」

② 사물의 _____ : 소나무는 한자리에 서서 늘 푸르다고 하듯, 사물이 지니고 있는 나름의 고유한 성질을 속성이라고 한다.

③ _____ : 시의 공간적 배경으로 화자의 시적 경험이 전개되거나 시의 대상이 위치한 장소. 시에 등장하는 장소라고 이해하면 된다.

> 지리산 하 / 한 봉우리에 숨은 실제의 뻐꾹새가 / 한 울음을 토해 내면
> 뒷산 봉우리 받아넘기고 / 또 뒷산 봉우리 받아넘기고
> 그래서 여러 마리의 뻐꾹새로 울음 우는 것을 알았다.
>
> — 송수권, 「지리산 뻐꾹새」

→ 위 시에서 시적 공간은 어딜까?_____

→ 위 시에서 시적 대상은 뭐지?_____

④ _____ : 어머니로서 갖는 감정, 이성, 의지 등의 특성을 드러내는 사물 → 특히 자식에 대한 어미의 본능적 사랑. 보호. 돌봄. 생리적/심리적 욕구에 대한 행동 등

⑤ _____ 존재 : 보통 사람이 아니라 경험이나 인식 자체가 이상의 경지를 뛰어넘은 사람, 보통 사람이라면 생각하기 힘든 뛰어난 능력을 지닌 사람. 신적 존재인 하나님, 부처님 등을 말할 때 쓰이기도 함

⑥ _____ 체험 : 시인이 어렸을 때 경험한 일이 소재로 등장하는 경우

3. 주제와 관련된 개념어

① _____ 작품 속에서 주제를 드러내는 것과 관련하여 시인이 가지고 있는 의식 성향

② _____ : 우리가 사는 현실 세계에서 부족과 결핍, 고통 등으로 인해 불만이 있다면 이상 세계는 이런 현실 세계와 달리 그 어떤 결핍과 불만이 없는 완전한 세계를 가리키는 말이다. ㈜_____

③ _____ : 수명, 능력 등의 면에서 나타나는 인간의 한계

> 산천은 의구한데, 인걸은 간데없다.

④ _____ : 사람은 누구나 이상과 현실의 괴리 또는 인간의 유한성, 선택의 기로 등으로 인해 괴로움을 겪는다. 이 때 자신에게 닥친 문제를 해결하지 못하여 겪는 괴로움을 뜻한다. (매우 자주 출제!)

⑤ 이상과 현실의 _____ : 힘들고 어려운 현실과 어떠한 결핍도 없는 이상이 동떨어짐

⑥ _____ : 겨울이 지나면 봄이 오고, 봄이 오면 따뜻해지고 꽃이 피는 것처럼 자연계를 지배하고 있는 원리, 자연 그대로의 법칙을 _____ 라고 함

⑦ _____ : 확고한 신앙심에서 나온, 흔들림 없는 견해나 사상

⑧ _____ : 화자가 대상에 대하여 느끼는 심리적·정서적 거리감 ㈜ 시적 화자와 대상 간의 심리적 거리

→ 대상이 _____ 에 머무를 때에 화자와 대상의 거리는 _____. 반면 대상이 화자에 의해 정서적으로 표현될 때, 즉 _____ 에 거리는 _____

⑨ _____ : 화자와 대상이 _____ 대상과 화자가 서로 접촉하며 함께 움직이는 느낌이 강하게 나타난다.

⑩ _____ : 둘 이상이 합하여 _____ 가 되는 일

→ _____ : 사물과 내가 한 몸이 됨

4. 미학과 관련된 개념어

① _____ : 현실과 이상이 좀 어긋나는 가운데, 풍자나 해학의 수법으로 우스꽝스러운 상황이나 인간상을 그릴 때 느껴지는 아름다움이다. 익살을 부리는 상황에서 교훈을 얻을 때 쓰기도 한다. ㈜ 해학미

② _____ : 시적 화자의 의지가 외부 세계에 의해 좌절될 때 나타나는 미적 느낌. 사회적으로 또는 정신적으로 고귀한 것을 추구했는데 그것이 현실적으로 좌절되었을 때 나타나는 아름다움. 단순히 슬픈 상황이기만 해서는 비장미라고 할 수 없다. ㈜ 비극미

③ _____ : 높은 이상이 빛나는 시점에서 느껴지는 아름다움을 말한다. 화자가 속해 있는 공간은 무언가 아직 부족하지만 그로 인해 절망하지 않고 높은 이상을 보일 때 느낄 수 있는 미의식

④ _____ : 조화와 균형에서 느껴지는 아름다움. 대개 고전적인 아름다움이라고 보아도 무방하다.

정답

1.
① 소재 ② 제재 ③ 주제

2.
① 구체적 대상 ② 속성
③ 시적 공간
   ㉠ 지리산 ㉡ 뻐꾹새
④ 모성적 존재 ⑤초월적 ⑥유년기

3.
① 주제 의식
② 이상 세계
   ㉠ 이상향
③ 인간의 유한성 ④ 인간적 고뇌 ⑤ 괴리
⑥ 자연의 섭리
   ㉠ 섭리
⑦ 종교적 신념
⑧ 화자와 대상과의 거리
   ㉠ 객관화 ㉡ 멀어진다 ㉢ 주관화 ㉣가까워진다
⑨ 교감
⑩ 합일
   ㉠ 완전히 하나 ㉡ 물아일체

4.
① 골계미 ② 비장미 ③ 숭고미 ④ 우아미

종합평가 & 해설

지금까지 배운 문학개념어들이

모의고사와 수능에

어떻게 나오는지 궁금하시죠?

모의고사와 수능을 선별하여 만든 종합 평가로

실전에 적용해 보아요.

 문제지 다운로드

공부맛집(yummystudy.com) ▶ 커뮤니티 ▶ 국어자료실

종합 평가 1 & 해설

「1–6」 다음 글을 읽고 물음에 답하시오. (2008년 수능 기출 변형)

(가)
차단—한 등불이 하나 비인 하늘에 걸려 있다
내 호올로 어딜 가라는 ㉠ 슬픈 신호냐

ⓐ 긴— 여름 해 황망히 나래를 접고
㉡ 늘어선 고층(高層) 창백한 묘석(墓石)같이 황혼에 젖어
찬란한 야경 무성한 잡초인 양 헝클어진 채
사념(思念) 벙어리 되어 입을 다물다

피부의 바깥에 스미는 어둠
㉢ 낯설은 거리의 아우성 소리
까닭도 없이 눈물겹고나

㉣ 공허한 군중의 행렬에 섞이어
내 어디서 그리 무거운 비애를 지고 왔기에
길—게 늘인 그림자 이다지 어두워

내 어디로 어떻게 가라는 슬픈 신호기
㉤ 차단—한 등불이 하나 비인 하늘에 걸리어 있다

— 김광균, 「와사등」

(나)
활자(活字)는 반짝거리면서 하늘 아래에서
간간이
자유를 말하는데
나의 영(靈)은 죽어 있는 것이 아니냐

벗이여

그대의 말을 **고개 숙이고 듣는 것**이

그대는 마음에 들지 않겠지

마음에 들지 않어라

모두 다 마음에 들지 않어라

이 황혼도 저 돌벽 아래 잡초도

담장의 푸른 페인트 빛도

저 고요함도 이 **고요함**도

그대의 정의(正義)도 우리들의 섬세(纖細)도

행동이 죽음에서 나오는

이 **욕된 교외**에서는

어제도 오늘도 내일도 마음에 들지 않어라

그대는 반짝거리면서 하늘 아래에서

간간이

자유를 말하는데

우스워라 나의 영은 죽어 있는 것이 아니냐

— 김수영, 「사령(死靈)」

(다)

평생에 원하는 것이 다만 **충효**뿐이로다

이 두 일 말면 금수(禽獸)나 다를쏘냐

마음에 하고자 하여 십 년을 허둥대노라

〈제1수〉

계교(計較) 이렇더니 공명이 늦었어라

부급동남(負東南)해도 이루지 못할까 하는 뜻을

ⓑ **세월이 물 흐르듯 하니** 못 이룰까 하여라

〈제2수〉

비록 못 이뤄도 **임천**(林泉)이 좋으니라

무심어조(無心魚鳥)는 절로 한가하나니

조만간 세사(世事) 잊고 너를 좇으려 하노라

〈제3수〉

강호에 놀자 하니 임금을 저버리겠고

임금을 섬기자 하니 즐거움에 어긋나네

혼자서 기로에 서서 갈 데 몰라 하노라

〈제4수〉

어쩌랴 이러구러 이 몸이 어찌할꼬

행도(行道)도 어렵고 은둔처도 정하지 않았네

언제나 이 뜻 결단하여 내 즐기는 바 좇을 것인가

〈제5수〉

— 권호문, 「한거십팔곡(閑居十八曲)」

• 계교 : 서로 견주어 살펴봄
• 부급동남 : 이리저리 공부하러 감

1. (가)~(다)에 대한 설명으로 가장 적절한 것은?

① (가), (나)에서 화자는 자신이 처한 상황으로부터 도피하고자 한다.

→ 시적 화자가 본인이 처한 상황으로부터 '도피'한다고 정확히 판단할 만한 근거가 되는 시어·시구를 찾아야만 한다. 이를테면 '~로부터 벗어나고 싶다'같은 표현이 있어야 한다는 말이다. 그런데 (가)에도 (나)에도 이런 표현은 찾아볼 수 없고 (나)에는 "마음에 들지 않어라"라는 구절은 있지만 단순히 마음에 안 든다는 말로, 상황을 벗어나고자 한다는 결론을 내려버리기는 어렵다.

② (가), (다)에는 미래에 대한 화자의 확신이 나타나 있다.

→ 국어 문제를 잘 풀기 위해서는 역시 단서를 잘 찾아야 한다. 미래에 대해 확신한다면 (가)에서 화자에게 '어디로 어떻게 가라'는 신호가 '슬플' 이유가 무엇이며, (나)에서 '어쩌랴 이러구러 이 몸이 어찌할꼬'라 화자가 고민할 리도 없다.

③ (나), (다)에는 부정적인 세계에 대한 화자의 대결 의지가 나타나 있다.

→ 일단 (나)에서 부정적인 세계가 나온 것은 사실이다. '욕된' 교외라며 본인이 머무는 공간을 부정적으로 보고 있기 때문이다. 그렇다고 해서 이것과 맞서 싸우려는 의지를 불태우는 부분은 등장하지 않는다. 오히려 '우스워라' '나의 영은 죽어있는 것이 아니냐'라며 화자는 그저 스스로의 무기력한 처지에 대해 슬픔과 부끄러움, 한탄을 느낄 뿐 무언가와 싸우겠다는 의지에 대한 근거는 찾아보기 어렵다. 한편 (다)에서는

비록 (공명을) 못 이뤄도 임천(林泉: 수풀과 샘, 여기서는 자연을 이르는 말)이 좋으니라

무심어조(無心魚鳥 : 무심한 물고기와 새)는 절로 한가하나니

조만간 세사(世事 : 세상의 일, 속세) 잊고 너를 좇으려 하노라

→ 위 글과 같이 본인이 머무르고 있는 공간인 자연을 긍정적으로 묘사하며, 이와 대비되는 공간인 속세를 '잊어'버리고 자연을 좇아 살겠다고 한다. 상대적으로 부정적 세계인 속세와 맞서 싸운다기 보다는 그 속세를 더 멀리하겠다는 뜻이니 역시 대결 의지라고 보기에는 부족하다.

④ (가), (나), (다)에서 화자는 과거에 대해 반성하고 있다.

→ (가)와 (다)에서 화자는 '과거에 이러지 말았어야 했는데' 같은 말들을 전혀 하고 있지 않다. 특히 (다)에는 비록 공명(공을 세워 이름을 알림)을 이루지 못했지만 자연에 살고 있는 지금이 만족스럽다는 말도 있다. 한편 (나)는 성찰적, 반성적인 태도가 나타나고 있긴 하지만, 그렇다고 해서 이것이 "과거"에 대한 반성은 아니다. 매우 어지러운 사회 현실에도 불구하고 본인은 교외(도심에서 떨어진 시골)에서 고요하고 평안하게 살아가고 있는 "현재" 상황에 대한 부끄러움이라고는 볼 수 있다.

⑤ (가), (나), (다)에는 삶에 대한 화자의 고뇌가 나타나 있다.

피부의 바깥에 스미는 어둠

낯설은 거리의 **아우성 소리**

까닭도 없이 눈물겹고나

공허한 군중의 행렬에 섞이어

내 어디서 그리 무거운 비애를 지고 왔기에

길—게 늘인 **그림자 이다지 어두워**

→ (가)에서는 밑줄 친 부분에 삶에 대해 느끼는 화자의 고민과 슬픔이 극적으로 드러난다. 아우성(떠들썩하게 기세를 울려지르는 소리)이 별다른 이유도 없이 "눈물겹다" 하고, 사람들이 많이 모여있는 상태(군중)인데도 공허한 행렬이라고 부르며, 또 본인이 "무거운" 슬픔과 아픔(비애)를 지고 왔기에 그림자도 "어둡다"고 표현한다는 점에서 화자가 힘든 삶을 살고 있다는 점을 눈치챌 수 있다.

그대의 정의(正義)도 우리들의 섬세(纖細)도

행동이 죽음에서 나오는

이 욕된 교외에서는

어제도 오늘도 내일도 **마음에 들지 않어라**

→ (나)에서도 역시 밑줄 친 부분에서 삶에 대해 느끼는 화자의 고민이 가장 잘 드러난다. 본인이 머무는 공간인 교외를 행동이 "죽음"에서 나오는 "욕된" 곳이라 부르고, 한술 더 떠 어제(과거)도 오늘(현재)도 내일(미래)도 결코 마음에 들지 않을 것이라고 한다. 이 역시 살아가며 느끼는 고뇌라고 볼 수 있다.

강호(江湖 : 강과 호수)에 놀자 하니 임금을 저버리겠고

임금을 섬기자 하니 즐거움에 어긋나네

혼자서 기로에 서서 갈 데 몰라 하노라

〈제4수〉

어쩌랴 이러구러 이 몸이 어찌할꼬

행도(行道 : 길을 가기)도 어렵고 은둔처(숨을 곳)도 정하지 않았네

언제나 **이 뜻**(5수와 연결지어 이해한다면 임금을 섬길 것인가? 자연에서 즐거움을 즐길 것인가?) 결단하여 내 즐기는 바 좇을 것인가

〈제5수〉

→ (다) 또한 밑줄 친 부분에서 삶에 대해 느끼는 화자의 고민이 잘 드러난다. 자연의 정취를 즐기면서 살고 싶지만 또 한편으로는 임금을 섬겨 나랏일을 해야 양반 사대부의 도리를 다한 것이 아닐까 싶은 고민도 있고, 그래서 임금을 섬기자니 한 번 사는 인생 자연을 맘껏 즐기지도 못하니 이러지도 저러지도 못하는 화자의 고민, 고뇌를 정확히 파악할 수 있다.

정답 ⑤

2. (가)와 (나)의 표현상의 공통점으로 가장 적절한 것은?

① 대조적 어휘를 반복하여 공간의 의미를 강화하고 있다.

→ (가)에서는 딱히 특별하다 싶은 공간이 등장하지 않는데 (나)에는 '욕된 교외'가 등장하기는 한다. 그러나 (나)에 '교외'와 서로 다른(대조적인) 공간의 의미를 강조하기 위한 어휘가 따로 등장하고 있지는 않다.

② 의인화를 통해 사물의 속성을 선명하게 부각시키고 있다.

→ "의인화"는 사람이 아닌 것이 사람인 것처럼 표현되는 기법인데 (가)의 본문을 살펴보자.

> 긴— 여름 해 황망히 나래(날개)를 접고(활유법)

→ 언뜻 봐서는 의인법이라고 착각할 수 있지만 아니다. 생물이 아닌 것(여름 해)이 바치 생물인 것처럼 날개를 접는다고 표현했기 때문이다. 정신차리자. 인간인 여러분은 날개가 없다!!

> 늘어선 고층(高層) **창백한 묘석(墓石)**같이 황혼에 젖어
>
> 찬란한 야경 무성한 잡초인 양 헝클어진 채
>
> **사념(思念)** 벙어리 되어 입을 다물다

→ 창백하다는 것은 "얼굴빛 따위가 핏기 없이 해쓱하다."라는 뜻인데, 사람의 표정을 묘사하는 말로 주로 쓰이니 의인법이라 할 만하다. 한편 '사념(思念) : 근심하고 염려하는 생각' 역시 입을 다문다고 했기에 사람만이 가지고 있는 고유한 기능인 언어와 연관되는 표현이므로 의인법이라 할 수 있다.

그렇다면 묘석(墓石)이나 사념(思念)의 속성을 부각(浮刻 : 사물의 특징을 두드러지게 나타냄)시킨다고 볼 순 있을까? 이 설명이 틀렸다고 볼만한 정확한 근거가 이 시에 딱히 없다. 이럴 땐 "그럴 수도 있나보네?" 셈 치고 넘어가면 된다.

💡 **문제 풀이 팁**

국어 문제를 풀 때는 "선생님 이렇게 생각하면 맞을 수도 있잖아요!"로 생각하면 폭망한다. 어차피 5지 선다형 객관식 중에서 답 하나를 고르는 형태에서는, ①번부터 ⑤번까지 선지에 **틀린 근거가 정확히 있지 않다면?** 그렇지! 무조건 맞는 거다. 그러니 **여러분은 모든 문제를 풀 때 제발 "이 말이 틀리다고 확신할 만한 근거를 지문에서 찾을 수 있나?" 요 생각을 가지고 집요하게 뒤져봐야** 한다. 만약 시 전체를 집요하게 뒤졌는데, 딱히 틀렸다고 볼 만한 근거를 찾을 수가 없다면? 그렇다 그 선지는 출제자가 제 딴에는 맞다고 생각하고 써둔 선지인 셈이다.

③ 첫 연과 끝 연을 대응시켜 화자의 정서를 심화하고 있다.

→ (가)와 (나)에 수미상관 구조가 있느냐는 말이다. 지난 강의에서 "수미(首尾: 머리와 꼬리)상관"은 시의 맨 첫 부분과 마지막 부분 형식이 같거나 비슷해야 하며, 그 효과는 ① 형태적 안정감 ② 운율의 형성 ③ 주제의 강조라고 말한 바 있다.

(가)의 처음과 끝은 아래 밑줄 친 것과 같이 한 번 더 똑같이 반복되며 마친다.

(가) (1연)

차단—한 등불이 하나 비인 하늘에 걸려 있다

내 호올로 어딜 가라는 슬픈 신호냐

(나)의 처음과 끝 역시 아래 밑줄 친 것과 같이, "비슷한 문장구조"가 한 번 더 반복되며 마친다. 다만 (나)는 마지막 연이 완벽하게 똑같이 반복되지는 않고 "우스워라" 라는 시구가 더해지는데, 이렇게 약간만 바뀐 형태를 "변주"라 부르며 이 경우도 수미상관이라고 볼 수 있다.

(나) (1연)

……활자(活字)는 **반짝거리면서 하늘 아래에서**

간간이

자유를 말하는데

나의 영(靈)은 죽어 있는 것이 아니냐

(나) (5연)

그대는 **반짝거리면서 하늘 아래에서**

간간이

자유를 말하는데

<u>우스워라</u> 나의 영은 죽어 있는 것이 아니냐

---

④ 말을 건네는 방식으로 대상과의 친밀감을 드러내고 있다.

→ (가)는 누군가에게 말을 건넨다기보다 혼자 있는 상황에서 홀로 말하고 있는 "독백의 상황에서 독백체"이며, (나)는 '벗' 혹은 '그대'로 정확히 부르고 있는 청자에게 말을 건네는 듯한 말투인 건 맞다. (독백의 상황에서 대화체) 한편 (나)에서 화자가 대상(벗, 그대)에게 친밀감을 느낀다고 볼 수는 없다. 왜냐하면 '그대'는 '반짝거리면서' '자유'를 말하고 있는데, 화자는 스스로의 영이 죽어있다고 표현하고 있으니 말이다.

⑤ 역설과 반어를 통해 화자의 의도를 효과적으로 드러내고 있다.

→ 역설? 그렇지, 표현의 아이러니. 반어는? 상황의 아이러니. 기억나지? (가)에는 딱히 역설과 반어라 할 만한 표현이 드러나 있진 않지만 (나)에는 역설도 반어도 있어.

> 행동이 죽음에서 나오는 (이건 역설이야)

→ 죽은 것에서 움직이는 것이 나온다는 표현은 모순이지. 그렇지만 여기서는 현실에 안주하고 있는 스스로의 모습을 "죽음"이라고 표현하려는 화자의 깊은 의도가 드러난다고 볼 수 있어.

> **우스워라** 나의 영은 죽어 있는 것이 아니냐

→ 화자는 지금 고뇌로 가득하고 슬픈 상황인데 "우습다"는 표현을 쓰고 있지? 화자의 속내와 정반대되는 말이니까 반어라고 볼 수 있지.

정답 ③

3. ⓐ, ⓑ에 대한 설명으로 적절하지 않은 것은?

> (가) ⓐ긴— 여름 해 황망히 나래를 접고
>
> (다) ⓑ세월이 물 흐르듯 하니

① ⓐ는 ⓑ와 달리 상승 이미지를 사용하고 있다.

→ 상승 이미지라 하려면 반드시 아래에서 위로 올라가는 방향성을 담은 말이 등장해야 한다. 이를테면 "솟구친다" "밀어올려다오!" "분수처럼 흩어지는" "튀어 오르는" 같은 말들 말이야. 그런데 ⓐ에는 긴 여름 해가 "날개를 접는다"는 말만 있잖아. 이건 상승 이미지라고 부를 수 없지. 그럼 ⓐ에는 무슨 이미지를 갖다 붙일 수 있을까? 소멸 이미지 어떠니? 딱이지? 있던 게 사라진 거니까. ⓑ에 상승 이미지가 없는 건 맞아. ⓑ에다 굳이 갖다 붙이자면 "동적 이미지"는 될 수 있어. 아무튼 움직임이 나타나긴 했잖아?

🔦 **문제 풀이 팁**

앗, 답(틀린 것)이 나왔다! 그럼 아래 선지들은 전부 다 맞는 말들이네? 그럼 무엇으로 활용한다? 그렇지. 미니 해설지로 활용해서 시 해석할 때 길잡이로 쓰면 된다!

② ⓑ는 ⓐ와 달리 관습적 표현을 활용하고 있다.

→ "물 흐르듯" 시간이 빨리 간다는 말은 아주 예전부터 으레 써오던 말이니 관습적 표현 맞지.

③ ⓐ, ⓑ 모두 화자의 정서를 환기하고 있다.

→ 환기는 뭐다? 부를 喚, 일어날 起 : 생각, 감정, 정서를 불러 일으키다. ⓐ,ⓑ 앞뒤로 화자의 감정을 나타내는 말이 각각 나와. ⓐ에서는 '**까닭없이** 눈물겹고나'라고 정확히 감정이 써있고, 이리저리 돌아다녀도 **이루지 못할까 하는 뜻**(공명)을 ⓑ세월이 물 흐르듯 하니 **못 이룰까 하여라**에서는 세월은 흐르는데 아직 출세하지 못한 상황에 대한 약간의 아쉬움이 느껴진다고 볼 수 있지.

④ ⓐ, ⓑ 모두 대상을 비유적으로 표현하고 있다.

(가) ⓐ긴— **여름 해** 황망히 **나래를 접고**

(다) ⓑ세월이 **물 흐르듯** 하니

ⓐ는 여름 해가 날개를 접는다고 은유적으로 묘사했고
ⓑ는 '물 흐르듯'에서 직유법을 활용하고 있어.

⑤ ⓐ, ⓑ 모두 시간을 시각적으로 형상화하고 있다.

→ 형상화는 뭐다? "나타내다" 그러니까 눈에 안 보이는 시간을 볼 수 있는 것처럼 나타냈냐 그 말이잖아. "**추상적 대상의 구체화**"라는 어려운 말로 한 번 배운 적 있는 바로 그 표현법!

ⓐ는 해가 저서 석양이 보이는 그 무렵을, "여름 해가 날개를 접는다"고 표현했고 ⓑ는 세월(시간)을 '물 흐르듯' 이라고 말하면서 눈에 보이게끔 표현했으니까 역시 맞는 말이야.

💡 **문제 풀이 팁**

문학에서 "~에 대한 설명으로 적절하지 않은 것은?" 으로 묻는 문제가 나오면 출제자께 엎드려 절하도록 하자. 왜냐고? 적절하지 않은 그 답 하나만 빼고 나머지 선지들은 다 맞다는 얘기잖아. 답이 아닌 선지들을 일종의 미니 해설지로 활용하면 개꿀이잖니! 그래서 문학은 어느 정도 요령이 생기면 빨리 풀 수 있다는 거야. 문제 속에 힌트가 다 있거든.

정답 ①

4. (가)의 ㉠~㉤ 중, 〈보기〉의 밑줄 친 부분에 해당하는 시어로 보기 어려운 것은?

─〈보기〉─

서정적 자아(화자라고 통쳐서 생각해)는 **세계를 내면화**(화자가 세상을 자기 맘대로 생각한다는 얘기야)한다. 이런 작용으로 서정시에서 자아는 상상적으로 세계와 하나가 된다. 그렇지만 근대 이후의 문명사회에서 **자아와 세계의 조화나 통일**(쉽게 말해서 세상살이에 화자가 쉽게 만족하고 내맘에 쏙든다고 생각하는 상황이 조화/통일이라고 봐도 된다.)은 달성하기가 매우 어려운 일이다. 그래서 근대 이후의 서정시에서는 **자아와 세계 사이의 분열에 대한 자아의 반응을 함축하고 있는**(내 마음에 좀처럼 흡족하지 않은 세계에 대해 반응하고 있는 화자의 상태를 나타내는) **시어**들이 자주 나타난다.

① ㉠ 슬픈   ② ㉡ 늘어선   ③ ㉢ 낯설은   ④ ㉣ 공허한   ⑤ ㉤ 차—단한

→ 자, 선지 옆에다 다 옮겨놓고 나니까 뭐 느껴지는 거 없니? 그래. 나머지 선지들은 다 감정을 어느 정도 포함한 시어들인데 ㉡의 "늘어선" 같은 경우는 바로 뒤에 있는 고층 창백한 묘석(묘비)이 그저 황혼에 젖어 늘어서 있다는 객관적 '서술'에 불과해. 그래서 답은 ②번!

㉡늘어선 고층(高層) 창백한 묘석(墓石)같이 황혼에 젖어

정답 ②

5. 〈보기〉를 참고하여 (나)를 이해하고 보인 반응으로 적절하지 않은 것은?

─〈보기〉─

김수영은 1955년 6월 성북동에서 서강으로 이사하였다. 서강에서의 생활은 피폐해진 그의 몸과 마음을 점차 회복시키고, 그로 하여금 오랜만에 안정을 누리게 했다. 그가 이전과는 달리 생활에 대한 긍정을 시에 담아내었던 것도 그러한 안정과 관련이 깊다. 하지만 생활에 대한 시인의 긍정은 그리 오래 가지 못했다. 줄곧 이상과 현실을 문제 삼으면서 일상에 매달려 살아가야 하는 자의 설움과 비애를 느껴 왔던 시인은 다시 생활의 안정 속에 빠져 있는 자신을 발견하고, 그것을 이겨 내려고 애를 썼다. 이러한 서강에서의 생활은 1959년에 발표된, 「사령(死靈)」을 이해하는 데 많은 도움을 준다.

① '자유'는 시인이 추구하던 이상에 해당한다고 볼 수 있겠어.

→ 자유를 말하는 그대/벗 앞에서 "내 영은 죽은 것같다"고 말하고 있는 화자를 보면 "자유"를 추구하려고 했는데 잘 안됐나보다, 하고 생각할 수 있지.

② '고개 숙이고 듣는 것'은 **이상을 묵묵히 실천하려는 태도**를 보여주는 것이겠어.

→ 벗이여, 그대의 말을 고개 숙이고 듣는 것이 "그대는 마음에 들지 않겠지"라고 뒤이어 바로 말하고 있지? 한편 곧바로 "마음에 들지 않아라"라는 화자 스스로에 대한 평가도 이어지고 있어. 이로 볼 때 '고개 숙이고 듣는 것'은 오히려 "자유와 같은 이상을 추구해야 마땅하지만 일상에 매달려 살아가야 하느라 적극적으로 그렇게 살지 못하는 자의 부끄러움"을 표현한다고 봐야 맞아.

③ '고요함'은 **생활의 안정 속에 빠져 있는 시인의 상황**을 표현한 것이겠군.

→ 성북동에서의 삶에 비해 보다 안정적이라 신변에 아무 일도 일어나지 않으니 고요함이라고 할 수 있겠지?

④ '욕된 교외'는 서강에서의 생활에 대한 시인의 **성찰**이 반영되어 있는 것 같아.

→ 평범한 사람이었으면 서강에서 사는 고요하고 안정적인 삶에 대해 "아이고 이제야 살겠네." 했겠지만 김수영 시인은 항상 이상(여기선 '자유')과 현실의 괴리를 고민했을테니 "내가 이토록 맘편히, 아무 소음 없이 살아도 되나?"같은 반성을 했겠지.

⑤ '우스워라 나의 영은 죽어 있는 것이 아니냐'는 일상에 매달려 살아가야 하는 자의 **설움과 비애를 함축**하는 말이겠군.

→ 그래, 〈보기〉에서 쓴 말(일상에 매달려 살아가야 하는 자의 설움과 비애를 함축)을 가장 잘 보여주는 "주제행"이라고 할만한 부분은 바로 '우스워라 나의 영은 죽어 있는 것이 아니냐'라고 할 수 있어. 보다 크고, 뭔가 사회적인 정의를 추구하며 살았어야 하는데 너무 하루하루 먹고 사는 문제에만 매달린 나머지 우습게도 나의 영은 죽어버린 게 아닌가 하는 반성이라고 볼 수 있지.

정답 ②

6. 〈보기〉를 바탕으로 (다)를 이해한 내용으로 적절하지 <u>않은</u> 것은?

〈보기〉

연시조는 단순히 평시조 몇 작품을 병렬적으로 늘어놓은 것을 의미하지는 않는다. 대체로 각 작품들이 일관된 체계에 따라 긴밀히 연결되어 있다는 점에서 연시조는 질서 정연한 구성을 보이게 마련이다.

① 제1수는 **시상 전개의 단서**를 제시하는 역할을 한다.

평생에 원하는 것이 다만 충효뿐이로다

이 두 일(충효) 말면 금수(禽獸: ① 날짐승과 길짐승을 뜻하는 말로 행실이 무례하고 추잡한 사람을 이르는 말)나

다를쏘냐

마음에 하고자 하여 십 년을 허둥대노라

〈제1수〉

→ 여러분들은 참 특이한 게 "시상의 전개"라 한자어로 표현했을 뿐인데 문제를 쓸데없이 어렵게 느끼더라고. 그런데 시상은 시인의 생각일 뿐이니까, 앞으로 **"시상의 전개"**라고 하면 쉽게 이렇게 생각해. **"시가 써졌다"** 그럼 선지를 쉽게 바꿔보면 ①은 "제1수는 시가 써진 단서를 제시하는 역할을 한다." 이렇게 해석하면 돼. 어때? 맞지! 지금 화자는 〈제1수〉에서 평생 임금께 충을 다하고, 부모님께 효를 다하는 삶을 사려고 노력한 끝에 '십 년을 허둥댔다'고 말했어. 이 시가 써진 동기가 바로 여기있네. 화자는 나름대로 열심히 살았는데(충효를 다하려고) 무려 10년이 훌쩍 가 버린거야.

② 제2수의 '계교'는 제1수의 '충효'와 관련되어 있다.

계교(計較) 이렇더니 공명(과거 급제, 여기선 충을 의미함)이 늦었어라

부급동남(負東南)해도 이루지 못할까 하는 뜻(여기선 공명)을

ⓑ세월이 물 흐르듯 하니(이 분 지금 자연에서 몇 년 있었다고? 그래 10년!) 못 이룰까 하여라

〈제2수〉

• 계교: 서로 견주어 살펴봄
• 부급동남: 이리저리 공부하러 감

→ 서로 견주어 살펴본 결과가 이렇더(제1수와 관련지어서 해석하면, '10년을 허둥댔더')니 공명(功名 : 공을 세워 이름을 널리 알림)이 늦었다. 여기서 저 "서로 견주어 본" 게 뭐겠니? 〈제1수〉밖에 지금 나온 게 없는데. 충과 효겠지 당연히. 이 사람이 충을 다하는 건 세속에 나아가 과거 급제하고 임금을 모시는 일이었을 거야. 그런데 이 사람은 지금 자연에 있단 말이야. 그럼 이 자연에서는 효를 다했다는 얘기잖아? 맞아. 부모님을 모시느라 지난 10년은 고향에 있을 수밖에 없었고 그 탓으로 과거 시험에 합격해 이름을 알리는 일은 늦었다는 말이지.

③ 제3수의 '임천'의 좋은 점이 제2수에 드러나 있다.

비록 (공명을) 못 이뤄도 임천(林泉 : 수풀 림, 샘 천, 여기서는 자연으로 보통 은사(隱士), 즉 벼슬을 하지 않고 자연에 숨어지내던 선비가 사는 곳을 뜻한다.)이 좋으니라

무심어조(無心魚鳥 : 무심한 물고기와 새)는 절로(저절로) 한가하나니

조만간 세사(世事 : 세상의 일, 여기서는 공명을 이루는 길이자 충을 다하는 일) 잊고 너(무심어조)를 좇으려 (follow - 따르려) 하노라

→ 〈제2수〉에서 화자는 이리저리 공부하러 다녀도 이루기 어려운 공명인데 본인은 효를 다하느라 세월이 이렇게

흘러버렸다며 아마 이제 버슬하기는 쉽지 않을 것같다고 말했잖아? 그런데 〈제3수〉에 바로 이어서 "그래도 괜찮아"라고 말하고 있어. 그러니까 임천의 좋은 점이 〈제2수〉에 있었던 건 아니지. 오히려 임천의 좋은 점은 〈제3수〉의 중장에서 찾아볼 수 있어. 여기서는 물고기와 새도 욕심없고 한가하니 세상 시름과 걱정을 다 잊고 물고기와 새처럼 살고 싶다는 말이 이어지니 말이야.

💡 **문제 풀이 팁**

여러분이 기초 한자 500자 (5급 수준)를 달달 암기해야 하는 이유가 요런 문제 풀라고 있는 거다. 임천(林泉)은 자연에 숨어지내는 선비(은사(隱士))들이 지내는 공간을 뜻하는데, 이 어휘를 모른대도 여러분이 수풀 림(林)에 샘 천(泉)만 읽을 줄 알았으면 눈치를 챌 수 있었지 않으냐 이 말이야. 만약 여러분이 이토록 쉽디쉬운 한자어의 뜻과 음을 읽어내지 못했다면, 앉은 자리에서 반성하고 묘수 국어 시리즈 중 한자 암기 책을 구매해서 다 외우도록 하자. 특히 고전 시가나 소설 분야 문제를 풀 때 한자를 하나도 모르면 풀기가 쉽지 않아.

④ 제4수는 제2수와 제3수의 내용을 아우르고 있다.

강호(江湖: 강과 호수, 여기서는 임천과 같은 뜻으로 자연을 의미함)에 놀자 하니 임금을 저버리겠고(충의 길, 공명을 갖는 길이기도)

임금을 섬기자 하니 즐거움(자연에서 느끼는 즐거움이겠지)에 어긋나네

혼자서 기로에 서서 **갈 데 몰라**(둘 다 해야하는데 오또카지?) 하노라

〈제4수〉

→ 강호에 놀자 : 비록 공명이 늦어지긴 했지만 그래도 무심어조를 따르고자 하는 〈제3수〉의 내용이라 볼 수 있어.

→ 임금을 섬기자 : 공명이 늦어 못 이룰까 약간 아쉬워하던 〈제2수〉의 내용과 통하는 부분이지.

⑤ 제5수는 제4수의 내용을 변주하여 시상을 심화하고 있다.

어쩌랴 이러구러 이 몸이 어찌할꼬(앞서 〈제3수〉의 혼자서 기로에 서서 갈 데 몰라와 이어지는 부분)

행도(行道 : 길을 가기, 여기서는 서울로 가는 길일 가능성이 높아)도 어렵고 은둔처(숨어지낼 곳, 여기서는? 자연에서 머무를 곳이겠지)도 정하지 않았네

언제나(과연 '언제나 돼야'로 해석해 봐) **이 뜻**(이 연시조의 이름인 閑(한가할 한)居(머무를 거) 18곡과 연결지어 보면, 자연에 한가히 머무르는 뜻일 가능성이 높겠지?) 결단하여 내 즐기는 바 좇을 것인가

〈제5수〉

→ 변주? : 내용이나 형식을 반복하긴 하지만 아주 똑같게는 아니고 약간 바꿔서 반복하는 표현법이야. 〈제5수〉는

선생님이 위 지문에 달아둔 주석을 찬찬히 읽어보면 느껴지겠지만 〈제4수〉에 쓰인 화자의 인생 고민을 다소 변화는 주어서 한 번 더 반복한 내용이야.

→ 시상의 심화? : 역시 어렵게 생각하지 말아줘 제발. 시 써진 감성이 한층 더 강해졌다는 이야기일 뿐이야. 봐봐, 〈제4수〉에서 이미 한 번 "늦었지만 이제라도 임금님 모시러 가야할지, 아니면 계속 이 한가한 곳에서 머물면서 무심어조를 따르며 살지 쫌 고민되네" 하고 말했는데 〈제5수〉에서 비슷한 얘길 또 했다고 앞에서 그랬잖아? 운문문학에서는 작가가 강조하고 싶어하는 내용을 한 번씩 더 반복해서 표현하거든. 그럼 〈제4수〉에 비해서 〈제5수〉는 한층 고민이 더 깊어진 가운데, 그래도 자연에서 머무르는 편을 선택할 가능성이 높아보이는 모습을 보여준다고 할 수 있지.

정답 ③

「7-8」 다음 글을 읽고 물음에 답하시오. 「2016년 6월 평가원 기출 (공통)」

(가)

아버지. 아직 남북통일이 되지 않았습니다.

일제 시대 소금 장수로

㉠이 땅을 **떠도신** 아버지.

아무리 아버지의 두만강 압록강을 생각해도

눈 안에 선지가 생길 따름입니다.

아버지의 젊은 시절

두만강의 회령 수양버들을 보셨지요.

국경 수비대의 칼날에 비친

저문 압록강의 붉은 물빛을 보셨지요.

그리고 아버지는

모든 남북의 마을을 다니시면서

하얀 소금을 한 되씩 팔았습니다.

때로는 서도 노래도 흥얼거리고

꽃 피는 남쪽에서는 남쪽이라

밀양 아리랑도 흥얼거리셨지요.

한마디로, 세월은 흘러서

멈추지 않는 물인지라

젊은 아버지의 추억은

ⓒ이 땅에 남지도 않고

아버지는 **하얀** 소금이 떨어져서 돌아가셨습니다.

아버지, 남북통일이 되면

또다시 ©이 땅에 태어나서

남북을 떠도는 **청청**한 소금 장수가 되십시오.

"소금이여", "소금이여"

그 소리, 멀어져 가는 그 소리를 듣게 하십시오.

— 고은, 「성묘」

(나)

외할머니네 집 뒤안에는 장판지 두 장만큼한 **먹오딧빛** 툇마루가 깔려 있습니다. 이 툇마루는 외할머니의 손때와 그네 딸들의 손때로 날이날마닥 칠해져 온 것이라 하니 내 어머니의 처녀 때의 손때도 꽤나 많이는 묻어 있을 것입니다마는, 그러나 그것은 하도나 많이 문질러서 인제 는 이미 때가 아니라, 한 개의 **거울**로 번질번질 닦이어져 어린 내 얼굴을 들이비칩니다.

그래, 나는 어머니한테 꾸지람을 되게 들어 따로 어디 갈 곳이 없이 된 날은, 이 외할머니네 때 거울 툇마루를 찾아와, 외할머니가 장독대 옆 뽕나무에서 따다 주는 **오디 열매**를 약으로 먹어 숨을 바로 합니다. **외할머니의 얼굴**과 내 얼굴이 나란히 비치어 있는 이 툇마루에까지는 어머 니도 그네 꾸지람을 가지고 올 수 없기 때문입니다.

— 서정주, 「외할머니의 뒤안 툇마루」

• 눈 안에 선지가 생길 : 눈에 핏발이 설
• 서도 : 황해도와 평안도를 통틀어 이르는 말

7. (가)와 (나)의 공통점으로 가장 적절한 것은?

① 유사한 시구를 점층적으로 변주하여 리듬감을 형성하고 있다.

→ (가)에는 유사한 문장구조와 시구들이 등장하지만 (나)에서는 그런 시구를 찾기 어렵다. 한편 (가)의 마지막 행에 등장하는 "그 소리, 멀어져가는 그 소리"와 같은 부분이 선지 ①에서 설명하는 바를 보여주는 대목이라고 볼 수 있다. 점층은 감정이나 범위를 점점 더해준다는 의미니 말이다. '소리'라는 시어에 설명을 덧붙인 말이 뒤이어 변주되면서 안타까운 감정이 한 번 더 더해졌다.

② 부정적 현실에 대해 거리를 두어 관조하는 태도를 취하고 있다.

→ (가)에는 남북통일이 되지 않았다는 부정적 현실을 나타나 있지만 (나)에는 부정적 현실이 그려져 있다고 보긴 어렵다. 한편 "관조(觀照)"적 태도란 조용히 대상의 본질을 응시하는 듯한 태도인데, (가)와 (나) 둘 다 관조하는 태도로 보긴 어렵다. 한편 (가)는 직접 돌아가신 아버지에게 전하는 말로, (나)는 어린아이가 외할머니댁 툇마루에 얽힌 이야기를 하는 목소리로 그려진 시니까 일부러 거리감을 느끼게 하려는 시도도 찾아보기 어렵다.

③ 어린 화자의 목소리를 활용하여 동화적인 분위기를 조성하고 있다.

→ (가)는 아들인 화자가 돌아가신 아버지께 대화체로 말을 건네고 있긴 한데, 이 화자가 어리다는 단서는 지문에 없다. (나)는 어머니로부터 꾸지람 들어 외할머니께 도망간다는 설정에서 어린 화자라는 점을 알 수 있고, 공간이나 시간이 구체적으로 설정되지 않았으므로 "옛날 옛적에 ~가 살았답니다"로 시작하는 동화적인 느낌도 든다.

④ 색감을 드러내는 시어를 활용하여 대상을 선명한 이미지로 제시하고 있다.

→ 그러니까 "색채어"를 썼느냐는 말이잖아? (가)와 (나)에 선생님이 음영처리한 시어들을 잘 봐. 이렇듯 정확하게 색깔을 나타내는 말이 나와서 (가)에서는 해 저물 무렵의 "붉은" 압록강, "하얀" 소금, "푸르디 푸르게(청청하게)" 통일된 남북을 떠도는 소금 장수, (나)에서는 "먹색(검은색)으로 잘 익은 오디(보라색 열매)"의 빛깔을 띤 툇마루라고 제시했으니 답은 4번이지.

⑤ 역설적 표현을 사용하여 모순적인 상황에 대한 반성적인 자세를 보여 주고 있다.

→ (가)에도 (나)에도 딱히 역설법이 있다고 보긴 어려워.

정답 ④

8. <보기>를 참고하여 (가)의 ㉠ ~ ㉢을 감상한 내용으로 가장 적절한 것은?

먼저 ㉠ ~ ㉢을 알아보자.

일제 시대 소금 장수로
㉠이 땅을 떠도신 아버지.

→ ㉠부터 ㉢은 "남북통일"이라는 어휘에서 곧바로 우리가 살고 있는 한반도라는 점을 알 수 있어. 그런데 아버지가 살아계실 적 일제 시대에 소금 장수로 떠돌았던 ㉠은 38선으로 남북이 나뉘기 전, 민족의 동질성이 그대로 살아있었던 온전한 한반도를 뜻하겠지?

한마디로, 세월은 흘러서
멈추지 않는 물인지라
젊은 아버지의 추억은
㉡이 땅에 **남지도 않고**

→ 젊은 아버지의 추억이 남지 않은 땅이라는 점에서 ⓒ은 같은 한반도라도 아직 남북통일이 이뤄지지 않은 현재, 38선으로 남북이 나뉜 분단된 한반도를 뜻해.

> 아버지, **남북통일이 되면**
>
> 또다시 ⓒ이 땅에 태어나서
>
> **남북을 떠도는** 청청한 소금 장수가 되십시오.

→ "남북통일이 되면" "남북을 떠도는"이라는 말에서 ⓒ은 먼 미래에 남북통일이 되는 그 날의 한반도를 뜻한다는 점을 알 수 있어. 그럼 아래 〈보기〉를 고려해서 답을 골라보자.

> 우리가 삶에서 경험하는 구체적인 장소는 사람과 그가 처한 상황에 따라 다른 의미를 갖는다. 「성묘」에서도 '이 땅'은 실제로는 같은 공간(한반도)이라고 하더라도 과거(분단 이전 일제시대), 현재(분단 현실), 미래(남북통일이 이뤄진 뒤의 한반도)의 시간적 배경이 변함에 따라 그것의 의미는 다양하게 드러난다.

① 한곳에 머물지 않고 '떠도신' 아버지의 삶을 화자가 떠올리고 있다는 점에서 ㉠은 화자에게 아버지에 대한 원망스러운 감정을 느끼게 하는 장소이다.

→ ㉠은 젊은 아버지의 땀과 추억이 담긴 곳이니 오히려 화자에게는 그리움을 느끼게 하는 곳이라고 볼 수 있어. 원망스럽다고 하려면 근거가 더 필요한데 단순히 아버지가 떠돌았다는 말 하나만으로는 원망했다고 하면 안되겠지?

② 화자가 ㉠과 관련하여 '국경 수비대의 칼날에 비친 / 저문 압록강의 붉은 물빛'을 언급하고 있다는 점에서 화자에게 ㉠은 복원된 민족의 정체성을 깨닫게 하는 장소이다.

→ 이거 굉장히 매력적인 오답이야. 잘 봐. 이런 유형 문제가 요즘 수능에 정말 잘 나오거든? 압록강은 북한에 있고 "과거"에 "분단되지 않았던" 한반도 ㉠에 있는 표현이니까, "복원된"이라고 하면 되겠니? 아직 38선으로 잘리지도 않은 곳이야 ㉠은! 엄청 치사하다고 느꼈을지 모르겠지만, 요즘 수능은 이것보다 더 지엽적으로 세세히 나오니까 시기를 잘 봐. 만약 저 밑줄 친 부분을 정확하게 알맞게 고치려면 어떻게 바꿔야 할까?
"복원돼야 할" 민족의 정체성을 깨닫게 하는 공간이라고 했으면 맞았을 거야.

③ '젊은 아버지의 추억'이 사라지고 없다는 점에서 ⓒ은 화자가 세대교체를 통하여 미래지향적인 변화를 추구하는 장소임을 알 수 있다.

→ 젊은 아버지의 추억이 남지 않은 땅이라는 점에서 ⓒ은 같은 한반도라도 **아직 남북통일이 이뤄지지 않은 현재, 38선으로 남북이 나뉜 분단된 한반도**를 뜻한다고 했지? 물론 화자는 지금 분단된 한반도가 다시 통일되기를 바라고는 있어. 백 번 양보해 미래지향적인 변화를 추구한다고 볼 수는 있지. **하지만 이런 변화를 꼭 "세대교체"를 통해서일까? 그건 아니지!** 왜냐면, 아버지가 남북통일을 하지말자고 했던 분이라는 근거가 이 시에는 없으

니까. "아버지가 통일을 극구 반대하시다가 돌아가셨으니 이제 아들인 내게 세대를 교체해서 통일이라는 미래 지향적인 변화를 추구해야겠어!" 지금 이 시가 뜻하는 말이 아니니까 틀렸어. 맞게 바꾸려면 어떻게 해야할까?

"화자가 **젊은 아버지의 추억을 되살리고자 과거지향적 변화**를 추구하는 장소임을 알 수 있다" 이렇게 썼으면 맞다고 할 수도 있을 거야. 왜냐면 분단된 조국이 젊은 아버지가 소금장수로 걸어다니던 땅(여기선 ㉠이지)의 상태로 되돌아갔으면 하는 게 지금 이 화자의 심정이니까.

④ 아버지가 '소금 장수'로 다시 태어나기를 바라는 모습을 통해 ㉡은 <u>화자가 가업을 이어 아버지의 꿈을 실현하려는 장소</u>임을 알 수 있다.

→ 가업(家業)은 집안 대대로 물려받은 직업이잖아. 그럼 화자가 소금 장수가 된다는 얘긴데, 이 시에는 그런 말이 없고 아버지께 "통일된 한반도(㉢)"에 다시 태어나 한 번 더 청청한 소금 장수로 하나 된 조국을 걸어보라고 했을 뿐이야.

⑤ '멀어져 가는 그 소리를 듣게' 하라는 표현을 통해 ㉢은 <u>화자가 자신의 바람이 현실화되기를 희망하는 장소</u>임을 알 수 있다.

> "소금이여", "소금이여"
>
> **그 소리, 멀어져 가는 그 소리**를 듣게 하십시오.

→ 왜 하필이면 멀어져간다고 썼을까? 그래, 이 시의 화자도 남북통일의 순간이 더뎌질수록 통일이 될 가능성이 점점 희박해진다는 것을 느끼고 있었을지 몰라. 왜냐면 저기서 "소금이여" 하고 외치는 소리는 하나였던 한반도(㉠)를 떠돌았던 아버지가 냈던 소리거든. 그리고 그 소리가 점점 사라져간다는 얘기는 결국 남북 분단의 시간(㉡)이 길어지고 있다는 얘기기도 해. 그래서 화자는 소금 장수였던 아버지께 통일된 한반도(㉢)에 부디 다시 태어나 또다시 소금 장수로서 전국을 제한없이 떠돌며 "소금이여"를 외쳐달라고 하고 있는 거야. 그럼 화자의 바람(남북통일)이 현실이 되길 바라는 장소? 완전 맞지.

정답 ⑤

「9-10」 다음 글을 읽고 물음에 답하시오. **「2016년 6월 평가원 기출 (공통)」**

(가)
어둠은 새를 낳고, 돌을
낳고, 꽃을 낳는다.
아침이면,
어둠은 온갖 물상(物象)을 돌려주지만
스스로는 땅 위에 굴복한다.

무거운 어깨를 털고

물상들은 몸을 움직이어

노동의 시간을 즐기고 있다.

즐거운 지상의 잔치에

금(金)으로 타는 태양의 즐거운 울림.

아침이면,

세상은 **개벽**을 한다.

→ 시 전반에서 했던 말들을 압축해 한 단어로 말하면 '개벽(開闢 : 세상이 어지럽게 뒤집힘)'이라고 할 수 있는데, 이를 두고 **"시상의 집약"**이라고 했었지. 기억나지?

— 박남수, 「아침 이미지 1」

(나)

텔레비전을 끄자

풀벌레 소리

어둠과 함께 방 안 가득 들어온다

어둠 속에서 들으니 벌레 소리들 환하다

별빛이 묻어 더 낭랑하다

귀뚜라미나 여치 같은 큰 울음 사이에는

너무 작아 들리지 않는 소리도 있다

그 풀벌레들의 작은 귀를 생각한다

내 귀에는 들리지 않는 소리들이 드나드는

까맣고 좁은 통로들을 생각한다

그 통로의 끝에 두근거리며 매달린

여린 마음들을 생각한다

발뒤꿈치처럼 두꺼운 내 귀에 부딪쳤다가

되돌아간 소리들을 생각한다

브라운관이 뿜어낸 현란한 빛이

내 눈과 귀를 두껍게 채우는 동안

그 울음소리들은 수없이 나에게 왔다가

너무 단단한 벽에 놀라 되돌아갔을 것이다

하루살이들처럼 전등에 부딪쳤다가

바닥에 새카맣게 떨어졌을 것이다

크게 밤공기 들이쉬니

허파 속으로 그 소리들이 들어온다

허파도 별빛이 묻어 조금은 환해진다

— 김기택, 「풀벌레들의 작은 귀를 생각함」

9. (가), (나)의 '어둠'에 대한 설명으로 적절하지 <u>않은</u> 것은?

① (가)에서 '어둠'은 '물상'을 돌려주는 행위의 주체로 표현되고 있다.

→ '아침이면, 어둠은 온갖 물상(物象)을 돌려주지만'에서 바로 맞다는 걸 알 수 있지. 잠깐, 여기 쓰인 표현법? 무생물(어둠)이 생물인 것같이(물상을 돌려준다) 표현됐으니 "활유법".

② (나)에서 '어둠'은 '풀벌레 소리'를 도드라지게 하고 있다.

→ '어둠 속에서 들으니 벌레 소리들 환하다.'라는 표현에서 맞다는 것을 알 수 있어. 벌레 소리(청각)를 환하다(시각)라고 표현했으니까? 그렇지. 청각의 시각화, 감각의 전이(轉移)를 활용했어. 어둠 속에서 벌레 소리에 집중하다 보니 그 소리가 상당히 크게 들리는 것을 "환하다"라고 표현한 셈이지.

③ (가)에서는 '어둠'이 사라져 가는 시간을, (나)에서는 '어둠'이 지속되는 시간을 배경으로 삼고 있다.

→ '아침이면, 어둠은 온갖 물상(物象)을 돌려주지만'에서 (가)의 시간적 배경은 아침임을, (나)에서는 '크게 밤공기 들이쉬니'에서 시간적 배경이 밤으로 어둠이 지속되는 시간이라는 점을 알 수 있다.

④ (가)에서는 '어둠'이 물러나면서 상황이 변화하고, (나)에서는 '어둠'이 들어오면서 '방 안'의 분위기가 변화한다.

→ '아침이면, 어둠은 온갖 물상(物象)을 돌려주지만', '아침이면 세상은 개벽을 한다.'에서 (가)의 시간적 배경은 어둠이 물러나면서 상황이 바뀐다는 점을 알 수 있다. 한편 (나)에서는 '풀벌레 소리 어둠과 함께 방 안 가득 들어온다' 이후 '어둠 속에서 들으니 벌레 소리들 환하다'라고 말하며 그간 텔레비전 소리에 가려 제대로 듣지 못했던 풀벌레들의 작은 소리에 새삼 귀 기울이고 있는 화자의 모습이 그려진다. 그래서 4번도 맞다고 할 수 있다.

⑤ (가)에서는 '어둠'의 생산력을, (나)에서는 '어둠'의 포용력을 앞세워 <u>'어둠'이 밝음에 순응하는 모습</u>을 부각하고 있다.

→ (가)에서 어둠은 아래와 같이 새와 돌, 꽃을 '낳고'라는 말을 통해 '생산력'을 가진다고 할 수 있어. 그리고 아침이 오면 어둠은 '땅 위에 굴복(屈伏 : 머리를 숙이고 무릎을 꿇어 엎드림)'한다는 표현을 통해 어둠이 밝음에 순응한다고 말할 수 있지.

어둠은 새를 **낳고**, 돌을

낳고, 꽃을 **낳는다.**

아침이면,

어둠은 온갖 물상(物象)을 **돌려주지만**

스스로는 땅 위에 굴복한다.

→ 하지만 (나)에서 어둠은 몰랐던 작은 소리(풀벌레 소리)에 좀 더 귀를 기울이는 계기를 만들어주고는 있지만 그것을 '포용력'이라고 보기에는 직접적인 단서가 좀 부족해. 한편 (나)에는 어둠이 밝음에 순응(順應 : 환경이나 변화에 적응하여 따름)하는 내용도 딱히 나타나 있지 않아.

텔레비전을 끄자

풀벌레 소리

어둠과 함께 방 안 가득 **들어온다**

어둠 속에서 들으니 벌레 소리들 **환하다**

별빛이 묻어 더 낭랑하다

정답 ⑤

10. (가)에 대한 이해로 가장 적절한 것은?

① '무거운 어깨를 털고'는 지상으로부터 벗어나기 위해 사물들이 몸부림치는 모습을 표현한 것이다.

무거운 어깨를 털고

물상들은 **몸을 움직이어**

노동의 시간을 즐기고 있다.

→ 물상(사물)들이 몸을 움직여 노동의 시간을 '즐긴다'고 했지? 그러니까 지상으로부터 벗어나려고 몸부림친다는 말과는 좀 거리가 있지.

② '노동의 시간을 즐기고'는 노동의 고단함을 잊기 위해 사물들이 경쾌하게 움직이는 모습을 표현한 것이다.

→ 물상(사물)들이 무거운 어깨를 털며 몸을 움직인다는 말은 나와 있지만 그게 '노동의 고단함을 잊기 위해'라고 볼만한 근거는 없어. 넘겨짚으면 안 돼!

③ '즐거운 지상의 잔치'는 기존의 사물들이 새로 태어난 사물들을 반갑게 맞이하는 모습을 표현한 것이다.

> 즐거운 지상의 잔치에
>
> 금(金)으로 타는 태양의 즐거운 울림.

→ 여기서 즐거운 지상의 잔치는 어둠이 물러가고 아침이 왔을 때 물상(사물)들이 무거운 어깨를 털며 몸을 움직이고 있는 바로 그 모습을 뜻해. 어둠 아래 가려졌던 물상들(기존의 사물들)이 태양 빛을 받아 다시 보이는 상황인데, 여기서 새로 태어난 사물이 따로 있을 리 없겠지?

④ '태양의 즐거운 울림'은 하늘의 태양이 지상에 있는 사물들과 서로 어울려 생기를 띠는 모습을 표현한 것이다.

→ 위 3번에서 언급했듯, 태양의 즐거운 울림이란 어둠 아래 가려졌던 물상들(기존의 사물들)이 태양 빛을 받아 다시 보이는 상황을 뜻하는 말이니, 4번 선지는 완벽하게 들어맞는 답이지!

⑤ '세상은 개벽을 한다'는 사물들이 새로운 형태로 변화하면서 혼란을 겪는 모습을 표현한 것이다.

→ 여기서 '개벽(開闢 : 세상이 어지럽게 뒤집힘)'은 시 전체에서 다루는 이야기들을 단어 하나로 보여주는 '시상의 집약'이야. 저녁에는 깜깜하게 숨겨져있던 물상(사물)들이 아침이 되면서 그 모습을 드러내는 것을 두고 '개벽'이라 한 거지. 여기서 사물(물상)들은 새로운 형태로 바뀐 게 아니라, 그저 감춰져 있다가 보이는 것일 따름이므로 오답이다.

정답 ④

「1-2」 다음 글을 읽고 물음에 답하시오. (2017년 9월 평가원 기출 변형)

(가)

살구나무 그늘로 얼굴을 가리고, 병원 뒤뜰에 누워, 젊은 여자가 흰옷 아래로 하얀 다리를 드러내놓고 일광욕을 한다. 한나절이 기울도록 가슴을 앓는다는 이 여자를 찾아오는 이, 나비 한 마리도 없다. 슬프지도 않은 살구나무 가지에는 바람조차 없다.

나도 모를 아픔을 오래 참다 처음으로 이곳에 찾아왔다. 그러나 나의 늙은 의사는 젊은이의 병을 모른다. 나한테는 병이 없다고 한다. 이 지나친 시련, 이 지나친 피로, 나는 성내서는 안 된다.

여자는 자리에서 일어나 옷깃을 여미고 화단에서 금잔화 한 포기를 따 가슴에 꽂고 병실 안으로 사라진다. 나는 그 여자의 건강이 — 아니, 내 건강도 속히 회복되기를 바라며 그가 누웠던 자리에 누워본다.

— 윤동주, 「병원」

(나)

유성에서 조치원으로 가는 어느 들판에 우두커니 서 있는 한 그루 늙은 나무를 만났다. 수도승일까. 묵중하게 서 있었다. 다음 날은 조치원에서 공주로 가는 어느 가난한 마을 어귀에 그들은 떼를 져 몰려 있었다. 멍청하게 몰려 있는 그들은 어설픈 과객일까. 몹시 추워 보였다.

공주에서 온양으로 우회하는 뒷길 어느 산마루에 그들은 멀리 서 있었다. 하늘 문을 지키는 파수병일까, 외로워 보였다.

온양에서 서울로 돌아오자, 놀랍게도 그들은 이미 내 안에 뿌리를 펴고 있었다. 묵중한 그들의. 침울한 그들의. 아아, 고독한 모습. 그 후로 나는 뽑아낼 수 없는 몇 그루의 나무를 기르게 되었다.

— 박목월, 「나무」

1. (가), (나)에 대한 설명으로 가장 적절한 것은?

① (가)와 (나)는 모두 색채 이미지를 활용하여 사물의 역동성을 드러내고 있다.

→ 색채어와 색채이미지는 다르다고 했지? 색깔을 직접적으로 나타내는 시어가 색채어라면, 색채이미지는 그 시어를 듣는 순간 어떤 색이 떠오르는 시어다. 굳이 꼽자면, (가)에서는 "금잔화 한 포기"(노랑), (나)에서는 "늙은 나무"(초록) 정도라고 할 수 있겠다. 그러나 둘 다 역동성(매우 힘찬 느낌)을 준다고 보기는 어렵다.

② (가)와 (나)는 모두 일상을 벗어난 공간과 대비하여 일상의 공간에 의미를 부여하고 있다.

→ (가)에는 일상에서 벗어난 '병원'이라는 공간이 제시되고는 있지만 그래서 일상의 공간에 의미가 부여되는 부분은 찾아볼 수 없다. 한편 (나)는 유성→조치원, 조치원→공주, 공주→온양, 온양→서울로 이어지는 여로형 구성을 취하고 있다는 점에서 일상에서 벗어난 공간'들'이 제시되고 있는데, (가)와 마찬가지로 (나)에도 일상적 공간이 등장한다고 보기는 어렵다.

③ (가)는 (나)와 달리, 사물의 속성을 분석하여 미래에 대한 긍정적인 전망을 제시하고 있다.

→ 오히려 (나)에 사물(나무)의 속성을 분석한 부분이 나온다고 보면 맞다. 그리고 (가)에는 미래에 대한 긍정적 전망도 보이지 않는다.

④ (나)는 (가)와 달리, 추측을 나타내는 표현을 변주하여 사물이 연상시키는 의미를 심화하고 있다.

→ (나)에서는 아래 표현들에서 "의문형 종결어미(~일까)"를 반복하며 나무들의 모습에서 수도승, 과객(過客: 지나가는 나그네), 파수병을 떠올리며(사물이 연상시키는 의미) 그들의 속성을 추측하고 있으니 맞는 말이다.

> **수도승일까.** 묵중하게 서 있었다.
>
> 멍청하게 몰려 있는 그들은 **어설픈 과객일까.** 몹시 추워 보였다.
>
> 하늘 문을 지키는 **파수병일까,** 외로워 보였다.

⑤ (가)는 현재형 시제로 계절의 상징성을, (나)는 과거형 시제로 시간에 따른 사물의 변화상을 보여주고 있다.

→ (가)는 ~한다 등으로 현재형 시제를 드러내고 있다. 살구나무나 금잔화 등에서 이 시의 계절적 배경이 봄이라는 점을 유추할 수 있긴 한데, 그렇다고 해서 '봄'이라는 소재가 시에서 무언가를 상징한다고 볼만한 근거를 찾아보기는 어렵다. 한편 (나)에서는 ~(아/어)했다 등으로 과거형 시제를 드러내고 있으나 공간의 이동(유성→조치원, 조치원→공주, 공주→온양, 온양→서울, 서울→내 안)에 따라 사물(나무)의 모습을 다르게 인식하고 있는 모습이 드러나고 있다.

정답 ④

2. 〈보기〉의 관점에서 (가), (나)의 '화자와 대상의 관계'에 대해 이해한 내용으로 적절하지 않은 것은?

───────〈보기〉───────

(가), (나)의 화자는 **특정한 대상에 대한 인식**((가)에서는 여자, (나)에서는 나무들)을 통해 **자신을 성찰**하고 **대상에 공감**한다. (가)의 화자는 병원에서 본 '여자'의 모습에 주목하고 '여자'의 아픔에 비추어 자신의 처지를 **성찰**하며 '여자'가 지닌 치유에 대한 소망에 공감한다.

(나)의 화자는 여행 중에 만난 '나무'들의 모습에 주목하고 **'나무'들에 비추어 자신의 내면을 성찰**하며 '나무'들의 모습에서 드러나는 정서(외로움, 고독함)에 공감한다. 이를 통해 (가), (나)의 화자는 **대상과의 동질성을 확인**한다.

① (가)의 화자는 '병원 뒤뜰'에 누워 있는 '여자'를 관찰함으로써, (나)의 화자는 여로에서 만난 '나무'를 반복적으로 제시함으로써 대상을 인식하고 있음을 보여주고 있다.

→ 딱히 틀린 말을 찾을 수 없다.

② (가)의 화자는 찾는 이가 없는 '가슴을 앓는다는 이 여자'의 처지에, (나)의 화자는 '나무'에게서 본 '수도승', '과객', '파수병'의 모습에 자신을 비추어 보고 있다.

→ (가)에서는 '나는 그 여자의 건강이 — 아니 내 건강도 속히 회복되기를 바라며' 부분에서, (나)에서는 '놀랍게도 그들은 이미 내 안에 뿌리를 펴고 있었다. 묵중한 그들의. 침울한 그들의. 아아 고독한 모습. 그 후로 나는 뽑아낼 수 없는 몇 그루의 나무를 기르게 되었다.' 부분에서 각각 관찰하고 있는 대상을 화자 스스로와 동일시하는 모습을 발견할 수 있다.

③ (가)의 화자는 '젊은이의 병'을 모르는 '늙은 의사'에 대한 원망을 '여자'와 공유함으로써, (나)의 화자는 '멀리 서 있'는 '나무'들의 위치를 확인함으로써 대상과 자신의 거리를 좁히려 하고 있다.

→ (가)에서 화자가 젊은이의 병을 모르는 늙은 의사에게 '성내서는 안된다'라며 애써 스스로를 다스리는 부분은 등장하지만 그 원망을 여자와 공유하는 부분은 찾기 어렵다. 한편 (나)는 멀리 서 있는 나무들을 관찰하다가 마지막엔 '내 안'에 그 나무들이 들어와 있다는 것을 깨닫는 과정을 보여주면서 대상(나무)과 화자 자신의 거리가 좁아져 있다는 것을 드러낸다.

④ (가)의 화자는 '금잔화 한 포기'를 꽂고 병실로 들어가는 '여자'에게서 '회복'에 대한 소망을 읽어냄으로써, (나)의 화자는 '나무'들이 '외로워 보였다'고 표현함으로써 대상에 공감하고 있다.

→ 그저 바라보고만 있을 때는 대상과 화자 사이에 거리감이 느껴진다고 하지만, 그 바라보는 대상에 대해 화자가 객관적 관찰 수준을 넘어서서 주관적인 의견이나 감정을 보이게 되면 "거리감이 좁혀졌다"고 표현하며 이를 좀 더 쉽게 "공감했다"라고 봐도 무방하다.

⑤ (가)의 화자는 '그가 누웠던' 곳에 '누워본다'고 함으로써, (나)의 화자는 '뽑아낼 수 없'는 '나무를 기르게 되었다'고 함으로써 **대상과 자신의 동질성**을 드러내고 있다.

→ 딱히 틀린 말을 찾을 수 없다.

정답 ③

「3-5」 다음 글을 읽고 물음에 답하시오. (2016년 9월 고2 기출 변형)

(가)

유성에서 조치원으로 가는 어느 들판에 우두커니 서 있는 한 그루 늙은 나무를 만났다. ㉠수도 승일까. 묵중하게 서 있었다.

다음 날은 조치원에서 공주로 가는 어느 가난한 마을 어귀에 그들은 떼를 져 몰려 있었다. 멍청하게 몰려 있는 그들은 어설픈 과객일까. 몹시 추워 보였다.

공주에서 온양으로 우회하는 뒷길 어느 산마루에 그들은 멀리 서 있었다. 하늘 문을 지키는 파수병일까, 외로워 보였다.

온양에서 서울로 돌아오자, 놀랍게도 그들은 이미 내 안에 뿌리를 펴고 있었다. ㉡묵중한 그들의. 침울한 그들의. 아아, 고독한 모습. 그 후로 나는 뽑아낼 수 없는 몇 그루의 나무를 기르게 되었다.

— 박목월, 「나무」

(나)

속이 꽉 찬 배추가 본디 속부터

단단하게 옹이지며 자라는 줄 알았는데

겉잎 속잎이랄 것 없이

저 벌어지고 싶은 마음대로 벌어져 자라다가

그 중 땅에 가까운 잎 몇장이 스스로 겉잎 되어

㉢나비에게도 몸을 주고 벌레에게도 몸을 주고

즐거이 자기 몸을 빌려주는 사이

㉣결구가 생기기 시작하는 거라

알불을 달듯 속이 차오는 거라

마음이 이미 길 떠나 있어

몸도 곧 길 위에 있게 될 늦은 계절에

채마밭 조금 빌려 무심코 배추 모종 심어본 후에

㉤알게 된 것이다

빌려줄 몸 없이는 저녁이 없다는 걸

내 몸으로 짓는 공양간 없이는

등불 하나 오지 않는다는 걸

처음자리에 길은 없는 거였다

— 김선우, 「빌려줄 몸 한 채」

• 결구: 호배추나 배추 따위의 채소 잎이 여러 겹으로 겹쳐서 둥글게 속이 드는 일.
• 알불: 불이 이글이글하게 핀 숯 토막이 무엇에 싸이거나 담기지 않음.

3. (가)와 (나)에 대한 설명으로 가장 적절한 것은?

① (가)의 화자는 계절의 순환에, (나)의 화자는 특정한 계절에 주목하고 있다.

→ (가)는 공간의 변화에 따른 시상의 전개를 보여주고 있지, 계절이 순환(봄→여름→가을→겨울, 또다시 봄으로 오는 자연의 섭리와 같은 것)하는 모습을 보이지는 않는다. 한편 (나)는 배추의 모종을 심어 배추를 기르며 발견한 삶의 태도에 주목하고 있지 계절 자체에 주목하는 것은 아니다.

② (가)의 화자는 더불어 사는 삶의 가치를, (나)의 화자는 더불어 살기 위한 방법을 제시하고 있다.

→ (가)의 화자는 그저 자신이 깨달은 삶의 의미(고독하고 쓸쓸하고 외로운 나무의 모습이 결국 본인이 살아가고 있는 모습과 같았다는 점)를 드러내고 있을 뿐이라 더불어 사는 삶의 가치를 말한 적은 없다. (나)의 화자가 더불어 사는 삶의 가치를 말했다고는 할 수 있다. 그러나 (나)의 화자 또한 그 방법을 정확하게 제시한 것은 아니다.

③ (가)의 화자는 새로운 삶을 시작할 수 있는 세계를, (나)의 화자는 안정적인 삶을 살 수 있는 세계를 희망하고 있다.

→ (가)의 화자는 그저 자신이 깨달은 삶의 의미(고독하고 쓸쓸하고 외로운 나무의 모습이 결국 본인이 살아가고 있는 모습과 같았다는 점)를 드러내고 있을 뿐, 새로운 삶을 시작하는 세계를 희망한 적은 없다. 한편 (나)의 화자 역시 더불어 사는 삶에 대해 말하고 있을 분, 안정적인 삶을 살 수 있는 세계에 대해서는 언급하고 있지 않다.

④ (가)의 화자는 여행자로서의 자신의 처지를 통해, (나)의 화자는 실향민으로서의 자신의 처지를 통해 가치 있는 삶을 부각하고 있다.

→ (가)의 화자는 여로형 구성을 취하고 있다는 점에서 여행자라고 볼 여지는 있지만, 그것이 가치있는 삶과 연결되기는 다소 어렵다. 또한 (나)에서 화자가 실향민이라는 단서는 찾아보기 힘들다.

⑤ (가)의 화자는 공간의 이동에 따라 대상을 보며 깨닫게 된 자신의 내면을, (나)의 화자는 한 공간에서 대상을 지켜보며 터득한 삶의 이치를 드러내고 있다.

→ (가)의 화자는 여행의 과정에서 만난 여러 나무의 모습을 통해 얻은 삶에 대한 생각과 깨달음을 드러내고 있으며, (나)의 화자는 배추가 자라는 과정을 한 곳에서 관찰한 결과 알게 된 삶의 이치에 대해 말하고 있다.

정답 ⑤

4. ㉠~㉤에 대한 이해로 적절하지 않은 것은?

① ㉠: 짧은 의문문과 평서문을 연달아 배치하여 표현함으로써 나무로부터 받은 인상을 강조하고 있다.

> ㉠수도승일까. 묵중하게 서 있었다.

→ 수도승일까(짧은 의문문), 묵중하게 서 있었다.(평서문) 나무로부터 받은 인상(마치 도닦는 사람같다)을 표현했으니 맞는 말이다.

② ㉡: 삶의 모순에 대한 거부감을 열거와 영탄을 통해 간접적으로 드러내고 있다.

> ㉡묵중한 그들의. 침울한 그들의. 아아 고독한 모습.

→ '묵중한 그들의, 침울한 그들의' (열거) '아아 고독한 모습' (영탄)에서 열거와 영탄을 나타내고 있는 것은 맞지만, 이것이 삶의 모순에 대한 거부감이라고 볼 근거는 없다. 그저 나무의 고독함과 외로움에서 화자 본인이 가지고 있던 쓸쓸함과 고독을 발견한 것으로 봐야 맞다.

③ ㉢: 대구를 통해 몸을 빌려주는 행위를 반복하여 표현함으로써 그 의미를 강조하고 있다.

> ㉢나비에게도 몸을 주고 벌레에게도 몸을 주고

→ 위에서 같은 음영 색깔로 칠한 부분들끼리 서로 대응하고 있으니 대구법을 썼고, 몸을 주며 즐거이 자기 몸을 빌려준다고 표현했으므로 반복하며 강조하고 있다는 것도 맞는 말이다.

④ ㉣: 비유적 표현을 통해 배추의 결구가 생기는 과정에 의미를 부여하고 있다.

> ㉣결구가 생기기 시작하는 거라
> 알불을 달듯 속이 차오는 거라

→ 알불을 '달 듯'이라는 비유적 표현(직유법)으로 결구가 생기는 과정을 나타내고 있으니 맞는 말이다.

⑤ ⑪: 새로 알게 된 삶의 의미에 집중하기 위해 <u>목적어를 뒤로 보내는 도치법</u>을 사용하고 있다.

> ⑪알게 된 것이다
>
> 빌려줄 몸 없이는 저녁이 없다는 걸
>
> 내 몸으로 짓는 공양간 없이는
>
> 등불 하나 오지 않는다는 걸

→ 서술어인 '알게 된 것이다.' 부분이 먼저 나오고 뒤이어, 본래는 목적어에 해당했던 '빌려줄 몸 없이는 저녁이 없다는 걸(것을)' 시구가 이어지므로 어순(말의 순서)이 바뀐 도치법이다.

→ 그렇다면 화자가 새로 알게 된 삶의 의미? 목적어에 해당하는 부분들이다. '빌려줄 몸 없이는 저녁이 없다.' '내 몸으로 짓는 공양간 없이는 등불 하나 오지 않는다.'가 바로 그 (목적어에 해당하는) 부분들인데, 먼저 희생하고 내어주는 자세 없이 거저 얻을 수 있는 것이 없다는 화자의 깨달음이 나타난다.

정답 ②

💡 문제 풀이 팁

4번처럼 ㉠부터 ㉤, 혹은 ⓐ부터 ⓔ를 지문에 표시해 두고 그것에 대해 각각 물어보는 유형의 문제는 지문을 다 읽고 풀면 오히려 시간이 많이 걸린단다. 그러니까, ㉠이 표시된 바로 그 부분에서 잠시 멈추고 선지 ①번을 보고 맞는 말인지 아닌지 판단하고 또 ㉡이 표시된 부분으로 넘어가 멈춘 뒤 선지 ②번을 보고 정오 판별을 하는 방식으로 1대1 대응을 해가며 문제를 풀어야 정확하고 빠르게 답을 내릴 수 있어.

5. <보기>를 참고하여, (가)와 (나)를 감상한 학생들의 반응으로 적절하지 <u>않은</u> 것은?

> ─────〈보기〉─────
>
> 시인에게 자연은 창작의 원천이 되기도 하는데, 그 까닭은 자연이 사람들이 살아가는 배경이자 삶의 동반자이기 때문이다. 사람들은 자연과 소통하면서 자신의 삶을 돌아보기도 하고 말을 건네거나 감정을 교류하기도 한다. 그래서 시에서 자연은 때로는 삶의 진리를 깨닫게 하는 계기로, 때로는 지친 삶을 위로해 주는 존재로, 때로는 감정이입의 소재로 나타나게 된다.

① (가)에서 화자는 여행길에서 만난 '나무'를 통해 <u>적극적인 삶의 자세</u>를 배우게 되는군.

→ 화자는 여행길에서 만난 '묵중한' '침울한' '고독한' 나무를 통해 삶의 본질적인 고독과 외로움에 대해 깨닫고 있을 뿐, 적극적인 삶의 자세를 배우게 된 것은 아니다.

② (가)에서 화자는 '내 안에 뿌리를' 편 나무들의 여러 모습과 자신을 동일시하게 되었군.

→ (가)의 화자는 마지막 연에서 '나무가 자신의 안에 뿌리를 펴고' 있으며, 자신이 '뽑아낼 수 없는 몇 그루의 나무를 기르게 되었다'고 말하면서 나무와 자신을 동일시하고 있다.

③ (가)에서 지속적으로 등장하는 나무는 화자에게 특별한 느낌으로 다가오면서 자신을 돌아보게 하고 있군.

→ (가)의 화자는 나무에 대해 묵중하고 침울하고 고독하다는 느낌(특별한 느낌)을 받으며 여행길에서 본 나무를 통해 자신의 삶을 돌아보는 계기로 삼고 있다.

④ (나)에서 화자는 배추에게서 인간이 지녀야 할 삶의 태도를 배우고 있군.

> 빌려줄 몸 없이는 저녁이 없다는 걸
> 내 몸으로 짓는 공양간 없이는
> 등불 하나 오지 않는다는 걸

→ (나)의 화자는 배추를 통해 더불어 사는 삶의 중요성에 대해 배우고 있다.

⑤ (나)에서 화자는 배추의 성장을 세밀하게 관찰하면서 이전과는 다른 깨달음을 얻게 되었군.

→ (나)의 화자는 아래와 같이 배추가 처음부터 속이 꽉 찬 상태로 자라는 줄 알고 있었다가

> 속이 꽉 찬 배추가 본디 속부터
> 단단하게 옹이지며 자라는 줄 알았는데

배추의 성장 과정을 세밀하게 관찰하면서 자신의 생각이 잘못된 것임을 알게 되며, 더불어 사는 삶의 중요성에 대해 깨닫는다.

> 채마밭 조금 빌려 무심코 배추 모종 심어본 후에
> 알게 된 것이다
> (중략)
> 처음자리에 길은 없는 거였다

정답 ①

[6~9] 다음 글을 읽고 물음에 답하시오.(2018년 6월 평가원 기출)

(가)

　문학적 시간은 작가의 체험이나 의식에 따라 자연적 시간을 의도적으로 재구성하여 미적 효과를 드러낸다. 삶의 과정과 시간의 흐름을 담은 사건은 주로 과거형으로, 대상의 특징을 감각적으로 형상화하는 이미지는 주로 현재형으로 표현한다.

　하지만 과거형과 현재형의 적용은 작품 내적 상황에 따라 달라질 수 있다. 과거의 사건이나 동작의 변화를 실감나게 드러내기 위해 현재형으로 표현하기도 하고, 이미지 묘사를 시간의 흐름이 드러나도록 과거형으로 표현하기도 한다.

[A]　특히 서정시는 현재의 순간에 과거의 경험들이 공존해 있다는 점에서 이러한 시간의 모호성이 두드러진다. 즉 서정시는 과거와 현재를 분리하지 않고 시적 현재로 통합하는 시간의 의도적 변형을 드러내는 것이다.

(나)

하늘로 날을 듯이 길게 뽑은 부연 끝 풍경이 운다

처마 끝 곱게 늘이운 주렴에 반월(半月)이 숨어

아른아른 봄밤이 ㉠ 두견이 소리처럼 깊어 가는 밤

㉡ 고아라 고아라 진정 아름다운지고

파르란 구슬빛 바탕에 자줏빛 호장을 받친 호장저고리

호장저고리 하얀 동정이 환하니 밝도소이다

살살이 퍼져나린 곧은 선이 스스로 돌아 곡선을 이루는 곳

열두 폭 기인 치마가 사르르 물결을 친다

초마 끝에 곱게 감춘 운혜(雲鞋) 당혜(唐鞋)

㉢ 발자취 소리도 없이 대청을 건너 살며시 문을 열고

그대는 어느 나라의 고전(古典)을 말하는 한 마리 호접(蝴蝶)

호접인 양 사풋이 춤을 추라 아미(蛾眉)를 숙이고……

나는 ㉣ 이 밤에 옛날에 살아 눈 감고 거문곳줄 골라 보리니

㉤ 가는 버들인 양 가락에 맞추어 흰 손을 흔들어지이다

(다)

어머님,

제 예닐곱 살 적 겨울은

목조 적산 가옥 이층 다다미방의

벌거숭이 유리창 깨질 듯 울어 대던 외풍 탓으로

한없이 추웠지요, 밤마다 나는 벌벌 떨면서

아버지 가랭이 사이로 시린 발을 밀어 넣고

그 가슴팍에 벌레처럼 파고들어 얼굴을 묻은 채

겨우 잠이 들곤 했었지요.

[B]
　요즈음도 추운 밤이면

곁에서 잠든 아이들 이불깃을 덮어 주며

늘 그런 추억으로 마음이 아프고,

나를 품어 주던 그 가슴이 이제는 한 줌 뼛가루로 삭아

붉은 흙에 자취 없이 뒤섞여 있음을 생각하면

옛날처럼 나는 다시 아버지 곁에 눕고 싶습니다.

그런데 어머님,

오늘은 영하(零下)의 한강교를 지나면서 문득

나를 품에 안고 추위를 막아 주던

예닐곱 살 적 그 겨울밤의 아버지가

이승의 물로 화신(化身)해 있음을 보았습니다.

품 안에 부드럽고 여린 물살은 무사히 흘러

바다로 가라고,

꽝 꽝 얼어붙은 잔등으로 혹한을 막으며

하얗게 얼음으로 엎드려 있던 아버지, 아버지, 아버지……

― 이수익, 「결빙(結氷)의 아버지」

- 부연(附椽) : 긴 서까래 끝에 덧얹는 네모지고 짧은 서까래.
- 호장 : 회장(回裝). 여자 저고리를 색깔 있는 헝겊으로 꾸민 것.
- 초마 : '치마'의 방언.

6. (가)를 바탕으로 (나)의 ㉠~㉤을 이해한 내용으로 가장 적절한 것은?

① ㉠은 자연적 시간이 작가의 의식에 의해 문학적으로 재구성된 경우에 해당한다.

→ 두견이 소리처럼 깊어가는 밤: '봄밤'이라는 자연적 시간을 '두견이 소리'에 빗대어 그 흐름을 작가의 의식에 따라 문학적으로 재구성하여 나타낸 것이므로, 적절하다.

② ㉡은 과거형과 현재형의 적용이 작품 내적 상황에 따라 달라진 경우에 해당한다.

→ ㉡은 시적 대상인 고풍의상을 보며 "곱고 아름답다"고 현재 느끼고 있는 화자의 정서를 단순히 (현재 시제로) 나타낸 부분이다. 이는 (가)에서 제시한 '화자가 과거에 일어난 사건이나 동작의 변화를 실감나게 말하려'고 하거나, '(과거에서 현재로) 시간의 흐름이 드러나게끔 이미지를 묘사'한 경우와는 다르므로 2번은 틀렸다.

③ ㉢은 서정시에서 동작의 변화를 현재형으로 묘사하지 않은 경우에 해당한다.

→ '건너', '열고'라는 표현을 보면 동작의 변화를 현재형으로 표현한 경우다. 그래서 '현재형으로 묘사하지 않은 경우'라는 진술은 적절하지 않다.

④ ㉣은 과거와 현재를 통합적으로 인식함으로써 시간의 정확성을 드러낸 경우에 해당한다.

→ ㉣이 '이 밤'과 '옛날'을 통합적으로 인식한 것은 맞지만 이는 시간의 모호성(그래서 대체 언제 일어난 거야?라고 생각하게 만듦)이 두드러지는 경우이지 시간의 정확성을 드러낸 것은 아니다.

⑤ ㉤은 시간의 흐름이 드러나도록 과거형을 사용한 경우에 해당한다.

→ '흔들어지이다'에서는 현재형이 나타나므로, ㉤이 과거형을 사용한 경우라는 진술은 적절하지 않다.

정답 ①

7. [A]를 중심으로 (다)를 이해할 때 적절하지 <u>않은</u> 것은?

> 「A」 특히 서정시는 **현재의 순간에 과거의 경험들이 공존해 있다**는 점에서 이러한 **시간의 모호성**이 두드러진다. 즉 서정시는 과거와 현재를 분리하지 않고 시적 현재로 통합하는 시간의 **의도적 변형**을 드러내는 것이다.

① 화자가 '아버지'와 겪었던 유년 시절을 '어머님'에게 들려주는 시상 전개 방식으로 과거와 현재의 시간을 이어 준다.

→ (다)의 1연, 3연의 첫 행에서 부르는 대상이 '어머님'인 것으로 보아 (다)는 화자가 '어머님'에게 이야기를 들려주는 방식으로 시가 써졌다는 점(시상 전개 방식)을 알 수 있다. 또한 1연에서 추운 겨울날 '아버지 가랭이 사이로 시린 발을 밀어' 넣던 기억을 언급한 것이나 2연에서 '옛날처럼 나는 다시 아버지 곁에 눕고 싶'다고 말하는 것, 그리고 '예닐곱 살 적 그 겨울밤의 아버지'를 언급하는 구절을 통해 화자가 어머니에게 들려주는 이야기의 내용이 유년 시절(어린 시절) 아버지와 겪었던 일임을 알 수 있다.

② '목조 적산 가옥 이층 다다미방'이라는 <u>현재 위치</u>에서 화자가 과거의 이야기를 전해주는 방식으로 시적 현재의 의미를 생성해낸다.

→ (다)의 1연을 보면 '목조 적산 가옥 이층 다다미방'은 화자의 현재 위치가 아니라 '예닐곱 살 적 겨울'이라는 과거에 화자가 머물렀던 공간이므로 틀렸다.

③ '옛날처럼 나는'에서 현재의 순간에 과거의 경험들이 공존해 있는 시적 상황을 설정하고 있다.

→ '옛날처럼 나는'을 말하고 있는 시점은 현재다. 화자가 현재의 시점에서 과거 아버지와 있었던 일들을 추억하고 있기 때문에, '현재의 순간'에 '과거의 경험'들이 함께하고 있는(공존) 시적 상황을 설정하고 있음을 알 수 있다.

④ '예닐곱 살 적 그 겨울밤'을 '영하의 한강교를 지나면서' 떠올리는 데서 <u>과거와 현재의 통합</u>이 드러난다.

> 그런데 어머님,
>
> <mark>오늘</mark>은 <mark>영하(零下)의 한강교를 지나면서 문득</mark> (현재)
>
> 나를 품에 안고 추위를 막아 주던
>
> <mark>예닐곱 살 적 그 겨울밤의 아버지</mark>가 (과거)
>
> **이승의 물로 화신**(化身 : 몸이 되었다. 추상적-보이지 않는- 특징이 구체적-보이거나 느껴지게-으로 표현된 것)해 있음을 보았습니다.
>
> **품 안에 부드럽고 여린 물살**(자식, 유년에 아버지 품 속에 안겨있던 화자)은 무사히 흘러
>
> 바다로 가라고,
>
> **꽝 꽝 얼어붙은 잔등으로 혹한**(엄청난 추위)**을 막으며**
>
> **하얗게 얼음으로 엎드려 있던** 아버지, 아버지, 아버지……

→ 3연에서 '영하의 한강교'를 지나는 것은 현재이고, 그 풍경을 보며 화자는 과거 추위를 막아 주던 '예닐곱 살 적 그 겨울밤의 아버지'를 떠올리고 있다. 이 장면에서 화자의 과거와 현재가 시적 현재로 통합되고 있음을 알 수 있다.

⑤ '그 겨울밤의 아버지'가 '이승의 물로 화신'했다고 표현함으로써 <u>과거와 현재를 분리하지 않는 시간의 모호성</u>을 드러낸다.

→ 꽁꽁 얼어붙어서 혹독한 추위(혹한)를 온몸으로 막아내는 얼음(아버지)이 그 안에서 흘러가는 부드럽고 여린 물살(자식)을 보호하고 있다고 말하는 뒤이은 부분에서, 화자는 돌아가신 아버지가 마치 그 꽁꽁 언 얼음으로 다시 오신 것(이승의 화신(化身))처럼 느끼고 있다는 점을 알 수 있다.

따라서 이미 돌아가신 과거의 '그 겨울밤의 아버지'가 현재의 시점에서 '이승의 물로 화신'해 있다는 말은, 화자가 과거와 현재를 분리하지 않고 지금 화자가 얼음을 보는 그 자리에서 아버지와의 추억을 떠올리는 '시간의 모호성'을 드러내고 있다고 할 수 있다.

정답 ②

8. (나)의 표현상 특징에 대한 설명으로 적절하지 <u>않은</u> 것은?

① 의도적으로 변형한 시어를 통하여 리듬감에 변화를 주고 있다.

→ '열두 폭 기인 치마'에서 '긴'을 '기인'으로 2음절로 늘려 표현함으로써 리듬감에 변화를 주고 있다.

② 전통적인 소재와 예스러운 말투로 고전적 분위기를 조성하고 있다.

→ '호장저고리', '운혜 당혜', '거문곳줄'과 같은 전통적 소재와 '아름다운지고', '밝도소이다', '흔들어지이다'와 같은 예스러운 말투로 고전적 분위기를 만들고 있다.

③ 시적 상황에 등장하는 인물의 행위를 자연물에 빗대어 표현 하고 있다.

→ 그대는 어느 나라의 고전(古典)을 말하는 한 마리 호접(蝴蝶) 이라고 말하며 여인의 움직임을 한 마리 나비(호접, 자연물)로 나타내고 있다.

④ 색채어를 활용하여 시적 대상의 아름다움을 감각적으로 형상화하고 있다.

→ 파르란, 자줏빛, 하얀, 흰 등 색깔을 나타내는 시어(색채어)를 통해 고풍의상의 아름다움을 묘사하고 있는 부분을 확인할 수 있다.

⑤ 말줄임표를 사용하여 시적 대상의 정적인 상태와 동적인 상태가 충돌하는 상황을 표현하고 있다.

> 호접인 양 사풋이 춤을 추라 아미(蛾眉)를 숙이고……

→ 위처럼 12행에 말줄임표가 나타나지만 이는 '아미(아름다운 눈썹)를 숙이고' 있는 여인의 모습과 '호접'을 연결시키면서 읽는 이가 그 모습을 상상하게끔 해서 천천히 여운을 느끼게 하려는 의도로 쓴 말줄임표로 볼 수 있다. 따라서 고전적 아름다움이 드러난 것일 뿐 시적 화자의 정적인(멈춘) 상태와 동적인(움직이는) 상태가 충돌하는 상황을 표현한 것은 아니다.

정답 ⑤

9. [B]를 중심으로 (다)를 감상한 것으로 적절하지 <u>않은</u> 것은?

> ─ 요즈음도 추운 밤이면
>
> 곁에서 잠든 아이들 이불깃을 덮어 주며
>
> 늘 그런 추억으로 마음이 아프고,
>
> [B] 나를 품어 주던 그 가슴이 이제는 한 줌 뼛가루로 삭아
>
> 붉은 흙에 자취 없이 뒤섞여 있음을 생각하면
>
> ─ 옛날처럼 나는 다시 아버지 곁에 눕고 싶습니다.

① '곁에서 잠든 아이들 이불깃을 덮어 주'는 모습이 '나를 품에 안고 추위를 막아 주던' 모습과 호응하여, 자식을 걱정하는 아버지의 마음이 시적 화자에게로 이어짐을 보여 주는군.

→ '곁에서 잠든 아이들 이불깃을 덮어 주'는 것 : 아버지가 된 화자의 모습

→ '나를 품에 안고 추위를 막아 주던' 것 : 유년 시절 화자를 보호해 주었던 아버지의 모습

이 두 모습을 서로 연결(호응)시킴으로써 아버지에게서 화자로 자식을 걱정하고 또 사랑하는 마음(부성애)이 이어지고 있다는 점을 보여주고 있다.

② '늘 그런 추억으로 마음이 아프'다는 것으로 미루어 볼 때, '아버지, 아버지……'에서 아버지의 부재에 대한 시적 화자의 애틋함을 여운으로 남기고 있음을 알 수 있군.

→ 여기서 '늘 그런 추억'은 자식들의 추위를 막느라 자신을 희생해야 했던 아버지에 대한 추억이다. 또 이로 인해 마음이 아프다는 점과, 지금은 돌아가시고 없는(부재(不在)) 아버지를 '아버지, 아버지……'하고 말줄임표를 붙여 부른다는 점에서 아버지에 대한 애틋한 마음을 여운으로 남겼다는 것을 알 수 있어.

③ '한 줌 뼛가루'의 이미지와 '하얗게 얼음으로 엎드려 있'는 강의 이미지를 연관시켜, 아버지의 모습을 감각적으로 표현하고 있군.

→ 아버지의 죽음을 의미하는 '한 줌 뼛가루'와 이승의 물로 화신하여 '하얗게 얼음으로 엎드려 있'는 강의 이미지는 모두 아버지의 모습을 감각적(더 정확히는 시각적)으로 표현한 것이다.

④ '나를 품어 주던 그 가슴'과 '꽝 꽝 얼어붙은 잔등'의 대비를 통하여, <u>내면의 의도와 반대되는 행동을 보여주셨던 아버지의 태도</u>를 강조하고 있군.

→ '나를 품어 주던 그 가슴'은 화자에 대한 아버지의 사랑을 나타낸다. 또한 '꽝꽝 얼어붙은 잔등'은 추위로부터 '부드럽고 여린 물살'을 보호하려는 얼음(즉, 예닐곱 살 적 '나'를 품어주던 아버지께서 이승의 물로 화신(化身)하신 모습), 즉 아버지의 사랑과 희생을 뜻하는 표현이다. 그러므로 내면과 행동의 반대가 아닌 내면과 행동이 일치되는 아버지의 태도를 보여주는 것이라고 할 수 있다.

⑤ '다시 아버지 곁에 눕고 싶'은 현재와 '아버지 가랭이 사이로 시린 발을 밀어 넣'었던 과거를 연결하여, 아버지에 대한 그리움을 담아내고 있군.

→ '다시 아버지 곁에 눕고 싶'다는 것은 '아버지 가랭이 사이로 시린 발을 밀어 넣'던 기억과 연결된 정서다. 여기서 화자는 어린 시절, 혹독한 추위 속에서 자신을 지켜주었던 아버지를 그리워하는 마음을 담았다고 할 수 있다.

정답 ④

[10~12] 다음 글을 읽고 물음에 답하시오. (2019년 평가원 수능 기출)

(가)

검정 포대기 같은 까마귀 울음소리 고을에 떠나지 않고

밤이면 부엉이 괴괴히 울어 ┐ [A]

남쪽 먼 포구의 백성의 순탄한 마음에도

상서롭지 못한 세대의 어둔 바람이 불어오던

— 융희(隆熙) 2년! 은 1908년으로 실제 시인(유치환)이 태어난 해이자, 일제에 의해 우리나라가 강제로 병합당한 1910년을 2년 앞둔 해다.

그래도 계절만은 천 년을 다채(多彩)하여 ┐

지붕에 박넌출 남풍에 자라고 [B]

푸른 하늘엔 석류꽃 피 뱉은 듯 피어 ┘

나를 잉태한 어머니는 ┐

짐짓 어진 생각만을 다듬어 지니셨고

젊은 의원인 아버지는 [C]

밤마다 사랑에서 저릉저릉 글 읽으셨다 ┘

왕고뭇댁 제삿날 밤 열나흘 새벽 달빛을 밟고 ┐ [D]

유월이가 이고 온 제삿밥을 먹고 나서 ┘

희미한 등잔불 장지 안에

번문욕례 사대주의의 욕된 후예로 세상에 떨어졌나니

신월(新月)같이 슬픈 제 족속의 태반을 보고 ┐

내 스스로 고고(呱呱)의 곡성(哭聲)을 지른 것이 아니련만 [E]

명(命)이나 길라 하여 할머니는 돌메라 이름 지었다오 ┘

— 유치환,「출생기(出生記)」

- 고고 : 아이가 세상에 나오면서 처음 우는 울음소리.
- 곡성 : 사람이 죽어 슬퍼서 크게 우는 소리.

- 시대적 암울함을 드러낸 시어들 : 어둡고 음산한 이미지
- 생명력 넘치는 자연의 이미지를 드러내는 시어들

→시어들의 의미가 서로 대비되게끔 하여 시대적 암울함을 부각하고 있다.

일제강점이 점차 현실로 다가오고 있던 때의 암울함을 화자가 태어난 때 이야기와 연관지어 나타낸 작품이다. 새로운 생명이 탄생하는 순간임에도 불구하고 죽음을 떠올리고 명(목숨줄)을 걱정해야 하는 시대적 암담함(고고(呱呱)의 곡성(哭聲))을 감각적이고 사실적으로 그려내고 있는 작품이다.

(나)

샤갈의 마을에는 삼월에 눈이 온다.

봄을 바라고 섰는 사나이의 관자놀이에

새로 돋은 정맥이

바르르 떤다.

바르르 떠는 사나이의 관자놀이에

새로 돋은 정맥을 어루만지며

눈은 수천수만의 날개를 달고

하늘에서 내려와 샤갈의 마을의

지붕과 굴뚝을 덮는다.

삼월에 눈이 오면

샤갈의 마을의 쥐똥만 한 겨울 열매들은

다시 올리브빛으로 물이 들고

밤에 아낙들은

그해의 제일 아름다운 불을

아궁이에 지핀다.

— 김춘수, 「샤갈의 마을에 내리는 눈」

10. (가)와 (나)의 공통점으로 가장 적절한 것은?

① 시간과 관련된 표지를 제시하여 시적 분위기를 조성하고 있다.

→ (가)는 '융희(隆熙) 2년'이라는 시간과 관련된 표지를 제시하여 일제의 강점을 2년 앞둔 융희 2년(1908년)의 암울한 시대 분위기를 만들고(조성하고), (나)는 '삼월'이라는 시간과 관련된 표지를 제시해 봄을 맞이하는 생동감 넘치는 시적 분위기를 나타낸다.

② 과거 시제를 사용하여 서사적 사건을 들려주는 형식을 취하고 있다.

→ (가)는 '지니셨고', '읽으셨다', '지었다오' 등의 과거 시제를 사용하여 시적 화자의 출생과 관련된 이야기(서사적 사건)을 들려주는 형식을 취해 전달하고 있는 게 맞지만, (나)는 '온다', '딴다', '덮는다', '지핀다'와 같은 현재 시제를 사용하여 삼월의 생명력 넘치는 풍경만을 전달하고 있다.

③ 시적 상황의 객관적 관찰에 초점을 둠으로써 주관적 의미의 서술을 배제하고 있다.

→ (가)에서는 '검정 포대기 같은 까마귀 울음소리', '괴괴히', '상서롭지 못한', '욕된', '신월같이 슬픈' 등 화자의 감정이 섞인 표현들을 사용하여 시적 상황에 주관적인 의미를 두고 있다. 또한 (나)는 삼월에 눈이 오는 샤갈의 마을의 풍경을 (가)에 비해서는 비교적 객관적으로 관찰해 묘사하고 있지만 '봄을 바라고 섰는', '그해의 제일 아름다운 불' 등의 표현을 보면 주관적 의미의 서술이 약간은 포함되어 있다고 할 수 있다. 따라서 주관적 의미의 서술을 배제했다는 말은 옳지 않다.

④ 암울하고 비관적인 정서를 내포한 시어를 사용하여 비극적 상황을 고조하고 있다.

→ (가)는 '검정 포대기', '까마귀 울음소리', '괴괴히', '어둔 바람', '욕된 후예', '곡성'처럼 암울하고 비관적인 정서를 담고 있는 시어를 사용해 일제 강점을 앞둔 비극적 상황을 무르익게(고조) 하지만, (나)는 '새로 돋은 정맥', '눈', '올리브빛', '제일 아름다운 불' 처럼 따뜻하고 긍정적인 시어를 사용하여 생명력 넘치는 시적 상황을 드러내고 있으므로 옳지 않다.

⑤ 자연물을 살아 있는 대상으로 묘사하여 화자가 느끼는 이국적인 세계의 모습을 담아내고 있다.

→ (나)는 '눈은 수천수만의 날개를 달고' 등의 표현을 통해 자연물(눈)을 살아 있는 대상(날개를 달고)으로 묘사하고 있지만 (가)에는 특별히 자연물을 살아 있는 대상으로 묘사하고 있는 표현이 나타나지 않는다.

정답 ①

11. [A]~[E]에 대한 이해로 적절하지 <u>않은</u> 것은?

① [A] : <u>청각의 시각화</u>를 통해 <u>음산한 시적 상황</u>을 조성하고 있다.

→ **검정 포대기 같은 까마귀 울음소리**
(시각-표현한 결과) (청각 - 표현하려는 대상)

에서 청각의 시각화(감각의 전이)가 나타나며, 이는 암울하고 음산한 정서를 불러일으켜 화자가 출생하던 시대적 상황의 분위기를 나타낸다.

② [B] : <u>시대 상황과 대비되는 자연의 모습</u>을 통해 <u>생명력</u>을 표현하고 있다.

그래도 **계절**만은 **천 년을 다채(多彩)하여**

지붕에 **박넌출** 남풍에 **자라고**

푸른 하늘엔 **석류꽃** 피 뱉은 듯 **피어**

→ 1연에 제시된 시대 상황은 암울하고 음산한 것인 반면, 「B」부분에 제시된 남풍에 자라는 박넌출, 피 뱉은 듯한 석류꽃 등은 다채로운 계절의 풍경을 구체적으로 그려냄으로써 생명력 넘치는 이미지(자란다, 핀다, 다채롭다 등에 정확히 드러남)를 보여준다.

③ [C] : <u>대구 형식</u>을 활용하여 <u>화자의 출생을 앞둔 집안의 분위기</u>를 드러내고 있다.

나를 잉태한 어머니는

짐짓 어진 생각만을 다듬어 **지니셨고**

젊은 의원인 아버지는

밤마다 사랑에서 저릉저릉 글 **읽으셨다**

→ 나를 잉태한 : 젊은 의원인

→ 어머니는 : 아버지는

→ 지니셨고 : 읽으셨다.

이렇게 구와 구가 서로 대응되는 "대구"를 활용했고, 이 대목은 화자가 출생하기 전 집안 분위기를 드러내는 것으로 볼 수 있다.

④ [D] : <u>화자가 태어난 날의 상황</u>을 구체적으로 서술하여 <u>출생에 대한 감격</u>을 드러내고 있다.

→ 「D」의 '왕고못댁 제삿날 밤 열나흘 새벽 달빛을 밟고 유월이가 이고 온 제삿밥을 먹고 나서'는 화자가 태어난 날의 상황을 구체적으로 서술한 것으로 볼 수 있는 게 맞다, 그러나 「D」와 이어지는 행을 보자.

희미한 등잔불 장지 안에

번문욕례(번거롭고 까다로운 규칙과 예절) **사대주의의 욕된 후예**로 세상에 떨어졌나니

여기서는 화자 스스로를 '사대주의의 욕된 후예'로 가리키고 있는 것으로 보아, 「D」가 출생에 대한 감격과 같이 긍정적인 감정을 드러낸 부분이 아니라는 점을 알 수 있다.

⑤ [E] : 울음소리에서 연상되는 <u>상반된 의미</u>와 연결하여 <u>화자의 이름이 지어진 이유</u>를 제시하고 있다.

→ 화자의 울음소리에 출생을 연상하게 하는 '고고(呱呱)'와 죽음을 떠올리게 하는 '곡성(哭聲)'(상반-서로 반대되는 의미)을 연결하고 있으며, 이 지점에서 '돌메'라는 화자의 이름은 명이 길었으면 하는 할머니의 바람(명(命)이나 길라 하여)을 담은 것임을 제시하고 있다.

고고(呱呱)**(탄생)**의 곡성(哭聲)**(죽음)**을 지른

명(命)이나 길라 하여 할머니는 돌메라 이름 지었다오.

정답 ④

12. 〈보기〉를 참고하여 (나)를 감상한 내용으로 적절하지 <u>않은</u> 것은?

─〈보기〉─

김춘수는 샤갈의 그림 〈나와 마을〉에서 받은 느낌을 시로 표현함으로써 상호 텍스트성을 구현했다. 올리브빛 얼굴을 가진 사나이와 당나귀가 서로 마주 보고 있는 그림(샤갈의 그림, 나와 마을)에서 영감을 받은 시인은, "특히 인상 깊었던 것은 커다란 당나귀의 눈망울이었고, 그 당나귀의 눈망울 속에 들어앉아 있는 마을이었다."라고 느낌을 말했다. 또한 밝고 화려한 색감을 지닌 이질적 이미지들의 병치(둘 이상의 대상을 한 곳에 늘어놓음)로 이루어진 샤갈의 초현실주의적 그림(그러니까 여기서 밝고 화려한 색감을 지닌 그림은 샤갈의 그림이지, 시인의 시에 묘사된 고향 마을의 모습은 아니다)로 이루어진 샤갈의 초현실주의적 그림에 대한 감각적 인상을, 자신의 고향 마을에 투사하여 다양한 이미지의 병치로 변용(눈, 하늘, 지붕과 굴뚝이 있는 곳은 고향 마을의 풍경임을 명심)했다. 이는 봄을 맞이한 생동감과 고향 마을의 따뜻한 풍경에 대한 그리움을 형상화한 것이라고 할 수 있다.

① '샤갈의 마을'은 시인이 그림 속 마을 풍경에서 받은 인상을 자신의 고향 마을에 투사하여 표현한 것이군.

→ 〈보기〉의 '샤갈의 초현실주의적 그림에 대한 감각적 인상을, 자신의 고향 마을에 투사하여'라는 구절을 통해 확인할 수 있다.

② '삼월에 눈', '봄을 바라고 섰는 사나이', '새로 돋은 정맥' 등은 시인이 그림 속 이질적 이미지들의 병치를 다양한 이미지들의 병치로 변용하여 봄의 생동감을 형상화한 것이군.

→ 샤갈의 그림에 나타난 '올리브빛 얼굴을 가진 사나이'나 '당나귀'와 같은 이질적 이미지의 병치가 (나) 시에서는 '삼월에 내리는 눈', '봄을 바라고 섰는 사나이', '새로 돋은 정맥'과 같은 다양한 이미지의 병치(늘어놓음)로 변용(바뀌어 쓰임)되어 봄의 생동감을 나타내(형상화)고 있다.

③ '날개', '하늘', '지붕과 굴뚝' 등은 시인이 밝고 화려한 색감을 지닌 그림 속 마을의 모습을 공감각적 이미지의 풍경으로 변용한 것이군.

→ (하얀) '눈'이 내리는 '하늘'(흰색을 떠올리게 하는 색채이미지로 쓰임)과, '눈' 덮인 '지붕', '굴뚝'은 흰색 혹은 회색과 같은 무채색 계열의 색감을 지니며, 이러한 색채 이미지들은 모두 시각적 이미지로는 볼 수 있다. 따라서 밝고 화려한 색감을 공감각적 이미지의 풍경으로 바꿔서 활용(변용)했다는 ③의 진술은 옳지 않다.

눈(흰색의 색채이미지)은 수천수만의 **날개**를 달고

하늘(흰색의 색채이미지)에서 내려와 샤갈의 마을의

지붕과 굴뚝(흰색 혹은 회색의 색채이미지)을 덮는다.

---

④ '올리브 빛'은 시인이 그림 속에서 영감을 받은 것으로 '겨울 열매들'을 물들이는 따뜻한 봄의 이미지를 표상한 것이군.

→ 샤갈의 그림 속 '올리브빛'의 이미지는 사나이의 얼굴에 나타난 것이었는데, 시인은 시 속에서 이 '올리브빛'을 봄의 이미지와 연결하여 '겨울 열매들'이 그렇게 물든다고 표현해 생동감 넘치는 봄의 이미지로 나타내(형상화)고 있다.

⑤ '아낙', '아궁이' 등은 시인이 초현실주의적 그림 속 풍경에 대한 감각적 인상을 고향 마을을 떠올리게 하는 이미지로 전이시킨 것이군.

→ '아낙', '아궁이'는 원래 샤갈의 그림에는 존재하지 않는 우리의 전통적 이미지로, 시인은 샤갈의 그림 속 풍경에서 받은 인상을 스스로의 고향 마을을 떠올리게 하는 이미지로 전이시키고(바꾸어 표현하고) 있다.

정답③

[1~3] 다음 글을 읽고 물음에 답하시오. (2015년 6월 B 평가원 기출)

(가)

㉠ 차단―한 등불이 하나 비인 하늘에 걸려 있다.
내 호올로 어딜 가라는 슬픈 신호냐.

긴―여름해 황망히 나래를 접고
늘어선 고층(高層) 창백한 묘석(墓石)같이 황혼에 젖어
찬란한 야경 무성한 잡초인 양 헝클어진 채
사념(思念) 벙어리 되어 입을 다물다.

㉡ 피부의 바깥에 스미는 어둠
낯설은 거리의 아우성 소리
까닭도 없이 눈물겹고나
공허한 군중의 행렬에 섞이어
내 어디서 그리 무거운 비애를 지니고 왔기에

㉢ 길―게 늘인 그림자 이다지 어두워
내 어디로 어떻게 가라는 슬픈 신호기
차단―한 등불이 하나 비인 하늘에 걸리어 있다.

― 김광균, 「와사등」

(나)

머리가 마늘쪽같이 생긴 고향의 소녀와
한여름을 알몸으로 사는 고향의 소년과
같이 낯이 설어도 사랑스러운 들길이 있다
그 길에 ㉣ 아지랑이가 피듯 태양이 타듯
제비가 날듯 길을 따라 물이 흐르듯 그렇게
그렇게

ⓔ 천연(天然)히

울타리 밖에도 화초를 심는 마을이 있다
오래오래 잔광(殘光)이 부신 마을이 있다
밤이면 더 많이 별이 뜨는 마을이 있다.

— 박용래, 「울타리 밖」

1. (가), (나)의 공통점으로 가장 적절한 것은?

① 수미상관의 방법을 통해 정서의 변화를 강조하고 있다.

→ (가)는 1연에서 '차단—한 등불이 하나 비인 하늘에 걸려 있다./내 호올로 어딜 가라는 슬픈 신호냐.'를 마지막 연 (5연)에서 '내 어디로 어떻게 가라는 슬픈 신호기/차단—한 등불이 하나 비인 하늘에 걸리어 있다'로 반복하여 수미상관의 방법을 사용하고 있다. 반면 (나)에는 수미상관의 방법이 드러나지 않는다. 또한 (가)와 (나) 모두 시 가 써지는 과정에서 화자의 정서가 바뀌지 않았다.

② 영탄적 표현을 통해 대상에 대한 경외감을 표출하고 있다.

→ (가)의 '내 호올로 어딜 가라는 슬픈 신호냐', '까닭도 없이 눈물겹고나'를 영탄적 표현으로 볼 수는 있다. 그러나 시적 대상인 '와사등'에 대한 경외감(공경하면서 두려워하는 마음)을 밖으로 나타내고(표출하고) 있다고 보긴 어렵 다. 한편 (나)에는 영탄적 표현이 아예 드러나지 않는다.

③ 비유적 표현을 활용하여 공간에 대한 인식을 드러내고 있다.

→ (가)에서는 '늘어선 고층(高層)'을 창백한 묘석(墓石)으로, '찬란한 야경'을 '무성한 잡초'로 직유법(묘석같이, 무성한 잡초인양)을 활용해 그 공간에 대한 화자의 부정적 인식을 드러낸다. 또한, (나)는 '아지랑이가 피듯 태양이 타듯/ 제비가 날 듯 길을 따라 물이 흐르듯'에서 직유법을 활용하여 시적 공간인 고향에 대한 긍정적 인식을 나타낸 다.

④ 어둠과 밝음의 대조를 통해 긍정적 미래의 도래를 암시하고 있다.

→ (가)의 '등불'에서는 밝음, '야경'과 '어둠'에서는 어둠을 드러내는 시어가 각각 사용됐으나, 이 시는 긍정적 미래 가 올 것(도래)을 암시하고 있지 않다. (나)는 애초에 어둠과 밝음을 대조시키지 않았으며, 긍정적 미래가 올 것을 암시하고 있지도 않다.

⑤ 화자를 작품의 표면에 나타내어 주제에 대한 공감을 이끌어 내고 있다.

→ (가)의 '내 호올로'에서 1인칭 주어(내)가 등장했으니 작품의 표면에 드러난 화자로 볼 수 있지만, 단순히 표면적 화자를 나타낸 것 하나가 (가)의 주제인 "도시 문명에 대한 현대인의 고독감과 불안"을 공감하게 한다고 보기는 어렵다. (나)에는 화자가 표면에 나타나지 않는다.

정답 ③

2. ㉠~㉤에 대한 설명으로 적절하지 <u>않은</u> 것은?

　① ㉠ : <u>적막한 배경</u>에 놓인 <u>하나의 사물</u>에 주목하여 화자의 <u>쓸쓸한 처지</u>를 <u>환기</u>하고 있다.

→ 화자는 적막한(쓸쓸하고 고요한) 배경인 '비인 하늘'에 걸려 있는 사물인 '차단―한 등불 하나'에 주목하고 있으며,
　뒤에 이어지는 '나 호올로'를 통해 화자가 쓸쓸한 처지에 있음을 곧바로 알 수 있다.

　② ㉡ : <u>공감각적 표현</u>을 활용하여 <u>현실과 이상</u>의 거리감을 좁히고 있다.

→ 시각적 이미지인 '어둠'을 '피부의 바깥에 스미는'으로 공감각적 표현(시각의 촉각화)을 활용하였으나, 이는 화자
　가 느끼는 음습한 분위기를 표현한 것이지 현실과 이상의 거리감을 좁히는 것으로 볼만한 단서는 없다.

　③ ㉢ : <u>특정 시어를 장음으로 읽도록 유도</u>하여 시어의 의미와 낭송의 호흡을 조화시키고 있다.

→ '길―게 늘인 그림자'는 문장 부호 '―'를 사용하여 장음(긴소리)으로 읽도록 유도하고 있으며, 이를 통해 시어의
　의미(길다)와 낭송의 호흡(길게 발음)을 조화시키고 있다고 할 수 있다.

　④ ㉣ : <u>동일한 연결 어미를 반복</u>하여 다양한 소재의 동질적 속성을 부각하고 있다.

→ 동일한 연결 어미 '-듯'을 반복하여 '아지랑이', '태양', '제비', '물' 등 다양한 소재들의 '천연'한 동질적 속성을 부
　각하고 있다고 볼 수 있다.

　⑤ ㉤ : <u>하나의 시어로 독립된 연을 구성</u>하여 대상의 상태를 강조하고 있다.

→ 하나의 시어인 '천연히'를 독립된 연으로 구성하여 대상의 꾸밈이나 거짓이 없는 자연스러운 상태(천연히)라는
　의미를 보다 강조하고 있다.

정답 ②

3. 〈보기〉를 참고하여 (가), (나)를 감상한 내용으로 적절하지 <u>않은</u> 것은? [3점]

> ━━━━━〈보기〉━━━━━
>
> 　1930년대 모더니즘을 주도했던 김광균은 감성보다 지성을 중
> 시하는 이미지즘을 자신만의 방식으로 소화했다. 그는(현대 문명
> 으로 인한) 상실감과 소외감 등의 정서에 <u>회화적 이미지</u>(그림으로 그
> 려낸 듯한 이미지, 즉 시각적 이미지)를 결합하여 현대 문명에 대한 (다소
> 부정적인) 태도를 보여 주었다. 1950년대 후반의 시적 경향을 보
> 여 주는 박용래는 모더니즘의 기법에 전통과 자연에 대한 관심
> 을 결합했다. 그는 사라져 가는 재래의 것들(전통적인 것과 같은 말이
> 겠지?)을 회화적 이미지로 복원하여 <u>토속적 정취를 환기</u>(시골스러
> 운 느낌을 불러일으키고)하고, 소박한 자연의 이미지를 <u>병치</u>(나란히 배
> 열)하여 자연의 지속성과 인간과 자연의 조화에 대한 바람을 드
> 러냈다.

① (가), (나) 모두 주로 시각적 이미지를 활용하여 풍경을 묘사함으로써 회화성을 잘 살리고 있군.

→ (가)는 '차단—한 등불이 하나 비인 하늘에 걸려 있다.', '긴 여름해 황망히 나래를 접고', '늘어선 고층(高層)', '찬란한 야경' 등 시각적 이미지를 통해 현대인들이 주로 거주하는 도시의 풍경을 묘사하고 있다.

→ (나)는 '아지랑이가 피듯 태양이 타듯/제비가 날 듯 길을 따라 물이 흐르듯', '울타리 밖에도 화초', '오래오래 잔광(殘光)이 부신', '별이 뜨는' 등 시각적 이미지를 통해 시골 마을의 풍경을 묘사하고 있다. 이는 〈보기〉에서 설명하는 '회화적 이미지'와 부합하므로 맞는 말이다.

② (가)는 시간의 순환적 흐름을 통해 도시의 황폐함을, (나)는 시간의 순차적 흐름을 통해 자연의 지속성을 강조하고 있군.

→ 최근 2023학년도 수능에 순환, 순차의 개념이 또 등장했으니 지금 잘 정리해 두자. 순환은 봄→여름→가을→겨울이 지난 뒤, 바로 봄으로 다시 돌아와야 순환이라고 볼 수 있다. 같은 선상에서 태어나(생)→늙고(로)→병들어(병)→죽고(사) 흙으로 변하는 과정을 거친 뒤 거기서 바로 씨앗이 심겨 싹이 돋아나는 태어남(생)으로 이어져야 순환이다. 반면 순차란 그저 차례대로 진행되는 과정만 의미하므로, 봄에서 여름으로만 가도 순차라고 볼 수 있다.

→ (가)는 '늘어선 고층(高層) 창백한 묘석(墓石)같이', '찬란한 야경 무성한 잡초인 양', '공허한 군중의 행렬' 등을 통해 도시의 황폐함을 강조하고 있고, (나)는 '아지랑이가 피듯 태양이 타듯/제비가 날 듯 길을 따라 물이 흐르듯'이 '천연'한 자연의 지속성을 드러내고 있다.

→ 그러나 (가)에서는 시간의 순환적 흐름이 드러나지 않는다. 그저 긴 여름 해가 날개를 접고 황혼이 비치다가 밤이 되어 어두워진 "순차"적 시간의 흐름만 나타날 뿐이다. 한편 (나)에는 밤, 한여름 등 시간을 나타내는 시어가 쓰인 것은 사실이지만 이것들만으로는 어떤 시간의 흐름(순환, 순차)을 느낄 수 있는 단서라 할 수 없다.

③ (가)의 '무성한 잡초'는 인간과 문명의 불화에 따른 상심을, (나)의 '화초'는 인간과 자연의 조화에 대한 바람을 함축하고 있군.

→ (가)의 '찬란한 야경 무성한 잡초인 양 헝클어진 채 사념(思念) 벙어리 되어 입을 다물다.'에서 화자는 현대 문명을 상징하는 '찬란한 야경'을 '무성한 잡초'에 비유한다. 이같은 표현을 〈보기〉를 바탕으로 해석하면 현대 문명에 대한 화자의 부정적 태도를 드러내는 장치인 셈이다. 따라서 "문명과의 불화로 인한 상심"을 함축한다고 할 수 있다.

→ (나)의 '울타리 밖에도 화초를 심는 마을이 있다.'에서 '화초'는 인간의 영역인 '울타리 안'과 자연의 영역인 '울타리 밖'을 이어주고 있으므로 〈보기〉를 바탕으로 해석하면 인간과 자연의 조화에 대한 화자의 바람을 함축한다고 볼 수 있다.

④ (가)는 (나)와 달리 감정을 노출하는 시어를 빈번하게 사용하여 현대 문명으로 인한 소외감을 제시하고 있군.

⑤ (나)는 (가)와 달리 토속적 정취를 자아내는 시어를 활용하여 전통적 세계에 대한 지향을 드러내고 있군.

→ (가)에서는 '슬픈', '낯설은', '무거운 비애' 등 감정을 직접적으로 노출하는 시어를 빈번하게(자주) 사용하고 있으며, (나)는 '마늘쪽', '울타리' 등 토속적 정취(시골에서 느낄 수 있는 감성)를 자아내는 시어를 활용하고 있다. 이러한 표현들의 의도를 <보기>를 바탕으로 해석하면 (가)는 현대 문명으로 인한 소외감을, (나)는 전통적 세계(사라져가는 재래의 것들)에 대한 지향을 드러낸다고 볼 수 있다.

정답 ②

[4~6] 다음 글을 읽고 물음에 답하시오. (2015년 6월 A 평가원 기출)

(가)

국화(菊花)야 너는 어이 삼월동풍(三月東風) 다 지내고

낙목한천(落木寒天)에 네 홀로 피었느냐

아마도 오상고절(傲霜孤節)은 너뿐인가 하노라

― 이정보

(나)

이화(梨花)에 월백(月白)하고 은한(銀漢)이 삼경(三更)인 제

일지춘심(一枝春心)을 자규(子規)야 알랴마는

다정(多情)도 병(病)인 양하여 잠 못 들어 하노라

― 이조년

(다)

쓸쓸하게 황량한 밭 곁에	寂寞荒田側	[A]
탐스러운 꽃이 여린 가지 누르고 있네.	繁花壓柔枝	
향기는 매우(梅雨)지나 희미해지고	香經梅雨歇	[B]
그림자는 맥풍(麥風)맞아 기우뚱하네.	影帶麥風欹	
수레나 말 탄 사람 그 뉘가 보아줄까?	車馬誰見賞	[C]
벌이나 나비들만 엿볼 따름이네.	蜂蝶徒相窺	
태어난 곳 비천하니 스스로	自慚生地賤	[D]
사람들이 내버려두니 그저 한스럽네.	堪恨人棄遺	

― 최치원, 「촉규화(蜀葵花)」

- 낙목한천 : 나뭇잎이 떨어지는 때의 추운 하늘.

- 은한 : 은하수.

- 자규 : 두견새.

- 매우 : 매실이 누렇게 익을 무렵의 장맛비.

- 맥풍 : 보리가 익어 가는 시절에 부는 바람.

- 촉규화 : 접시꽃.

- 일지춘심(一枝春心) : 한 가지에 깃든 봄의 마음. 주로 매화 등 봄꽃이 피는 나뭇가지에 깃든 마음을 의미한다.

알아두면 좋은 배경 지식

- 자규(子規) : 두견새. 두견새는 중국의 촉(蜀) 나라 망제(望帝)가 죽어서 된 새라고 한다. 망제는 신하를 믿었다가 신하에게 나라를 뺏기고 쫓겨났는데, 망제는 자신의 신세를 한탄하여 울다 죽었다고 한다. 문학 작품에서 두견새는 억울하고 슬픈 사정에 처한 인물을 대변하는 동물로 주로 사용된다.

- (나) 시조를 지은 이조년은 고려 후기 때의 문신(文臣)으로, 성품이 강직하여 폭군이었던 충혜왕에게 여러 번 충성을 다해 쓴 소리를 하였으나 왕이 이를 받아들이지 않자 벼슬을 그만뒀다고 한다. 이 작품은 지은이인 이조년이 그렇게 벼슬에서 물러났지만, 그럼에도 왕을 걱정하며 그리워하는 심정을 노래한 것으로 보는 견해도 있다.

4. (가)~(다)의 공통점에 대한 설명으로 가장 적절한 것은?

① 설의적 표현으로 냉소적 태도를 드러내고 있다.

→ (다)의 '수레나 말 탄 사람 그 뉘가 보아 줄까?'에서 설의적 표현을 통해 냉소적인 태도를 드러내고 있지만, (가)와 (나)에는 설의적 표현이 나타나 있지 않다.

② 청각적 심상을 통해 화자의 처지를 부각하고 있다.

→ (나)에 자규(子規 : 두견새)가 드러나 있지만 청각적 심상이 명확하게 드러났다고 하려면 의성어나, ~한 소리같은 직접적인 표현이 나타나야 맞는데 (나)에는 그런 것이 없다. 또한 (가)와 (다)에는 아예 청각적 심상이라 할 만한 표현이 없다.

③ <mark>계절감을 주는 어휘</mark>로 시적 분위기를 조성하고 있다.

→ (가)에서는 국화(菊花), 낙목한천(落木寒天 : 나뭇잎이 다 떨어진, 겨울의 춥고 쓸쓸한 풍경. 또는 그러한 계절)의 시어를 통해 시의 계절적 배경이 가을임을 드러내고 있다. 또 (나)는 이화(梨花), 일지춘심(一枝春心)의 시어를 통해 시의 계절적 배경이 봄임을 드러낸다. 또한 (다)에서는 매우(梅雨 : 매화나무 열매가 익을 무렵의 장마라는 뜻으로, 6월~7월 초에 걸쳐 계속되는 장마)와 맥풍(麥風 : 보리가 익을 때 부는 바람)의 시어를 통해 초여름 즈음의 계절적 배경을 통해 시적 분위기를 조성하고 있다.

④ <u>직유법</u>을 사용하여 <u>대상과의 친밀감</u>을 나타내고 있다.

→ (나)의 종장인 '다정(多情)도 병(病)인 양하여~'에 직유법이 나타나 있으나 (가)와 (다)에는 직유법이 나타나 있지 않다.

⑤ <u>영탄적 표현</u>으로 화자의 <u>단호한 의지</u>를 표출하고 있다.

→ (가)는 중장(낙목한천(落木寒天)에 네 홀로 피었느냐)에서 영탄적 표현이 나타나 있다고 볼 수도 있으나, (나)와 (다)에는 영탄적 표현이 나타나 있지 않다.

정답 ③

5. (가)~(나)에 대한 이해로 적절하지 <u>않은</u> 것은?

① (가)의 '네 홀로'에는 다른 꽃들과 대조되는 국화의 속성이 드러나 있다.

→ 낙목한천(落木寒天)에 '네 홀로' 피었다는 것은 다른 꽃들이 삼월동풍(三月東風)에나 피는 것과 대조되어 국화의 외롭고 고고한 속성을 드러낸다.

② (나)에서는 밝은 달빛을 받는 '이화'에서 <u>환기</u>된 화자의 정서가 '자규'를 통해 <u>심화</u>되고 있다.

→ 밝은 달빛을 받는 '이화'에서 불러일으켜진(환기된) 화자의 정서는 '애상적(약간 슬픈듯한 느낌)'인 것으로, 이는 중장에 오면서 국문학 전통에서 슬픔과 한(恨)을 상징하는 자규(두견새, 접동새)를 매개로 더욱 심화돼 나타나게 된다. 여기서 자규? 감정이입물!

③ (가)에서는 '동풍'이 불어오는 '삼월'이, (나)에서는 '은한'이 기우는 '삼경'이 <u>화자가 대상과 이별하는 시간적 배경</u>으로 제시되어 있다.

→ (가)에서 동풍이 불어오는 삼월은 낙목한천(落木寒天)과 대비되어 상대적으로 꽃을 피우기가 더 좋은 조건인 봄을 뜻하는 배경이다. 한편 (나)에서 은한(은하수)이 보이는 삼경(三更 : 하룻밤을 5등분했을 때 그 중에 3번째에 오는 시간대를 뜻하는 말, 오후 11시에서 새벽 1시까지로 매우 깊은 밤을 뜻함)은, 봄밤의 애상적(약간 슬픈듯한) 분위기를 느끼기에 적합한 배경을 뜻한다. 게다가 (가)와 (나)에는 화자와 대상 간 이별이 딱히 나타나지 않았다.

④ (가)의 '오상고절'에는 <u>굳건한 절개</u>가, (나)의 '다정'에는 <u>애상적 정서</u>가 표현되어 있다.

→ (가)의 '오상고절(傲霜孤節)'은 '서릿발이 심한 속에서도 굴하지 아니하고 외로이 지키는 절개'라는 뜻으로 국화의 굳은 절개를 드러내는 말이다. 한편, (나)에서 다정(多情)은 '정이 많음'이라는 뜻으로 화자는 종장에서 이것이

'병'적일 정도라 잠도 못이룬다고 했다. 이는 초장과 중장을 통해 심화되고 있는 애상적 정취(다소 슬픈듯한 정서)에 화자가 흠뻑 취했음을 뜻한다.

⑤ (가)의 '너뿐인가 하노라'에는 대상을 예찬하는 화자의 태도가, (나)의 '잠 못 들어 하노라'에는 감정을 주체하지 못하는 화자의 모습이 나타나 있다.

→ (가)에서 오상고절은 지조와 절개를 지킨다는 점에서 긍정적인 가치를 지닌다. 또 이같은 오상고절을 지닌 것이 '국화) 너뿐'이라고 하는 것은 대상을 예찬하는 태도를 보여준다. 한편 (나)에서 다정(多情)한 화자가 봄밤의 애상적 정취에 '잠 못 들어' 한다는 종장은 봄밤에 드는 감정을 주체하지 못하고 흠뻑 취해있는 화자의 모습을 드러낸다.

정답 ③

6. 〈보기〉를 참고할 때 (다)에 대한 감상으로 적절하지 않은 것은?

〈보기〉

최치원의 「촉규화」는 삶의 현실이나 인식 태도를 사물에 투사하여 그 사물과 자아의 동일성을 이룬 한문 서정시의 하나이다. 최치원의 삶을 고려할 때, 그는 탁월한 능력을 갖추고 있었지만 출신상의 한계로 인해 세상에 크게 쓰이지 못한 채 평범한 사람들 속에서 살아야 할 때가 많았다. 최치원은 이 작품에서 자신의 목소리를 대변하는 '화자'를 통해 이와 같은 자신의 처지를 '촉규화'에 투사하여 표현하고 있다.

① [A]에서 화자는 자신의 출신상의 한계와 탁월한 능력을 대비하여 말하고 있어.

→ '쓸쓸하게 황량한 밭'은 출신상의 한계를, '탐스러운 꽃'은 탁월한 능력을 나타내는 것으로 「A」에서 이들은 의미상 서로 대비되어 있다.

② [B]에서 화자는 자신의 탁월한 능력을 조만간 펼칠 수 있을 것이라는 기대감을 표명하고 있어.

→ 〈보기〉에 따르면 '촉규화'는 출신상의 한계로 세상에 크게 쓰이지 못한 최치원의 처지를 표현한 작품이고, 이에 근거해 「B」를 해석해 보면 '향기'와 '그림자'는 결국 최치원의 재능을 뜻한다. 향기가 '희미해지고', 그림자가 '기우뚱'해진다는 것은 곧 최치원의 재능이 세상에 쓰임받지 못한 상황을 나타낸다. 따라서 「B」에서 능력을 펼칠 수 있을 것이라는 기대감을 읽어내는 것은 적절하지 않다.

③ [C]에서 화자는 자신을 크게 써 줄 수 있는 사람들에게 관심을 받지 못하고 평범한 이들 속에서 살아야 하는 것에 대해 아쉬움을 나타내고 있어.

→ '수레나 말 탄 사람'은 화자를 크게 써 줄 수 있는 사람들을 뜻하고, '벌이나 나비들'은 늘 꽃과 함께 있는 평범한

이들을 의미하는 것으로 화자는 수레나 말 탄 사람에게 관심을 받지 못하고 벌과 나비들만 스스로를 엿보는 현실을 아쉬워하고 있다.

④ [D]에서 화자는 자신의 출신과 처지에 대한 부끄러움과 한스러움을 표현하고 있어.

→ '태어난 곳 비천하니 스스로 부끄럽고'에서 출신에 대한 부끄러움을, '사람들이 내버려 두니 그저 한스럽네'에서 자신의 처지에 대한 한스러움을 표현하고 있다.

⑤ [A]에서는 '촉규화'의 외양 묘사를 통해, [D]에서는 '촉규화'의 내면 서술을 통해 화자 자신의 처지를 드러내고 있어.

→ 「A」에서는 '탐스러운', '여린 가지 누르고 있네'에서 촉규화에 대한 외양(겉모습) 묘사를 통해 화자의 처지가 나타났다면, 「D」에서는 '부끄럽고', '한스럽네' 등 내면(마음속)을 서술하는 표현을 통해 화자의 처지를 드러냈다.

정답 ②

[7~8] 다음 글을 읽고 물음에 답하시오. (2015년 9월 A 평가원 기출)

(가)

구슬이 바위에 떨어진들

구슬이 바위에 떨어진들

끈이야 끊어지겠습니까.

천 년을 외따로이 살아간들

천 년을 외따로이 살아간들

믿음이야 끊어지겠습니까. 〈제6연〉

― 작자 미상, 「정석가」

(나)

임이 오마 하거늘 저녁밥을 일찍 지어 먹고

중문(中門) 나서 대문(大門) 나가 지방 위에 올라가 앉아 손을 이마에 대고 오는가 가는가 건넌 산 바라보니 거머희뜩 서 있거늘 저것이 임이로구나. 버선을 벗어 품에 품고 신 벗어 손에 쥐고 곰비임비 임비곰비 천방지방 지방천방 진 데 마른 데를 가리지 말고 워렁퉁탕 건너가서 정(情)엣말 하려 하고 곁눈으로 흘깃 보니 작년 칠월 사흘날 껍질 벗긴 주추리 삼대가 살뜰히도 날 속였구나.

모쳐라 밤이기에 망정이지 행여나 낮이런들 남 웃길 뻔하였어라.

― 작자 미상

- 거머희뜩: 검은빛과 흰빛이 뒤섞인 모양.
- 곰비임비 : 거듭거듭 앞뒤로 계속하여.
- 천방지방 : 몹시 급하게 허둥대는 모양.
- 삼대 : 삼[麻]의 줄기.

7. (가), (나)에 대한 설명으로 가장 적절한 것은?

① (가)는 (나)에 비해 시간과 공간이 구체적으로 드러난다.

→ 시간과 공간이 구체적으로 드러난다고 말하려면 정확한 시각, 공간을 나타내는 어휘가 있어야 한다. 그러나 (가)에는 시간과 공간을 짐작할 수 있는 시어가 없다.

② (나)는 (가)에 비해 설의적 표현이 두드러지게 드러난다.

→ 설의적 표현은, 답을 이미 알고있음에도 불구하고 의문형으로 물어서 말하려는 바를 강조하는 표현법을 뜻한다. 그런데 (가)는 '끈이야 끊어지겠습니까. / 믿음이야 끊어지겠습니까.'에서 알 수 있듯, 설의적 표현이 두드러지게 드러나고 있으므로 틀린 말이다. 오히려 (나)에 설의적 표현이랄 것이 딱히 없다.

③ (가)와 (나) 모두 대조와 연쇄를 통해 생동감을 드러낸다.

→ (가) '구슬은 떨어져도 끈은 끊어지지 않을 것', '천 년을 따로 살아도 믿음은 끊어지지 않을 것'을 말한 아래 대목을 대조로 볼 수 있다.

> 구슬이 바위에 떨어진들
>
> 끈이야 끊어지겠습니까.

> 천 년을 외따로이 살아간들
>
> 믿음이야 끊어지겠습니까.

→ 그러나 이 부분이 생동감과 관련이 있다고 보기는 어렵다. 살아 움직이는 생명력과 관련된 말이 있어야하는데 (가)에서는 찾아보기 어렵기 때문이다. 그리고 "연쇄"라는 표현기법은 적어도 대상이 3개 이상은 꼬리에 꼬리를 물고 이어져야 하는데, (가)에는 없다.

반면, (나)는 제한 없이 길어진 아래 중장 부분, 그중에서도 음영 처리한 부분에서 "열거" "연쇄"적 표현이 잘 드러난다. 또한 (나)에서는 화자가 임을 보려고 버선과 신까지 벗고 맨발로 허겁지겁 달려가는 모습이 묘사돼있다는 점에서 생동감이 있다고 볼 수 있다.

중문(中門) 나서 대문(大門) 나가 지방 위에 올라가 앉아 손을 이마에 대고 오는가 가는가 건넌 산 바라보니 거머희뜩 서 있거늘 저것이 임이로구나. 버선을 벗어 품에 품고 신 벗어 손에 쥐고 곰비임비 임비곰비 천방지방 지방천방 진 데 마른 데를 가리지 말고 워렁퉁탕 건너가서 정(情)엣말 하려 하고 곁눈으로 흘깃 보니 작년 칠월 사흗날 껍질 벗긴 주추리 삼대가 살뜰히도 날 속였구나.

④ (가)와 (나) 모두 격정적 어조를 통해 고요한 분위기를 드러낸다.

→ 격정적 어조 = 감정의 고조, 영탄법을 썼느냐는 말과 같다. 감정이 강렬하고 갑작스러워 누르기 힘든 상태를 뜻하는 말인데, (가)와 (나) 모두 격정적이라고 보기는 어렵다. (가)는 비유와 가정을 활용해 간접적으로 화자의 임에 대한 변함없는 사랑을 표현하고 있다. 이 점에서 오히려 감정을 절제하고 있다고 볼 수는 있다. (나)는 임을 맞이하러 나가는 화자의 행동을 과장해서 구체적으로 묘사하고 있다는 점에서 "해학적 어조"라고 볼 수 있으며, 그렇기에 고요하다고 볼 수도 없다.

⑤ (가)는 상황의 가정에서, (나)는 행동의 묘사에서 과장이 드러난다.

→ (가)에서 '천 년을 외따로이 살아간들'을 보면, '천 년'과 '-ㄴ들(~한다고 할지라도)'에서 상황의 가정을 과장되게 하고 있다는 점을 알 수 있다.

→ 한편 (나)는 아래 대목에서 임을 만나기 위해 황급한 마음으로 달려가는 화자의 행동을 과장되게 묘사하고 있다는 점을 알 수 있다.

버선을 벗어 품에 품고 신 벗어 손에 쥐고 곰비임비 임비곰비 천방지방 지방천방 진 데 마른 데를 가리지 말고 워렁퉁탕 건너가서

정답 ⑤

8. <보기>를 참고할 때, (나)에 대한 이해로 가장 적절한 것은? [3점]

〈보기〉

사설시조에서의 해학성은 독자가 화자와 거리를 두되 관용의 시선을 보내는 데서 발생한다. 화자의 착각, 실수, 급한 행동과 그로 인한 낭패가 웃음을 유발하지만 독자는 그런 행동을 할 수밖에 없는 화자의 행동 이면에 있는 절실함, 진지함, 진솔함, 애틋함, 간절함을 느끼면서 화자와 공감하는 마음을 갖게 되는 것이다.

① 화자가 '저녁밥'을 짓다가 '임'이 온다는 소식을 듣고 혼잣말하는 모습에서 독자는 웃음 지으면서도 그 속에 담긴 진솔함을 공감한다.

→ 임이 온다는 약속을 들은 다음에 저녁밥을 지어 먹었고, 대문 지방에 앉아서 기다리는 상황이기 때문에 '저녁밥을 짓다가 임이 온다는 소식을 들은' 것은 아니다. 이렇게 사건의 선후관계를 뒤집어서 묻는 방식은 최근 수능에도 자주 출제되고 있는 스타일이니 잘 익혀두자.

② 화자가 '임'이라 여긴 '거머희뜩'한 것을 향해 '워렁퉁탕' 건너가는 모습에서 독자는 웃음 지으면서도 그 속에 담긴 절실함을 공감한다.

→ 〈보기〉의 사설시조 해학성에 관한 설명을 충실히 참고하여, (나)의 화자가 보여준 착각과 거침없는 행동에서 느낄 수 있는 해학성과 적절히 관련지었으므로 적절하다고 볼 수 있다.

③ 화자가 집 안 마당에서 서성대며 '건넌 산'을 느긋하게 바라보는 모습에서 독자는 웃음 지으면서도 그 속에 담긴 애틋함을 공감한다.

→ 화자는 집 안 마당을 서성대는 것이 아니라 대문 지방에 앉아 있고, '건넌 산'을 느긋하게 바라보는 것이 아니라 간절한 기다림 속에서 바라보고 있다.

④ 화자가 처음 보는 '삼대'를 '임'으로 착각하여 '임'을 원망하는 모습에서 독자는 웃음 지으면서도 그 속에 담긴 간절함을 수용한다.

→ 화자가 처음 보는 주추리 삼대를 임으로 착각한 것까지는 맞지만, 임을 원망한 것이라고 보기는 어렵다. 화자는 '삼대'가 자신을 속였다고 말하면서 남부끄럽게 생각하고 있을 뿐이다.

⑤ 화자가 '임'이 오지 못하게 된 이유를 '밤' 탓으로 돌리는 모습에서 독자는 웃음 지으면서도 그 속에 담긴 진지함을 수용한다.

→ 화자는 '밤'을 임이 오지 못하게 된 이유로 보기보다는, '모쳐라, 밤이기 망정이지 낮이었더라면 남들을 웃길 뻔했다.'라며 남에게 웃음을 덜 살 수 있게 해주어 그나마 다행스러운 상황이라고 보고 있다.

정답 ②

묘수국어
중학생을 위한 문학 개념어
운문 문학

발행일 2026년 1월 30일

지은이 김민정
디자인 우주상자

펴낸곳 노르웨이숲에듀
출판등록 제 2024-000016호
등록일자 2024년 1월 23일
주소 04051 서울 마포구 신촌로 2길 19, 302호
이메일 norway12345@naver.com

ISBN 979-11-986546-4-9, 54800

한 수 앞을 읽는 국 어 공부

묘수 국어

김민정 지음

중학생을 위한 문학 개념어

운문 문학

인터넷 강의 교재

묘수
국어

김민정 지음

중학생을 위한 문학 개념어

운문 문학

인터넷 강의 교재

김민정 선생님이 총 20차시로 구성한
운문 문학 인터넷 강의를 아래 큐알 코드로 접속하시면
보실 수 있습니다.

yummystudy.com에서 '국어 강의 신청' 메뉴를 통해 보실 수도 있어요!

▶ 문학이란?

※ 문학의 구조

┌─ 1894년 갑오개혁 이전 :

└─ 1894년 갑오개혁 이후 :

1. 시의 정의

시인의 마음 속에 떠오르는 생각이나 느낌을 _____로 압축해서 표현한 운문 문학

2. 시의 종류

```
┌─────────── 을 기준으로 ─┐
```

1)_____ : 일정한 형식과 규칙에 맞추어 지은 시

2) _____ : 형식의 제약을 받지 않고 자유롭게 쓴 시

3) _____ : 행의 구별 없이 산문처럼 쓴 시

```
┌─────────── 을 기준으로 ─┐
```

1)_____ : 개인의 감정이나 생각을 표현한 시

2)_____ : 역사적 사건, 신화, 영웅의 이야기를 쓴 시

3)_____ : 희곡 형식으로 쓴 시

3. 시의 요소

1) 형식적 요소

① _____ : 시에 사용된 단어

② _____ : 시어가 모여서 이루어진 구절

③ _____ : 시를 읽을 때 _____

• 아리랑 ∨ 아리랑 ∨ 아라리요 : _____음보

• 동창이 ∨ 밝았느냐 ∨ 노고지리 ∨ 우지진다 : _____음보

④ _____ : 시어들이 모여 이루어진 한 줄 한 줄

⑤ _____ : 하나 이상의 시행이 모여서 이루어진 완결된 의미의 단위

2) 시의 3요소 : _____, _____, _____

① _____ : 시에 담겨있는 시인의 중심 생각(_____ 요소)

② _____ : 시를 읽을 때 느껴지는 말의 가락(_____ 요소)

_____을 이루는 방법들?

• 같거나 비슷한 _____의 반복

㉄ 오늘 하루 하늘을 우러르고

→ 'ㄹ'등 울림소리가 반복되며 리듬감을 준다.

• 같거나 비슷한 _____, _____의 반복

㉄ 안 오시네, 안 오시네

→ 안 오시네 (시구) 가 반복되며 리듬감을 준다.

• 일정한 _____의 반복 (_____)

㉄ 비 오자 장독간에 봉선화 반만 벌어

→ 3글자, 4글자가 반복되는데 이를 음수율이라고 부른다.

• 일정한 수의 _____의 반복 (_____)

㉄ 엄마야 / 누나야 / 강변 살자

   뜰에는 / 반짝이는 / 금모래 빛

→ 3음보가 반복되며 리듬감을 준다.

• 같거나 비슷한 _____의 반복

㉮ 벚꽃 지는 걸 보니 / 푸른 솔이 좋아

　　푸른 솔 좋아하다 보니 / 벚꽃마저 좋아

→ "~걸 보니, ~이(마저) 좋아"라는 비슷한 문장 구조가 반복되어 운율을 형성한다. 이를 다른
어려운 말로는 '대구법'이라고도 부른다.

• _____나 _____의 반복

→ 시냇물이 **졸졸졸** / 개구리가 **개굴개굴**

③ _____ (마음 心 모양 象), _____ (Image)

시어나 시구를 통해 머릿속에 떠오르는 모습이나 느낌

→ 회화(그림)적 요소

• _____ 심상 : 눈으로 보는 듯한 느낌을 주는 심상

㉮ 새빨간 노을, 푸른 하늘 은하수

• _____ 심상 : 귀로 듣는 듯한 느낌을 주는 심상

㉮ 개굴개굴 개구리 졸졸졸 흐르는 개울물

• _____ 심상 : 냄새를 코로 맡는 듯한 느낌 주는 심상

㉮ 달은 과일보다 싱그럽다

• _____ 심상 : 손, 피부에 닿는 듯한 느낌을 주는 심상

㉮ 밥티처럼 따스한 별

• _____ 심상 : 혀로 맛보는 듯한 느낌을 주는 심상

㉮ 짭조름한 소금

• _____ 심상 : 어느 _____을 _____으로 바꾸어 표현하는
심상

㉮ 분수처럼 흩어지는 푸른 종소리

　: (_____의 _____화)

→ 차갑고 달콤한 아이스크림? : _____

※ 문학 작품 감상 방법

내재적 관점	_____적 관점	**문학적 표현, 기법, 시어, 화자, 청자** 등 작품 안에 있는 요소만을 중심으로 이뤄지는 감상
외재적 관점	_____적 관점	**문학 작품을 지을 당시 작가의 삶**에 주목하여 그의 삶이 문학 작품에 얼마나 표현됐는지에 초점을 두어 감상하는 관점
	_____적 관점	**문학 작품이 창작되던 당시의 시대적인 배경**을 반영하여 문학 작품을 감상하는 관점
	_____적 관점	**문학 작품이 독자에게 주는 효용감**을 중심으로 문학 작품을 감상하는 관점.

죽는 날까지 하늘을 우러러
한 점 부끄럼이 없기를
잎새에 이는 바람에도
나는 괴로워했다.
별을 노래하는 마음으로
모든 죽어가는 것을 사랑해야지
그리고 나에게 주어진 길을 걸어가야겠다.

오늘 밤에도 별이 바람에 스치운다.

― 윤동주, 「서시」

→ 잎새에 이는 바람에도 나는 괴로워했다.

윤동주가 만주 지방에서 크게 농사를 짓던 부유한 집안의 아들로 일본에 유학 와 있던 본인의 유복한 환경에 대해 부끄러움을 느꼈다는 그의 개인사가 여기 표현된 것으로 생각한다면 이는 _____에서 시를 감상한 셈이다.

→ 오늘 밤에도 별이 바람에 스치운다.

이 구절에서 '바람'은, 일제강점기라는 시대적 배경이 이 작품에 많이 반영됐음을 고려한다면 당대의 냉혹한 현실을 상징하는 시어라고 볼 수 있다. 이는 _____에서 시를 감상한 것이다.

→ 별을 노래하는 마음으로 모든 죽어가는 것을 사랑해야지

그리고 나한테 주어진 길을 걸어가야겠다.

이 구절을 통해서 만약 독자가 '아, 나는 윤동주의 서시를 읽고 고단한 삶에도 좌절하지 않고 희망을 잃지 말아야 하겠어'라고 생각했다면 이는 독자의 삶에 '효용'을 준 셈이다. (어떤 가치판단을 하게 했다는 말이다) 그래서_____이라고 볼 수 있다.

→ 이처럼 표현론, 반영론적 관점을 제대로 이해하려면 무엇이 필수적일까? 그렇다. 기본적인 근현대사 지식이다. 여러분들은 학교에서 아직 제대로 배운 적이 없을 것이다. 그래서 준비했다.

※ 문학 작품 감상을 위해 반드시 알고 있어야 하는 기본 근현대사 지식!

· 1894년 _____ → 서양에 문호 개방

→ 서양에 본격적으로 문호를 개방하기 시작한 이 때를 기준으로 이전을 _____, 이후를 _____이라고 부른다.

· 1905년 _____ → 일본에 외교권 박탈

→ 외교권 박탈은 쉽게 말해, 중국집에 가서 나는 짜장면이 먹고 싶은데 부장님이 짬뽕으로 통일하자 그래서 억지로 내가 먹고 싶은 짜장면 대신 짬뽕을 먹어야 하는 상황이다. 물론 우리가 좋아서 맺은 약속이 아니겠지? 그러니 조약이 아니라 "늑약(억지로 맺은 약속)"이라고 정확하게 불러야 한다.

· 1910년 8월 29일 _____ → 일본에 국권 박탈

→ 이제 우리는 짜장면만 못 먹는 정도가 아니라, 화장실도 우리 마음대로 못 가고 잠자는 것도 먹는 것도 입는 것도 우리 맘대로 못하게 생긴 지경이 됐다. 경술년에 일어난 나라의 치욕이라는 뜻이니 이대로 외워두자.

_____

→ 아무래도 나라를 뺏긴 지 얼마 안 되었으니 사람들이 많이 대들 때이고, 그래서 일제는 통감을 보내 폭력적으로 조선을 통치하게 했다.

_____

→ 1910년부터 1918년까지 대규모로 실시된 사업이다. 일제는 근대적 토지 소유권 제도를 시행하겠다는 명목으로 일본어로 된 통지서를 전국민에게 보냈다. 이 통지서는 제대로 토지와 집을 신고하지 않으면 그 토지를 전부 일제의 소유로 하겠다는 내용이었는데, 당연히 이를 읽을 수 없었던 대부분의 조선인들은 하루아침에 땅과 집을 빼앗겨 만주, 연해주 등으로 뿔뿔이 흩어져야만 했다.

• 1919년 _____

→ 지렁이도 밟으면 꿈틀, 한다고 더 이상 일제의 폭력적인 억압을 견디지 못한 사람들이 3월 1일에 벌인 운동이 3.1 만세 운동이고 이 운동은 지속적으로 전국 방방곡곡에서 일어난다.

• 1920년대 ~ 1930년대

_____ : 우리말 신문, 잡지 창간 허가

→ 3.1 만세 운동에 깜짝 놀란 일제는 조선을 통치하는 방식을 조금 더 부드럽게 바꾼다. 이걸 문화 통치라고 하는데 이 시기에 조선어로 신문이나 잡지를 창간하게 해주는 한편 경성제국대학(지금의 서울대)를 세우기도 하고 대학을 설립하는 것을 허가하는 등 회유책을 펼친다. 한국 현대 소설과 시 등이 많이 창작될 수 있었던 시기이기도 하다.

→ _____

1920년부터 일제가 조선을 본인들의 식량 공급 기지로 만들기 위해 추진한 쌀 증식 정책으로, 쌀을 좀 더 많이 생산하게 하기 위해 농가의 농민들에게 다양한 시설을 설치하게 하고 그 비용은 농민이 부담하게끔 했던 악랄한 정책이었다. 한편 그렇게 생산된 쌀은 제값을 쳐줬을까? 당연히 헐값으로 빼앗아갔고 이로 인해 농촌 빈민의 삶은 차마 눈 뜨고 보기 어려울 만큼 힘들어져 갔다. 이는 1930년대 일제가 벌인 제 2차 세계대전 준비와 맞닿아 있었다. (군량미 비축)

• 1937년 _____

일제가 조선을 식민지화 한 뒤 중국마저 침략하면서 전쟁의 범위를 확대했다.

- **1942년 _____**

급기야 일제는 미국의 본토, 하와이 진주만까지 공습하면서 동아시아 안에서만의 전쟁이 아니라 세계 전쟁으로까지 확대되는 상황이 일어난다.

- **1945년 8월 15일 _____**

미국은 당시 개발 중이었던 원자 폭탄 2개를 일본의 히로시마와 나가사키에 투하했고, 엄청난 위력으로 인해 즉각 일왕은 항복을 선언했다. 이로 인해 일본의 식민지였던 모든 나라들이 일시에 준비 없이 독립을 맞이하게 됐는데, 우리 역시 이렇다 할 준비 없이 광복을 맞이하고 말았다.

- **1945년~1948년 _____**

당시 제 2차 세계대전의 승전국이었던 미국과 소련이 일제의 식민지였던 조선을 북위 38도선을 기준으로 나누어 북쪽은 소련이, 남쪽은 미국이 나누어 맡게 된다. 군사정부가 들어서서 통치했다 하여 군정 기간이라고 부르며, 한편 믿고 맡긴다는 뜻에서 신탁통치라고도 한다. 대략 3년 정도의 기간이었는데, 이 시기 김구와 김규식 선생을 비롯하여 민족주의 세력은 어떻게든 분단을 막아보고자 노력했으나 전부 수포로 돌아가고 만다. 이후 1948년 5월 10일, 남한은 UN의 승인 아래 총선거를 치르고 7월에 제헌 국회를 개설하여 남한 만의 정부가 수립되며 초대 대통령으로 이승만이 뽑힌다.

- **1950년 6월 25일 _____**

북한의 김일성이 1950년 6월 25일 남침으로 일으킨 전쟁이다. 순식간에 낙동강 전선까지 밀려버린 남한군은 이후 맥아더 장군의 인천상륙작전과 더불어 유엔 연합군의 참전 덕에 1950년 9월 28일 드디어 서울을 다시 탈환하고 압록강 두만강 근처까지 북한군을 몰아내는 데 성공하지만, 중공군의 참전으로 인해 1.4 후퇴를 겪고 다시 38선 근처까지 내려와 대치하는 상태로 1953년 6월까지 국지전을 펼친다.

- **1953년 _____**

상처만 남긴 6.25 내전이었다. 사실 지금까지 전쟁은 끝나지 않았고 잠시 쉬는 상태다.

- **1960년 4월 19일 _____, _____하야**

1960년 3월 15일에 치러진 선거가 부정선거였다는 점이 밝혀져 4월 18일 고려대학교 학생과 교수들이 가두시위를 벌인 것을 계기로 4월 19일 시위가 확대되고, 이로 인해 어떻게든 더 길게 집권하려던 이승만이 드디어 하야한다. 이후 1년간 장면 총리와 윤보선 대통령이 정부를 꾸려나갔다.

- **1961년 5월 16일 _____**

육군 사관학교 출신의 소장 박정희가 군대를 이끌고 청와대에 와 대통령과 총리를 몰아내고 정권을 잡는다.

- **1968년 _____**

박정희는 미국으로부터 합법적 정부로 인정받기 위해 당시 미국이 일으킨 베트남 전쟁에 우리 군인들을 파병했고, 이를 통해 기여금 등을 받아 경제개발 5개년 계획을 시작한다. 경공업 위주였던 산업들을 중화학 공업으로 바꿔 나라의 체질 개선을 꾀하였으며 이는 나라 발전에 큰 도움이 되었음은 사실이다. 하지만 너무 단시간에 산업화, 도시화를 겪다보니 극심한 빈부 격차 및 환경 오염 문제로 몸살을 앓는 부작용이 따랐다.

- **1979년 10월 26일 _____**

박정희는 유신헌법 등을 만들어 18년간 독재 정권을 세워 통치했다. 그러다가 1979년 부하 김재규에 의해 살해당했고, 민중은 드디어 한국에도 진정한 민주주의가 올 것이라는 기대감을 가졌다.

- **1979년 12월 12일 _____**

이도 잠시, 육사 출신의 전두환이 다시 쿠데타를 일으켜 계엄을 선포하고 정권을 잡는다. 전두환은 계엄을 선포한 명분이 필요했기에, 당시 가장 큰 적이었던 김대중이 그의 출신 지역인 호남에서 간첩과 접선했다는 이유로 광주 시민들을 학살했다. 이 사건이 1980년 5월 18일에 일어난 광주민주화운동이다.

· 1980년 5월 18일 _____

· 1987년 6월 _____ , _____

광주 민주화 운동을 비롯, 1980년대에는 전두환의 군부독재에 항거하는 데모, 시위가 격렬했다. 1987년 1월 13일 서울대 학생 박종철이 경찰 조사 중 물고문으로 사망하는 사건이 발생했다. 1987년 6월 10일에는 연세대 학생인 이한열 열사가 시위 중 최루탄에 의해 사망했다. 이에 분노한 시민들이 가두시위를 벌였고, 당시 집권당이었던 민주정의당 대표위원 노태우는 6월 29일 대통령 직선제 개헌을 비롯해 김대중의 사면/복권 및 극소수를 뺀 시국사범의 대거 석방, 대통령 선거법 개정, 국민 기본권 신장, 언론자유의 창달, 지방자치제 실시 등 8개항을 제시한 선언을 한다. 이 선언 이후 대통령 단임제 및 직선제를 골자로 하는 개헌이 있었고 현재와 같은 정부체제로 바뀌었다.

▶ 화자와 어조

화자란?

1. 화자가 시에 드러나는지 드러나지 않는지에 따라

① _____, 직접적으로 드러난 화자

: 시에서 '나' 또는 '우리'라는 시어를 통해 자기를 드러내는 화자

② _____, 직접적으로 드러나지 않은 화자

: 자신을 지칭하는 시어가 겉으로 드러나지 않는 화자

관련 문제 다음 시를 읽고 맞으면 O, 틀리면 X를 하시오.

> 매일 따스한 밥과 국물 퍼먹으면서도 몰랐네
>
> 온몸으로 사랑하고 나면
>
> 한 덩이 재로 쓸쓸하게 남는 게 두려워
>
> 여태껏 **나**는 그 누구에게 연탄 한 장도 되지 못하였네
>
> 생각하면
>
> 삶이란
>
> **나**를 산산이 으깨는 일
>
> 눈 내려 세상이 미끄러운 어느 이른 아침에
>
> **나** 아닌 그 누가 마음 놓고 걸어갈
>
> 그 길을 만들 줄도 몰랐었네, **나는**
>
> — 안도현, 「연탄 한 장」

→ 이 시에서는 표면에 드러나지 않는 화자가 대상을 관찰하고 있다. (O, X)

2. 화자와 관련된 대상과 관련된 개념어

① _____ : 시인이 경험한 것 중 시인의 미적 감각을 통해 선택된 대상

㊅ 대상, 구체적 대상

> 조국을 언제 떠났노.
>
> 파초의 꿈은 가련하다.
>
> 남국을 향한 불타는 향수
>
> 너의 넋은 수녀보다도 더욱 외롭구나.
>
> 소낙비를 그리는 너는 정열의 여인.
>
> 나는 샘물을 길어 네 발등에 붓는다.
>
> — 김동명, 「파초」

② _____ : 화자의 이야기를 들어주는 사람

> **어머님**, 제 예닐곱 살 적 겨울은
>
> 목조 적산 가옥 이층 다다미방의
>
> 벌거숭이 유리창 깨질 듯 불어 대던 외풍 탓으로
>
> 한없이 추웠지요.
>
> — 이수익, 「결빙의 아버지」

관련 문제 빈칸을 채워 문장을 완성하시오.

(1) 시에서 시인의 정서나 관념, 생각을 전달하는 사람을 _____ 라고 하며, _____ 는 반드시 시인과 일치하는 것은 아니다. 이와 대응되는 개념으로 시 속에서 이야기를 들어주는 사람을 _____ 라 한다.

3. 화자의 어조와 관련된 개념어

어조란? 시인이 시에서 표현하고자 하는 사상이나 감정을 효과적으로 표현하기 위하여 말하는 방식, 억양 등을 달리하는데 이때 화자가 사용하는 특징적인 _____ 나 _____ 를 '어조'라고 한다.

① _____ : 강하고 힘이 넘치는 느낌을 주는 어조

> 끊임없는 광음(光陰)을
> 부지런한 계절이 피어선 지고
> 큰 강물이 비로소 길을 열었다.
> 지금 눈 내리고
> 매화 향기 홀로 아득하니
> 내 여기 가난한 노래의 씨를 **뿌려라.**
>
> — 이육사, 「광야」

② _____ : 섬세한 시어를 사용해 부드러운 느낌을 주는 어조

> 나 보기가 역겨워 가실 때에는
> 말 없이 고이 보내드리우리다.
>
> — 김소월, 「진달래꽃」

③ _____ : 엄격하게 딱 잘라 결정하는 듯한 어조

㈜ 단정적 어조 ㈙ 완곡한 어조

> 나의 무덤 앞에는 그 차가운 비(碑)ㅅ(~의)돌을 **세우지 말라.**
> 나의 무덤 주위에는 그 노오란 해바라기를 **심어 달라.**
>
> — 함형수, 「해바라기의 비명」

④ _____ : 급하지 않고 느리고 길게 뽑는 가락을 띤 어조

바람도 없는 공중에 수직의 파문을 내이며 고요히 떨어지는 오동잎은 누구의 발자취입니까

지리한 장마 끝에 서풍에 몰려가는 무서운 검은 구름의 터진 틈으로 언뜻언뜻 보이는 푸른 하늘은 누구의 얼굴입니까

꽃도 없는 깊은 나무에 푸른 이끼를 거쳐서 옛 탑 위의 고요한 하늘을 스치는 알 수 없는 향기는 누구의 입김입니까

— 한용운, 「알 수 없어요」

⑤ _____ : 시적 대상에 대해 쌀쌀한 태도로 비웃는 어조

막대기 같은 생각
빛나지 않는 막대기 같은 사람들이
가슴에 싱싱한 지느러미를 달고
헤엄쳐 갈 데 없는 사람들이
불쌍하다고 생각하는 순간,
느닷없이 북어들이 커다랗게 입을 벌리고
거봐, 너도 북어지 너도 북어지 너도 북어지
귀가 먹먹하도록 부르짖고 있었다.

— 최승호, 「북어」

⑥ _____ : 시적 대상이나 상황에 대해 못마땅하게 여기는 어조

예전에는 사람을 성자처럼 보고
사람 가까이서
사람과 같이 사랑하고
사람과 같이 평화를 즐기던
사랑과 평화의 새 비둘기는

이제 **산도 잃고 사람도 잃고**
사랑과 평화의 사상까지 낳지 못하는 쫓기는 새가 되었다.

— 김광섭, 「성북동 비둘기」

⑦ _____ : 자신의 생각에 따르도록 만드는 듯한 어조

이적진 말로써 풀던 마음
말없이 삭이고
얼마 더 너그러워져서 이 생명을 **살자.**
황송한 축연이라 알고 한 세상을 **누리자.**

— 김남조, 「설일」

⑧ _____ : 상황이나 감정에 휘둘리지 않고 차분하고 평온한 느낌을 주는 어조

우리집도 아니고
일가(一家)집도 아닌 집
고향은 더욱 아닌 곳에서
아버지의 **침상 없는 최후의 밤**은 풀벌레 소리 가득 차 있었다.

• 一家 : 피붙이, 한 식구

— 이용악, 「풀벌레 소리 가득 차 있었다.」

⑨ _____ : 혼자 말하는 듯한 어조

스물 세 해 동안 나를 키운 건 팔할이 바람이다.
세상은 가도가도 부끄럽기만 하드라
어떤 이는 내 눈에서 죄인을 읽고 가고

어떤 이는 내 입에서 천치를 읽고 가나

나는 아무것도 뉘우치진 않을란다

— 서정주, 「자화상」

⑩ _____ : 밝고 긍정적인 시어와 빠른 호흡이 두드러지는 어조

해야 솟아라, 해야 솟아라, 말갛게 씻은 얼굴 고운 해야 솟아라. 산 너머 산 너머서 어둠을 살라 먹고 산 너머서 밤새도록 어둠을 살라 먹고, 이글이글 앳된 얼굴 고운 해야 솟아라.

— 박두진, 「해」

⑪ _____ : 누구와도 거부감 없이 친하게 어울리는 듯한 어조

오십 리 길 짐차에 실려왔어유

멀미도 가시기 전에

낯선 거리 쏴댕기면서

지 몸 살 사람 찾고 있지유

(중략) 그러니께 지폐 한 장으루다

우리 식구 사돈에 팔촌까지 두루 사가시는 선상님들

몸값이나 후하게 쳐주셔야겠슈

— 이재무, 「딸기」

⑫ _____ : 슬픔이나 기쁨 등의 감정을 강조하여 드러내는 어조 ㈜ 감탄적 어조

> 산산이 부서진 이름이여!
>
> 허공 중에 헤어진 이름이여!
>
> 불러도 주인 없는 이름이여!
>
> 부르다가 내가 죽을 이름이여!
>
> 심중에 남아있는 말 한마디는 끝끝내 마저 하지 못하였구나.
>
> 사랑하던 그 사람이여!
>
> 사랑하던 그 사람이여!
>
> — 김소월, 「초혼(招魂 : 혼을 부름)」

▶ 시적 상황

_____ 이란, 시 속에서 화자 또는 시적 대상이 처한 형편이나 처지 또는 시에 반영된 시대적·역사적·사회적 상황을 말한다.

시의 _____ 이란, 화자나 시적 대상이 놓여있는 시간적, 공간적, _____ 처지이다.

한편 시의 _____ 이란, 시 창작 과정에 영향을 준 시대적, 역사적, 사회적 상황이다.

◎ 시의 내적 상황과 관련된 개념어

① 고뇌하는 상황 : 화자가 어떤 이유로 인해 괴로움을 겪는 상황

㈜ 번뇌의 상황, 방황하는 상황

② 의지와 _____ 된 상황 : 화자의 생각과 다른 방향으로 일이 일어나는 상황

※ 상반(相反 : 서로 반대됨)

③ 고향을 떠나 있는 상황 : 화자가 고향이 아닌 다른 곳에서 지내고 있는 상황

드나드는 배 하나 없는 지금
부두에 호젓 선 **나는 멧비둘기 아니건만**
날고 싶어 날고 싶어.
머리에 어슴푸레 그리어진 그곳
우라지오의 바다는 얼음이 두껍다.

등대와 나와
서로 속삭일 수 없는 생각에 잠기고
밤은 얄팍한 꿈을 끝없이 꾀인다.
가도오도 못할 우라지오.

— 이용악, 「우라지오 가까운 항구에서」

④ _____ 의 상황 : 시적 화자 또는 시적 대상이 다른 대상과 서로 떨어져 있는 상태

⑤ _____ 의 상황 : 시적 대상의 죽음으로 화자와 시적 대상이 이별하게 된 상황

◎ 시의 외적 상황과 관련된 개념어

① 비극적 상황 : 슬프고 애달픈 일을 당하여 불행한 상황 ㈜ 비통한 상황, 참담한 상황

② 가난한 상황 : 경제적으로 넉넉하지 못하여 어려운 처지에 놓인 상황

가난이야 한낱 남루에 지나지 않는다.

저 눈부신 햇빛 속에 갈매빛의 등성이를 드러내고 서 있는 여름 산 같은 우리들의 타고

난 살결, 타고난 마음씨까지야 다 가릴 수 있으랴.

— 서정주, 「무등을 보며」

---

③ 부정적 상황 : 화자가 바람직하지 못하다고 여기는 상황

④ 암울한 상황 : 암담하고 답답한 현실이 드러난 상황

관련 문제 다음 시에 대한 설명으로 적절하지 않은 것은?

성북동 산에 번지가 새로 생기면서

본래 살던 성북동 비둘기만이 번지가 없어졌다.

새벽부터 돌 깨는 산울림에 떨다가

가슴에 금이 갔다.

그래도 성북동 비둘기는

하느님의 광장 같은 새파란 아침 하늘에

성북동 주민에게 축복의 메시지나 전하듯

성북동 하늘을 한 바퀴 휘 돈다.

성북동 메마른 골짜기에는

조용히 앉아 콩 하나 찍어 먹을

널찍한 마당은커녕 가는 데마다

채석장 포성이 메아리쳐서

피난하듯 지붕에 올라앉아

아침 구공탄 굴뚝 연기에서 향수를 느끼다가

산 1번지 채석장에 도로 가서

금방 따낸 돌 온기에 입을 닦는다. (후략)

— 김광섭, 「성북동 비둘기」

① 갈 곳을 잃은 현대인들의 희망을 보여준다.

② 자연을 위협하는 물질문명의 폭력성을 보여준다.

③ 화자는 부정적 상황에 **비판적 태도**를 보이고 있다.

④ '비둘기'는 인간들에 의해 파괴된 자연을 상징한다.

⑤ 1960년대 이후 급격히 진행된 산업화·도시화가 드러난다.

▶ 정서와 태도

정서: 시에서 화자가 처한 시적 상황에 대해 느끼는 감정

→ 정서는 다소 _____ 이라고 볼 수 있다. 시적 상황에서 화자가 어떤 느낌을 '받느냐'
와 관련돼 있기 때문이다.

태도: 시적 상황에 대한 화자의 대응 방식

→ 태도는 반면 _____ 이다. 같은 시적 상황에서, 비슷한 느낌을 받았대도 다른 대응
방식을 취할 수 있기 때문이다.

1. 화자의 정서와 관련된 개념어

① _____ : 외로움을 느끼는 마음

㈜ 외로움, 외로움의 정서

② _____ : 곁에 없는 대상을 보고 싶은 느낌

넓은 벌 동쪽 끝으로

옛이야기 지줄대는 실개천이 휘돌아 나가고, 얼룩백이 황소가

해설피 금빛 게으른 울음을 우는 곳,

그곳이 차마 꿈엔들 잊힐 리야

• 향수(鄕愁) : 고향을 그리워하는 마음이나 시름.

— 정지용, 「향수」(鄕愁)

③ _____ : 가졌던 것이나 마땅히 가져야 할 것을 잃어버렸을 때의 느낌

모란이 피기까지는,

나는 아직 나의 봄을 기다리고 있을테요. **모란이 뚝뚝 떨어져 버린 날,**

나는 비로소 **봄을 여읜 설움**에 잠길 테요.

— 김영랑, 「모란이 피기까지는」

④ _____ : 인생의 불행, 고통, 고뇌 때문에 마음이 상하고 아픈 느낌

㊒ _____ (슬플慘슬플哀)의 정서, _____ (슬플哀 상처傷)적 정서

> 나는 이 겨울을 누워서 지냈다.
> **사랑하는 사람을 잃어버려**
> 염주처럼 윤나게 굴리던
> 독백도 **끝이 나고**
> 바람도 불지 않아
> **이 겨울 누워서 편하게 지냈다.**
>
> — 문정희, 「겨울 일기」

⑤ _____ 의 정서 : 누군가와 헤어졌을 때 느끼는 감정

⑥ _____ 된 감정 : 외부의 자극을 받아 어떤 **감정의 정도가 심해지거나 폭발될 때** 감정이 고조되었다, 고양되었다고 함.

→ 영탄적 어조/예찬적 어조 비교?

⑦ _____ 의 정서 : 즐겁게 놀 때 발생하는 흥겨운 마음의 상태

> 한 잔 먹세 그려, 또 한 잔 먹세 그려
> 꽃 꺾어 산 놓고 무진 무진 먹세 그려
>
> — 정철의 시조

2. 시의 분위기(작품의 바탕에 깔려 풍겨 나오는 독특한 느낌)와 관련된 개념어

시의 ＿＿＿＿＿＿＿＿ 란 화자가 이별, 대상의 부재(不在: 있지 않음), 괴로운 현실, 내적 고뇌와 같은 시의 상황에 대해 느끼는 다양하고 섬세한 감정으로 인해 작품 바탕에 깔려 나오는 독특한 느낌을 말한다.

① ＿＿＿＿＿＿＿＿ 분위기 : 뜻이 높고 고상하며 존경심을 느끼는 분위기

> **죽는 날까지 하늘을 우러러**
> **한 점 부끄럼이 없기를**
> 잎새에 이는 바람에도
> 나는 괴로워했다.
> **별을 노래하는 마음으로**
> **모든 죽어가는 것을 사랑해야지**
>
> **그리고 나에게 주어진 길을 걸어가야겠다.**
>
> 오늘 밤에도 별이 바람에 스치운다.
>
> — 윤동주, 「서시」

② ＿＿＿＿＿＿＿＿ 분위기 : 슬퍼하고 가슴 아파하는 분위기

③ ＿＿＿＿＿＿＿＿ 분위기 : 조용하고 고요하며 움직이지 않는 느낌을 주는 분위기

㉴ 동적인 분위기

> 하늘로 날을 듯이 길게 뽑은 부연 끝 **풍경이 운다.**
> 처마 끝 곱게 느리운 주렴에 반월(半月)이 숨어
> 아른아른 **봄밤**이 **두견이 소리처럼 깊어 가는 밤**
> 곱아라 고아라 진정 아름다운지고
>
> • 부연 : 처마 끝에 달린 짧은 서까래
> • 풍경 : 처마 끝에 매다는 작은 종
>
> — 조지훈, 「고풍 의상」

④ _____ 분위기 : 공경하는 마음으로 깊이 삼가고 엄숙한 느낌이 나는 분위기

> 나는 **당신의 살아 있는 연필**
> 어둠 속에서도 빛나는 말로 **당신이 원하시는 글을 쓰겠습니다.**
>
> 정결한 몸짓으로 일어나는 향내처럼
> **당신을 위하여 소멸하겠습니다.**
>
> — 이해인, 「살아 있는 날은」

⑤ _____ 분위기 : 시골에서 한가롭고 평화로우며 서정적인 느낌이 나는 분위기

> 깊은 산 허리에 자그만 집을 짓자
> 텃밭엘랑 파 고추 둘레에는 돈부도 심자
> 박꽃이 희게 핀 황혼이면 먼 구름을 바라보자
>
> • 콩의 종류
>
> — 정훈, 「머얼리」

⑥ _____ 분위기 : 고향이나 시골의 정취를 풍기는 분위기

⑦ _____ 분위기 : 현실적인 기초나 가능성이 없고 헛된 것을 생각하게 하는 분위기

> **샤갈의 마을**에는 3월에 눈이 온다.
> 봄을 바라고 섰는 사나이의 관자놀이에
> 새로 돋은 정맥(精脈)이/바르르 떤다.
>
> 바르르 떠는 사나이의 관자놀이에
> 새로 돋은 정맥(精脈)을 어루만지며
> **눈은 수천 수만의 날개를 달고**
> **하늘에서 내려와** 샤갈의 마을의
> 지붕과 굴뚝을 덮는다.

3월에 눈이 오면

샤갈의 마을의 쥐똥만한 겨울 열매들은

다시 올리브빛으로 물이 들고

— 김춘수, 「샤갈의 마을에 내리는 눈」

샤갈 〈나와 마을〉

3. 화자의 태도

시적 대상이나 제시된 상황에 대하여 보이는 화자의 자세 또는 대응 방식을 화자의

_____ 라고 하며, 이는 주로 화자의 _____ 를 통하여 나타난다.

→ 같은 시적 상황에 놓인대도 화자마다 그 상황을 대하는 방식은 천차만별이다. 보통 그럴 때 화자의 태도는 화자가 쓰는 말투에 잘 드러난다.

① _____ (구할求 길道)적 태도 : 진리나 종교적인 깨달음의 경지를 구하는 태도.

삶의 궁극적 이치를 돈이나 권력이 아니라 참된 도리나 종교적 깨달음에서 찾는 것.

암벽을 **더듬는다**

빛을 찾아서 조금씩 움직인다.

결코 쉬지 않는

무명(無明)의 벌레처럼 무명을

더듬는다

— 오세영, 「등산」

② _____ 태도 : 자신의 확고한 목표를 이루어 내려는 태도

그 열렬한 고독 가운데

옷자락을 나부끼고 호올로 서면 운명처럼 반드시 '나'와 대면하게 될지니

하여 '나'란 나의 생명이란

그 원시의 본연한 자태를 다시 배우지 못하거든 **차라리 나는 어느 사구에 회한 없는 백골을 쪼이리라.**

• 沙丘: 모래 언덕 悔恨: 품은 한 白骨: 흰 뼈

— 유치환, 「생명의 서」

③ _____ 의지 : 절망적이거나 어려운 상황을 이겨내려는 굳센 마음

저것은 벽

어쩔 수 없는 벽이라고 우리가 느낄 때

그때,

담쟁이는 말없이 그 벽을 오른다.

물 한 방울 없고, 씨앗 한 톨 살아남을 수 없는

저것은 절망의 벽이라고 말할 때

담쟁이는 서두르지 않고 앞으로 나간다.

한 뼘이라도 꼭 여럿이 함께 손을 잡고 올라간다.

푸르게 절망을 다 덮을 때까지

바로 그 절망을 잡고 놓지 않는다.

— 도종환, 「담쟁이」

④ _____ 의지 : 부조리하거나 부당한 현실과 맞서 싸우려는 의지

㊦ 저항 의지

> 나는 독(毒)을 차고 선선히 **가리라**
> 막음• 날 내 외로운 혼 건지기 위하여
>
> • 마지막
>
> — 김영랑, 「독을 차고」

⑤ _____ 인식 : 상황이나 대상이 옳다고 인정하거나 바람직하다고 받아들이는 태도

㊦ 낙관적 태도 _____ ㊤ 부정적 인식, 비관적 태도

> **오늘도 하루 잘 살았다**
> 굽은 길은 굽게 가고
> 곧은 길은 곧게 가고
> 막판에는 나를 싣고
> 가기로 되어 있는 차가
> 제시간보다 일찍 떠나는 바람에
> 걷지 않아도 좋은 길을 두어 시간
> 땀 흘리며 걷기도 했다
> **그러나 그것도 나쁘지 아니했다**
> **걷지 않아도 좋은 길을 걸었으므로**
>
> — 나태주, 「사는 일」

⑥ _____ 태도 : 세상의 근심, 걱정 등에서 벗어나 초월한 자세를 보이는 태도

> 나 하늘로 돌아가리라
> **아름다운 이 세상 소풍** 끝나는 날,
> 가서, **아름다웠더라고 말하리라**......
>
> — 천상병, 「귀천」

⑦ _____ 태도 : 대상이 가진 좋은 점을 찾아서 그것을 칭찬하는 태도

나무는
실로 운명처럼
조용하고 슬픈 자세를 가졌다

홀로 내려가는 언덕길
그 아랫마을에 등불이 켜이듯
그런 자세로
평생을 산다

철 따라 바람이 불고 가는
소란한 마을 길 위에

스스로 펴는 그 폭넓은 그늘 …

나무는
제자리에 선 채로 흘러가는
천년의 강물이다.

— 이형기, 「나무」

⑧ _____ 의 태도 : 어떤 것을 간절히 그리워하여 그것만을 생각하는 태도

돌담에 속삭이는 햇발같이
풀 아래 웃음짓는 샘물같이
내 마음 고요히 고운 봄 길 위에
오늘 하루 하늘을 우러르고 싶다.

— 김영랑, 「돌담에 속삭이는 햇발같이」

⑨ _____ 와 _____ 의 추구 : 이질적인 것들이 서로 어울려 한 방향을 추구하는 태도

> **꽃도 새도 짐승도 한자리 앉아**, 워어이 워어이 모두 불러 **한자리 앉아 앳되고 고운 날을 누려보리라**
>
> — 박두진, 「해」

⑩ _____ 태도 : 자연을 좋아하고 그것을 즐기는 태도

> 산촌에 눈이 오니 돌길이 무쳐셰라(묻혔구나)
> 시비를 여지 마라, 날 찾을 이 뉘 이시리
> **밤중만(滿) 일편명월(一片明月)이 긔 벗인가 하노라.**
>
> • 시비(柴扉), 사립문
>
> — 신흠의 시조

⑪ _____ 태도 : 지나간 일을 되돌아보며 반성하고 살피는 태도
㊌ _____ 태도

> **생각하면**
> **삶이란**
> **나를 산산이 으깨는 일**
> 눈 내려 세상이 미끄러운 어느 이른 아침에
> 나 아닌 그 누가 마음 놓고 걸어갈
> **그 길을 만들 줄도 몰랐었네, 나는**
>
> — 안도현, 「연탄 한 장」

→ 성찰적 · 반성적 태도와 회고적 · 회상적 태도와의 차이점?
: 성찰적 · 반성적 태도 = 회고적 · 회상적 + **깨달음, 후회 등**

열무 삼십 단을 이고

시장에 간 우리 엄마

안 오시네, 해는 시든 지 오래

나는 찬밥처럼 방에 담겨

아무리 천천히 숙제를 해도

엄마 안 오시네, 배춧잎 같은 발소리 타박타박

안 들리네, 어둡고 무서워

금 간 창틈으로 고요한 빗소리

빈방에 혼자 엎드려 훌쩍거리던

아주 먼 옛날

지금도 내 눈시울을 뜨겁게 하는

그 시절, 내 유년의 윗목

• 윗목: 온돌방의 아궁이에서 먼 쪽, 온도가 매우 차다.

— 기형도, 「엄마 걱정」

→ 화자는 어린 시절을 '추억하고 있다' '그리워한다' (O , X)

⑫ _____ 적 태도 : 옳고 그름을 판단하여 밝히거나 잘못된 점을 따지는 태도

⑬ _____ (懷疑)적 태도 : 믿고 따르려는 태도가 아니라 의심하면서 믿지 않는 태도

땀내와 사랑내 포근히 품긴

보내주신 학비 봉투를 받아

대학 노—트를 끼고

늙은 교수의 강의 들으러 간다.

— 윤동주, 「쉽게 씌어진 시(詩)」

⑭ _____ 적 태도 : 대상을 비웃는 태도

⑮ _____ 적 태도 : 어려운 상황이나 문제를 해결하는 대신 피하고 도망가려는 태도

⑯ _____ 적 태도 : 희망을 버리고 아주 단념하는 태도

> 보름달은 밝아 어떤 녀석은
>
> 껀정이처럼 울부짖고 또 어떤 녀석은 서림이처럼 해해대지만 이까짓 **산 구석에 처박혀**
>
> **발버둥친들 무엇하랴**
>
> 비료값도 안 나오는 농사따위야
>
> 아예 **여편네에게나 맡겨 두고**
>
> 쇠전을 거쳐 도수장 앞에 와 돌 때
>
> **우리는 점점 신명이 난다.**
>
> 한 다리를 들고 날라리를 불거나.
>
> 고갯짓을 하고 어깨를 흔들거나.
>
> — 신경림, 「농무」

→ _____ 는 풍물놀이에 맞춰 힘든 농사일로 인한 피로를 달래는 춤이다. 시인은 이런 즐거운 소재를 가지고 1970년대 급격한 산업화, 도시화 정책으로 인해 _____ 되고 점점 _____ 돼 가는 농촌의 모습을 적나라하게 표현한다.

1) 이까짓 산 구석에 처박혀 발버둥친들 무엇하랴

: 여기서 _____ 가 드러난다. 그래봤자 소용없으리라는 말.

2) 여편네에게나 맡겨두고

: 농사일은 아내에게 맡기고 본인은 춤이나 추겠다는 _____ .

3) 우리는 점점 신명이 난다.

: 정말 신이 난 게 아니라, _____ **(스스로를 비웃는 듯한)**인 웃음에 가깝다. 이런 태도를 차갑게 비웃는 태도, 즉 _____ 라고 부를 수 있다.

⑰ _____ : 어떤 상황을 자신의 운명으로 생각하고 받아들이는 태도

또 내 스스로 화끈 낯이 붉도록 부끄러울 적이며

나는 내 슬픔과 어리석음에 눌리어 죽을 수밖에 없는 것을

느끼는 것이었다.

그러나 잠시 뒤에 나는 고개를 들어

허연 문창을 바라보든가 또 눈을 떠서 높은 천정을 쳐다보는 것인데,

이때 나는 내 뜻이며 힘으로, 나를 이끌어 가는 것이 힘든 일인 것을 생각하고,

이것들보다 더 크고, 높은 것이 있어서, 나를 마음대로 굴려 가는 것을 생각하는 것인데,

이렇게 하여 여러 날이 지나는 동안에, 내 어지러운 마음에는 슬픔이며, 한탄이며, 가라

앉을 것은 차츰 앙금이 되어 가라앉고

— 백석, 「남신의주 유동 박시봉방」

⑱ _____ (觀照)적 태도 : 좀 떨어진 위치에서 거리를 두고 대상을 바라보는 태도

※ 관조(볼 觀 응시할 照) ① 지혜로써 사물의 실상(實相)을 비추어 봄.

② 조용한 마음으로 대상의 본질을 바라봄.

크낙산 골짜기가 온통

연록색으로 부풀어 올랐을 때

그러니까 신록이 우거졌을 때

그 곳을 지나가면서 나는 미처 몰랐었다

뒷절로 가는 길이 온통

주황색 단풍으로 물들고 나뭇잎들

무더기로 바람에 떨어지던 때

그러니까 낙엽이 지던 때도

그곳을 거닐면서 나는 끼지 못했었다

이렇게 한 해가 다 가고

눈발이 드문드문 흩날리던 날

앙상한 대추나무 가지 끝에 매달려 있던

나뭇잎 하나

문득 혼자서 떨어졌다

저마다 한 개씩 돋아나
여럿이 모여서 한여름 살고
마침내 저마다 한 개씩 떨어져
그 많은 나뭇잎들
사라지는 것을 보여 주면서

— 김광규, 「나뭇잎 하나」

▶ 이미지와 상징

(1) 시를 읽을 때 떠오르는 대상의 구체적인 모습이나 움직임, 상태 등을 _____ 라

고 한다. 이는 **추상적 관념**을 형상화하여 제시하고, 특정한 정서를 **환기**한다

- _____ : 눈에 보이지 않는 것

㉤ 사랑, 평화, 행복 등

- _____ : (감각으로 느낄 수 있게) 나타내다

- _____ (부를 喚, 일어날 起) : 감정, 정서, 생각을 불러일으키다.

※ _____ 와 같은 뜻으로 쓰이는 유의어들

→ _____ , 시를 읽을 때 떠오르는 구체적인 모습·움직임·상태

(2) 하나의 감각적 대상을 다른 종류의 감각으로 전이하여 표현한 이미지를

_____ 이미지라고 한다.

1. 감각의 종류와 관련된 개념어

① _____ 이미지 : 시각, 청각, 촉각, 후각, 미각과 같은 인간의 감각과 관련된 이미지

② _____ 이미지 : 맛과 같이 혀를 통해 느낄 수 있는 이미지

㉤ 짭조름한 소금

③ _____ 이미지 : 모양이나 빛깔과 같이 눈을 통해 느낄 수 있는 이미지

㉤ 새빨간 노을 · 푸른 하늘 은하수

④ _____ 이미지 : 소리와 같이 귀를 통해 느낄 수 있는 이미지

㉤ 개굴개굴 개구리, 졸졸졸 흐르는 개울물

⑤ _____ 이미지 : 감촉과 같이 피부를 통해 느낄 수 있는 이미지

㉤ 밥티처럼 따스한 별

⑥ _____ 이미지 : 냄새와 같이 코를 통해 느낄 수 있는 이미지

㉤ 달은 과일보다 싱그럽다

⑦ _____ : 어떤 감각을 다른 종류의 감각으로 바꾸어 표현한 이미지

(_____ 구를轉 옮길移)

예 분수처럼 흩어지는 푸른 종소리 : (_____ 의 _____화)

예 해설피 금빛 게으른 울음 : (_____ 의 _____화)

예 배촛잎처럼 시든 발소리 타박타박 : (_____ 의 _____화)

예 피부의 바깥에 스미는 어둠 _____ : (_____ 의 _____화)

   ↳ 차갑고 달콤한 아이스크림?_____

관련 문제 다음 시에 두드러지게 나타나는 감각적 이미지를 쓰시오.

---

(1)

가난하다고 해서 두려움이 없겠는가,

두 점을 치는 **소리**

방범대원의 호각 **소리**, 메밀묵 사려 **소리**에

눈을 뜨면 멀리 육중한 기계 굴러가는 **소리**.

— 신경림, 「가난한 사랑 노래」

(2)

포플러 나무의 근골 사이로

공장의 지붕은 흰 이빨을 드러내인 채

한 가닥 구부러진 철책이 바람에 나부끼고

그 위에 **셀로판지로 만든 구름**이 하나

— 김광균, 「추일서정」

(3)

나는 한 마리 어린 짐승

젊은 아버지의 **서느런** 옷자락에

열로 상기한 볼을 말없이 부비는 것이었다.

— 김종길, 「성탄제」

---

2. 상징적 이미지와 관련된 개념어

→ _____ 을 통해 여러 가지 의미나 _____ 을 떠올리게 함

① _____ 이미지 : 새로운 대상이 생겨나거나 소망이 이루어지는 느낌을 주는 이미지

> 어둠은 새를 **낳고**, 돌을
> **낳고**, 꽃을 **낳는다.**
> 아침이면,
> 어둠은 온갖 물상을 돌려 주지만
> 스스로는 땅 위에 굴복한다.
>
> — 박남수, 「아침 이미지1」

'치킨을 먹었다'→ 기분이 좋을까 나쁠까?

• **눅눅한** 치킨을 **억지로** 먹었다 - 기분 _____ .
• **바삭한** 치킨을 **허겁지겁** 먹었다 - 기분 _____ .

② _____ 이미지 : 기존의 대상이 사라지거나 소망이 좌절되는 느낌을 줌 (기대감의 좌절도 포함)

> **저무는** 역두에서 너를 **보냈다.**
> **비애**(悲哀)야!
> 개찰구에는
> **못 쓰는** 차표와 함께 찍힌 **청춘의 조각**이 흩어져 있고
> **병든** 역사(歷史)가 화물차에 **실리어 간다.**
>
> — 오장환, 「The Last Train」

③ _____ 이미지 : 낮은 데서 높은 데로 올라가는 느낌을 주는 이미지

> 산호도 섬도 없는 저 하늘로
> **나를 밀어 올려다오**
> 채색한 구름같이 나를 **밀어 올려다오.**
> 이 울렁이는 가슴을 **밀어 올려다오!**
>
> • 추천(鞦韆) : 그네 타기
>
> — 서정주, 「추천사」

④ _____ 이미지 : 높은 데서 낮은 데로 내려오는 느낌을 주는 이미지

> 관이 **내렸다.** 깊은 가슴 안에 밧줄로 **달아 내리듯.**
> 주여
> 용납하소서.
> 머리맡에 성경을 얹어주고
> 나는 옷자락에 **흙을 받아 좌르르 하직**했다.
>
> • 하직 : 작별 인사
>
> — 박목월, 「하관」

> 산꿩도 섧게 울은 슬픈 날이 있었다.
> 산절의 마당귀에 **여인의 머리오리가 눈물 방울과 같이 떨어진 날**이 있었다.
>
> — 백석, 「여승」

→ 두 개를 합쳐서 _____

⑤ _____ 이미지 : 힘차게 움직이는 느낌을 주는 이미지

> 모든 산맥들이
> 바다를 연모해 **휘**달릴 **때**에도
> 차마 이 곳을 범하던 못하였으리라.
>
> — 이육사, 「광야」

⑥ _____ 과 _____ 의 이미지 : 시어나 시구가 어둠과 추위의 의미를 떠올리게 하는 이미지

> 울엄매의 장사 끝에 남은 고기 몇 마리의
> 빛 발(發)하는 눈깔들이 속절없이
> **은전(銀錢)만큼 손 안 닿는 한(恨)**이던가.
> 울엄매야 울엄매,
>
> **별밭**은 또 그리 멀리
> 우리 오누이의 머리 맞댄 골방 안 되어
> **손시리게 떨던가 손시리게 떨던가.**
>
> — 박재삼, 「추억에서」

→ 이 시는 어둠과 추위의 이미지를 통해 가난하던 어린 시절을 나타내고 있다. (O , X)

관련 문제 다음 시에 대한 설명으로 적절하지 않은 것은?

> 첩첩 산중에도 없는 마을이 여긴 있습니다. 잎 진 사잇길, 저 모래둑, 그 너머 강기슭에서도 보이진 않습니다. 허방다리 들어내면 보이는 마을.(_____ 심상)
>
> 갱(坑) 속 같은 마을. 꼴깍, 해가, 노루꼬리 해가 지면 집집마다 봉당에 불을 켜지요.(_____ 심상) 콩깍지, 콩깍지처럼 후미진 외딴집, 외딴집에도 불빛은 앉아 이슥토록 창문은 모과(木瓜)빛입니다.(_____ 심상)
>
> 기인 밤입니다. 외딴집 노인은 홀로 잠이 깨어 출출한 나머지 무를 깎기도 하고 고무를

깎다, 문득 바람도 없는데 시나브로 풀려 풀려 내리는 짚단, 짚오라기의 설레임을 듣습
니다.(_____ 심상) 귀를 모으고 듣지요. 후루룩 후루룩(_____ 심상) 처마깃에
나래 묻는 이름 모를 새, 새들의 온기(溫氣)(_____ 심상)를 생각합니다. 숨을 죽이고
생각하지요.

참 오래오래, 노인의 자리맡에 밭은 기침소리(_____심상)도 없을 양이면 벽 속에서 겨
울 귀뚜라미는 울지요. 떼를 지어 웁니다, 벽이 무너지라고 웁니다. (_____ 심상)
어느덧 밖에는 눈발이라도 치는지, 펄펄 함박눈이라도 흩날리는지, 창호지 문살에 돋는
월훈(月暈)(_____심상)

• 봉당 : 안방과 건넌방 사이의 마루를 놓을 자리에 마루를 놓지 않고 흙바닥을 그대로 둔 곳.
• 시나브로 : 모르는 사이에 조금씩.
• 월훈 : 달무리. 달 옆에 모인 구름들을 뜻함.

— 박용래, 「월훈」

① **감각적 이미지**의 사용이 두드러진다.

② **경어체의 사용**으로 **정감의 깊이**를 더해준다.

③ **향토적 서정**을 불러일으키는 **토속어**를 사용하였다.

④ 다양한 **심상**을 통해 외딴 집의 분위기를 나타냈다.

⑤ 노인의 고독한 삶을 통해 **소외된 현대인들의 모습**을 보여 준다.

※ 지역 방언 = 사투리

→ 향토적, 토속적 정감을 자아내는 어휘라고 볼 수 있음.

※ 비속어 = 속된 말

→ 이 말 하나로는 향토적, 토속적 정감을 자아낸다고 단정할 수 없다.

→ 그렇다면 비속어와 사투리를 문학 작품에 사용했을 때의 효과는?

→ _____ 과 _____을 느낄 수 있다는 장점이 있다.

3. 상징과 관련된 개념어

① _____ 상징 : 특정 문화 안에서 이미 의미가 고정되어있는 상징 유 전통적 상징, 제도적 상징, 관습적 표현

눈 맞아 휘어진 **대**를 뉘라서 굽다던고

굽을 절이면 눈 속에서 푸를소냐

아마도 **세한**(歲寒 매서운 추위)**고절**(孤節 홀로 지키는 지조와 절개)은 너뿐인가 하노라.

— 원천석, 「눈 맞아 휘어진 대를」

→ 이 시에서 '대'는 대나무로 _____ 를 상징한다. 겨울에도 그 푸른 빛이 여름과 다름없기 때문이다. 그런데 다른 시조에 나오는 '대'도 대부분 마찬가지로 _____ 를 상징하는 소재로 나온다.

★ 이 틈에 정리하고 가는 대표적인 관습적 상징 : 사군자(四君子)

고결함이 마치 군자와 같다하여 계절마다 유교적인 이상(충, 효, 절개)을 상징하는 소재로 쓰인 식물들 4개는 꼭 알아두자.

- 봄 : 이른 봄, 눈이 다 녹지 않았음에도 불구하고 가장 먼저 꽃피워 진한 향을 뿜는 _____ 梅

- 여름 : 깊은 계곡에서도 꽃을 피워내는 _____ 蘭

- 가을 : 서리가 내리는 추운 가을에도 꽃을 피워내는 _____ 菊

- 겨울 : 겨울이나 여름이나 그 푸른 빛이 변함없는 _____ 竹

② _____ 상징 : 시인에 의해 독창적인 의미를 부여받은 상징. 개인적 상징은 오
ⓤ 문학적 상징, 창조적 상징　로지 그 시에서만 참신한 의미로 사용되기 때문에 그 의미를 파

악하려면 상당한 노력을 기울여야 한다.

> **모란**이 피기까지는 나는 기다릴테요, 나의 봄을.
>
> — 김영랑, 「모란이 피기까지는」

③ _____ 상징 : 역사, 종교, 신화에서 되풀이되어 나타나 **인간의 잠재의식에 담
긴 원초적 이미지**로 인류 **공통**적인 **보편성**을 갖는다. 원형적 상징은 오랜 역사 속에서 겪은
조상의 경험이 전형화되어 계승된 결과물이라 할 수 있다.

- 물 : 생명, 재생, 정화, 죽음
- 불 : 상승의 에너지, 열정, 정열적인 사랑, 소멸과 파괴

> **해**야 솟아라, **해**야 솟아라, 말갛게 씻은 얼굴 고운 **해**야 솟아라.
>
> — 박두진, 「해」

→ 여기서 해? : _____ 과 _____, _____ 을 주로 상징하는
데 위 시에서도 어두웠던 시절을 몰아내고 새로운 시대로 넘어가는 과정을 밝혀주는 소재로
등장한다.

▶ 시상 전개 방식

시인은 시상을 효과적으로 표현하기 위해 소재나 시구 등을 일정한 질서와 규칙에 따라 배열하는데 이것을 _____ 이라고 한다.

㉠ 시상 전개 과정, 시상의 흐름, 시의 구성 방법, 시상을 떠올린 과정, 시상의 진행

→ 시상을 너무 어렵게 생각하지 말자. **시상**은 '_____'이다. 그래서 시상의 전개라 하면 다른 게 아니라, **시인의 생각이 어떻게 써지고 있는지**에 관한 것이므로 그냥 **시 자체의 흐름을 두고 문학 개념어는 무엇이라 하는지**를 묻는다고 보면 된다.

1. **시상의 흐름**과 관련된 개념어

① 시상의 _____ : 시상이 한곳에 모여서 강렬한 인상을 남김. 시상이 이어지다가 어느 한 지점에서 집중적으로 모여서 주제를 형상할 수 있는 기반을 닦는 것.

> 열무 삼십 단을 이고
> 시장에 간 우리 엄마
> 안 오시네, 해는 시든 지 오래
> 나는 찬밥처럼 방에 담겨
> 아무리 천천히 숙제를 해도
> 엄마 안 오시네, 배춧잎 같은 발소리 타박타박
> 안 들리네, 어둡고 무서워
> 금 간 창틈으로 고요한 빗소리
> 빈방에 혼자 엎드려 훌쩍거리던
>
> 아주 먼 옛날
> 지금도 내 눈시울을 뜨겁게 하는
> 그 시절, 내 유년의 윗목
>
> • 윗목: 온돌방의 아궁이에서 먼 쪽, 온도가 매우 차다.
>
> — 기형도, 「엄마 걱정」

→ 윗목은 아랫목에 비해 훨씬 추운 공간이다. 여기서 화자는 1연에서 본인의 가난하고 외롭고 쓸쓸했던 어린 시절을 떠올리고 있는데 이 모든 화자의 생각과 감정들이 _____ 이라

는 시어 하나에 모여서 응축돼 있다. 빈방에서 홀로 시장에 간 엄마를 기다리던 외로운 어린 시절을 윗목이라는 어휘 하나가 강렬하게 보여주는 셈이다.

② 시상의 _____ : 시상이 점점 크게 범위를 넓혀 가거나 의식의 범위가 확대됨.
시인이 미처 깨닫지 못한 삶의 면을 보여줄 수 있음.

나는 떠난다. 청동의 표면에서

일제히 날아가는 **진폭의 새**가 되어

광막한 하나의 울음이 되어

하나의 소리가 되어

— 박남수, 「종소리」

지는 낙엽에 누이동생의 **무덤 앞에서 지난날을 회상**하니 **애달픔과 미안함**에 **통곡**할 수밖에 없구나.

— 월명사, 「제망매가」 변형

---

③ 시상의 _____ : 하나의 주제를 중심으로 시의 제재나 정서들이 집중됨

④ _____ : 하나의 이미지를 출발점으로 삼아 **관련된 다른 관념으로 꼬리에 꼬리를 무는** 방식으로 전개됨. 머릿속에 떠오르는 생각을 따라가며 시를 전개하는 방법.

피아노에 앉은

여자의 두 손에서는

끊임없이

열 마리씩

스무 마리씩

신선한 물고기가

튀는 빛의 꼬리를 물고

쏟아진다. 나는 바다로 가서 가장 신나게 시퍼런

파도의 칼날 하나를

집어 들었다.

— 전봉건, 「피아노」

→ 원숭이 엉덩이는 빨개, 빨간 건 사과, 사과는 맛있어, 맛있는 건 바나나, 바나나는 길어, 긴 것은 기차…

2. 정형적 구조와 관련된 개념어

① _____ : 시상 제기-시상 심화-시상 전환-중심 생각 제시로 이어지는 시상 전개 방식.

→ 어떤 계기가 있어서 시상을 일으키고(_____ 起), 시상을 발전시켰다가 (_____ 承), 한번 뒤집고(_____ 轉) 이어 결말을 짓는 (_____ 結) 순서로 전개한다.
: 보통은 _____ 이 어디인지를 묻는 문제가 출제된다.

매운 계절(季節)의 채찍에 갈겨

마침내 북방(北方)으로 휩쓸려 오다.

하늘도 그만 지쳐 끝난 고원(高原)

서릿발 칼날진 그 위에 서다.

어데다 무릎을 꿇어야 하나

한 발 재겨 디딜 곳조차 없다.

이러매 눈 감아 생각해 볼밖에

겨울은 강철로 된 무지갠가 보다.

— 이육사, 「절정」

→ 여기서 1-2연은 _____ , 3연이 _____ 에 해당한다. 눈앞의 어려움이 심화되는 상황이므로. 이어서 4연의 1행, 눈 감아 생각하는 부분이 _____ 에 해당한다. 이를 계기로 _____ (겨울)은 이처럼 어려운 시기를 이겨내고 얻은 _____ (광복)가 강철과도 같이 단단하리라는 믿음을 도리어 강하게 만들어준다는 점을 알 수 있다.

관련 문제 다음 시에서 시상의 전개가 전환되는 부분으로 적절한 것은?

> ㉠님은 갔습니다. 아아, 사랑하는 나의 님은 갔습니다.
>
> ㉡푸른 산빛을 깨치고 단풍나무 숲을 향하여 난 작은 길을 걸어서 차마 떨치고 갔습니다.
>
> 황금의 꽃같이 굳고 빛나던 옛 맹세는 차디찬 티끌이 되어서 한숨의 미풍에 날아갔습니다.
>
> 날카로운 첫 키스의 추억은 나의 운명의 지침을 돌려놓고 뒷걸음쳐서 사라졌습니다.
>
> ㉢나는 향기로운 님의 말소리에 귀먹고 꽃다운 님의 얼굴에 눈멀었습니다.
>
> 사랑도 사람의 일이라 만날 때에 미리 떠날 것을 염려하고 경계하지 아니한 것은 아니지만 이별은 뜻밖의 일이 되고 놀란 가슴은 새로운 슬픔에 터집니다.
>
> ㉣그러나 이별을 쓸데없는 눈물의 원천을 만들고 마는 것은 스스로 사랑을 깨치는 것인 줄 아는 까닭에 **걷잡을 수 없는 슬픔의 힘을 옮겨서 새 희망의 정수박이에 들이부었습니다.**
>
> 우리는 만날 때에 떠날 것을 염려하는 것과 같이 떠날 때에 다시 만날 것을 믿습니다.
>
> ㉤아아, 님은 갔지마는 나는 님을 보내지 아니하였습니다.
>
> 제 곡조를 못이기는 사랑의 노래는 침묵을 휩싸고 돕니다.
>
> — 한용운, 「님의 침묵」

① ㉠　　　② ㉡　　　③ ㉢　　　④ ㉣　　　⑤ ㉤

② _____ : 앞부분에서 풍경을 보여 주고 뒷부분에서 화자의 정서를 표출하는 시상 전개 방식

> **여수 밤바다** 이 조명에 담긴 아름다운 얘기가 있어
>
> 네게 들려주고파 전활 걸어 뭐하고 있냐고
>
> 나는 지금 여수 밤바다, 여수 밤바다
>
> **이 바다를 너와 함께 걷고 싶어**
>
> — 장범준, 「여수 밤바다」

③ _____ : 시의 처음과 끝을 동일하거나 유사한 시구로 구성하는 방식

(_____ , _____ 과 동의어)

→ **효과**(3) : _____ , _____ , _____ (암기!!)

> **엄마야 누나야 강변 살자**
> 뜰에는 반짝이는 금모랫빛
> 뒷문 밖에는 갈잎의 노래
> **엄마야 누나야 강변 살자**
>
> — 김소월, 「엄마야 누나야」

3. 시간의 흐름과 관련된 개념어

① _____ 의 변화 : 시대의 흐름에 따른 시상 전개

> **까마득한 날**에
> 하늘이 처음 열리고
> 어데 닭 우는 소리 들렸으랴
>
> **모든 산맥들이**
> **바다를 연모해 휘달릴 때도**
> 차마 이곳을 범(犯)하던 못하였으리라
>
> **끊임없는 광음**(光陰)**을**
> **부지런한 계절이 피어선 지고**
> 큰 강물이 비로소 길을 열었다
> 지금 눈 내리고
> 매화 향기 홀로 아득하니
> 내 여기 가난한 노래의 씨를 뿌려라.
> 다시 **천고**(千古)**의 뒤**에
> 백마 타고 오는 초인(超人)이 있어
> 이 광야에서 목놓아 부르게 하리라
>
> — 이육사, 「광야」

② _____ 의 변화 : 계절의 흐름에 따른 시상 전개

가야할 때가 언제인가를

분명히 알고 가는 이의

뒷모습은 얼마나 아름다운가.

봄 한철

격정을 인내한

나의 사랑은 **지고 있다.**

분분한 **낙화...**

결별이 이룩하는 축복에 싸여

지금은 가야할 때

무성한 **녹음**(우거질綠 그늘陰)과 그리고

머지않아 열매 맺는

가을을 향하여

나의 청춘은 꽃답게 죽는다. (후략)

— 이형기, 「낙화」

③ _____ 의 변화 : 아침-낮-저녁-밤의 흐름에 따른 시상 전개

논밭 갈아 기음매고 베잠방이 대님쳐 신들메고

낮 갈아 허리에 차고 도끼 벼려 둘러매고 무림산중(茂林山中) 들어가서 삭정이 마른 섶을

베거니 버히거니 지게에 짊어 지팡이 받쳐 놓고 샘을 찾아가서 **점심** 도시락 부시고

곰방대를 톡톡 떨어 잎담배 피어 물고 콧노래에 졸다가

석양이 재 넘어갈 제 어깨를 추키면서 긴소리 짧은소리 하며 어이 갈꼬 하더라

• 기음매고: 김매고, 잡초를 뽑고
• 대님: 바짓가랑이의 발회목 부분을 매는 끈.
• 신들메고 : 신이 벗어지지 않도록 발에 잡아매고.
• 부시고 : 다 비우고.
• ~제 : ~할 때

— 작자 미상 시조

4. 이동과 관련된 개념어

① _____ 의 이동 : _____ 가 바뀜에 따라 시상을 전개해 나가는 방법

> 누군가 나에게 물었다. 시가 뭐냐고
> 나는 시인이 못됨으로 잘 모른다고 대답하였다.
> **무교동**과 **종로**와 **명동**과 **남산**과
> **서울역 앞**을 걸었다.
> 저녁녘 **남대문 시장** 안에서
> 빈대떡을 먹을 때 생각나고 있었다.
>
> — 김종삼, 「누군가 나에게 물었다」

② _____ 의 이동 : _____ 에 따라 시상을 전개해 나가는 방법

> 파르란 구슬빛 바탕에 자주빛 호장을 받친 **호장저고리**
> 호장저고리 **하얀 동정**이 환하니 밝도소이다.
> 살살이 퍼져 내린 곧은 선이 스스로 돌아 곡선을 이루는 곳
> 열두 폭 기인 **치마**가 사르르 물결을 친다.
> 치마 끝에 곱게 갑춘 **운혜당혜**
> 발자취 소리도 없이 대청을 건너 살며시 문을 열고, 그대는 어느 나라의 고전을 말하는
> 한 마리 호접(胡蝶 : 나비)
>
> • 운혜 : 앞코에 구름무늬가 있는 여성용 가죽신발
> • 당혜 : 앞뒤에 덩굴무늬가 있는 여성용 가죽신발
>
> — 조지훈, 「고풍 의상」

→ 공간이 이동하면? 당연히 시선은 이동하게 된다. 눈을 빼놓고 움직일 수는 없으니 말이다. 헌데 시선의 이동이라고 해서 반드시 공간의 이동이라고는 할 수 없다는 점(장소를 옮기지 않았다면) 명심하세요.

③ _____ (近境)에서 _____ (遠景)으로 시선의 이동

: 시선이 가까운 곳에서 먼 곳으로 이동하는 경우

> **들길**은 마을에 들자 붉어지고
>
> **마을 골목**은 들에 내려서자 푸르러졌다.
>
> 바람은 넘실 천이랑 만이랑
>
> 이랑이랑 햇빛이 갈라지고
>
> 보리도 허리통이 부끄럽게 드러났다. (중략)
>
> 얇은 단장하고 아양 가득 차 있는
>
> **산봉우리**야 오늘밤 너 어디로 가버리련
>
> — 김영랑, 「오월」

④ _____ (遠景)에서 _____ (近境)으로 시선의 이동

: 시선이 먼 곳에서 가까운 곳으로 이동하는 경우

> **설악산 대청봉에 올라** (중략)
>
> 다만 무릎께까지라도 다가오고 싶어
>
> 안달이 나서 몸살을 하는 바다를 내려다보니
>
> 온통 세상이 다 보이는 것 같고
>
> 또 세상살이 속속들이 다 알 것도 같다
>
> 그러다 **속초에 내려와 하룻밤을 묵으며**
>
> **중앙시장 바닥**에서 다 늙은 함경도 아주머니들과
>
> 노령노래 안주해서 소주도 마시고
>
> 피난민 신세타령도 듣고 (중략)
>
> 세상은 아무래도 산 위에서 보는 것과 같지만은 않다.
>
> • 노령노래 : 함경도 지방의 민요.
>
> — 신경림, 「장자를 빌려 - 원통에서」

5. 강조와 관련된 개념어

① _____ 강조 : 화자의 정서나 시적 상황을 점점 강하게 하거나 크게 하는 방법.
의미가 점차 넓어지고 강해진다.

> 벽 속에서 **겨울 귀뚜라미는 울지요. 떼를 지어** 웁니다, **벽이 무너지라고** 웁니다.
>
> — 박용래, 「월훈」

㋫ _____ : 점층법과 반대되는 개념으로 점차 의미를 작아지고 좁아지고 약해지
게 하는 기법이다.

> 천하를 태평하게 하려거든 먼저 그 나라를 다스리고, 나라를 다스리려면 그 집을 바로
> 잡으며, 집을 바로잡으려면 그 몸을 닦을지니라.

② _____ : 같거나 비슷한 문장의 짜임을 반복하는 방법

> 벚꽃 지는 **걸 보니** 푸른 솔 **좋아**
> 푸른 솔 좋아하**다 보니** 벚꽃마저 **좋아**
>
> — 김지하, 「새봄」

6. 대조와 관련된 개념어

두 대상의 _____ 으로써 그 상태나 흥취를 _____ 드러내는 시상 전개
방법이다. _____ 으로 시가 전개된다.

① _____ : 소재의 이미지를 대칭적으로 설정하고 대비를 중심으로 전개하는 방법

> **풀**이 눕는다.
> **바람**보다도 더 빨리 눕는다.
> 바람보다도 더 빨리 울고
> 바람보다도 먼저 일어난다.

> 날이 흐리고 풀이 눕는다.
> 발목까지
> 발밑까지 눕는다.
> 바람보다 늦게 누워도
> 바람보다 먼저 일어나고
> 바람보다 늦게 울어도
> 바람보다 먼저 웃는다.
> 날이 흐리고 풀뿌리가 눕는다.
>
> ― 김수영, 「풀」

② _____과 _____의 대조 : 자연과 인간의 삶을 대칭적으로 설정하고 대비를 중심
으로 전개하는 방법

③ _____와 _____의 대조 : 과거의 상황과 현재의 상황을 대칭적으로 설정하고 대비
를 중심으로 전개하는 방법

> 오백 년 도읍지(都邑地)를 필마(匹馬)로 돌아드니,
> **산천은 의구(依舊)하되 인걸(人傑)은 간 데 없다.**
> 어즈버, **태평연월(太平烟月)이 꿈이런가 하노라.**
>
> • 의구(依舊)하되 : 옛날과 다름없지만
>
> ― 길재의 시조

> 산천은 의구(依舊)하되 인걸(人傑)은 간 데 없다.

→ 산천은 옛날과 다름없이 변함없지만, 함께 일했던 걸출한 인재들은 죽거나 혹은 새로운 조
선의 신하가 되어버렸다. 무한하고 절대적인 자연과, 유한하며 변화하는 인간을 대조하므로
_____라고 볼 수 있다.

> **어즈버, 태평연월(太平烟月)이 꿈이런가 하노라.**

→ 앞에 있는 어즈버, 는 아아! 와 같은 _____ 다. 아아! 태평했던 그 시절이 꿈이었는가 한다. 라는 뜻이다. 고려 왕조가 융성했던 바로 그 시절(과거)을 알고 있던 길재가 멸망한 왕조(현재)의 모습을 바라보면서 씁쓸함을 느끼는 부분이다. _____ 로 볼 수 있다.

④ _____ 의 대조 : 색채를 대칭적으로 설정하고 대비를 중심으로 전개하는 방법

> **어두운 방 안엔**
> **바알간 숯불이 피고,**
>
> 외로이 늙으신 할머니가
> 애처로이 잦아드는 어린 목숨을 지키고 계시었다.
>
> 이윽고 눈 속을
> 아버지가 약(藥)을 가지고 돌아오시었다.
>
> **아, 아버지가 눈을 헤치고 따 오신**
> **그 붉은 산수유 열매—.**
>
> — 김종길, 「성탄제」

→ 1연에서 어두운 (검은색), 바알간 (붉은색)은 _____과 _____ 의 색채대비로 볼 수 있으며
→ 4연에 나오는 눈(흰색)과 산수유 열매(붉은색)는 _____과 _____ 의 색채대비라고 할 수 있다.

⑤ _____ 의 대조 : 계절을 대칭적으로 설정하고 대비를 중심으로 전개하는 방법

> **겨울**은.
> 바다와 대륙 밖에서
> 그 **매운 눈보라**를 몰고 왔지만
> 이제 올

너그러운 <u>봄</u>은, 삼천리 마을마다
우리들 가슴속에서
움트리라

— 신동엽, 「봄은」

▶ 표현

시인이 언어를 통해 시상(시인의 생각)을 구체적으로 표출하는 것

1. 시어의 특성과 관련된 개념어

① _____ : 시상과 감정을 드러내는 데 사용된 구체적 사물

② _____ : 시에 나타나는 사상이나 감정을 표현하는 구체적인 사물

㊌ 매개체 → ① **객관적 상관물**과 비슷한 개념.

> 유리에 차고 슬픈 것이 어른거린다.
>
> 열없이 붙어 서서 입김을 흐리우니
>
> 길들은 양 언 날개를 파다거린다.
>
> 지우고 보고 지우고 보아도
>
> 새까만 밤이 밀려나가고 밀려와 부딪치고
>
> **물먹은 별**이, 반짝, 보석처럼 박힌다.
>
> 밤에 홀로 유리를 닦는 것은
>
> 외로운 황홀한 심사이어니,
>
> 고운 폐혈관이 찢어진 채로
>
> 아아, 늬는 산새처럼 날아갔구나!
>
> — 정지용, 「유리창1」

→ 이 시에서 '_____'은 눈물 맺힌 화자의 눈에 비친 아이의 영상으로, 자식 잃은 아버지(정지용 시인은 어린 아들을 폐결핵으로 일찍 잃은 뒤 이 시를 썼다)의 슬픔을 표현하는 _____ / _____ 이다. 시에서는 시인의 생각(시상)과 감정을 직접적으로 서술하는 대신 구체적인 사물을 통해 간접적으로 나타내는 경우가 많다. 이때 사용된 구체적인 사물을 객관적 상관물(혹은 매개물)이라고 한다.

*매개 (媒介) ① 사람 혹은 사물 사이에서 양편의 관계를 맺어 줌. ㊌ 화폐는 물품 교환을 ~하는 역할을 한다.

▸ _____ : 화자의 감정이 사물에 스며들어 간 것을 투영이라고 한다.

> 붉은 해는 서산 마루에 걸리었다.
> **사슴의 무리도 슬피 운다.**
> 떨어져 나가 앉은 산 위에서
> 나는 그대의 이름을 부르노라.
>
> — 김소월, 「초혼」

※ **객관적 상관물**(혹은 매개물)은 ⊙ _____ , ⓛ _____ ,

ⓒ _____ 등의 형태로 나타난다.

⊙ _____ : 화자를 대리하는 사람 혹은 사물

→ 화자가 다른 사물/사람을 통하여 '이걸 나라고 생각했으면 한다.'는 식으로 표현하는 말이

나와야 대리물이라고 정확하게 말할 수 있다.

> **묏버들** 가려 꺾어 보냅니다 임에게
> 주무시는 창 밖에 심어 두고 보세요.
> 간밤에 새 잎 나거든 **날인가 여기소서.**
>
> — 홍랑의 시조

ⓛ _____ : 화자의 정서를 촉발하거나 고조시키는 사물. 외부에서 작용을 주어 감

정이 강하게 표출되게 해주는 사물. 시에서는 어떤 사물이 화자를 건드려서 감정을 촉발(생

기게)하거나, 고조(절정에 다다르게)시키는 경우를 말한다.

> 펄펄 나는 저 **꾀꼬리**는 암수 서로 정다운데
> **외로운 이내 몸**은
> 뉘와 함께 돌아갈꼬.
>
> — 유리왕, 「황조가」

ⓒ _____ : 화자의 감정을 투영시켜 화자와 동일시하는 사물

화자는 자신의 감정을 어떤 사물에 투영시킬 수 있다. **사물에 화자의 감정을 불어넣어 그**

사물과 화자가 서로 통한다고 느낄 때 그 사물을 감정 이입물이라고 한다. (→대리물과 구별)

> 혼자라도 가쁘게나 가자
>
> 마른 논을 안고 도는 착한 도랑이
>
> 젖먹이 달래는 노래를 하고, **제 혼자 어깨춤만 추고** 가네
>
> — 이상화, 「빼앗긴 들에도 봄은 오는가」

→ 화자가 흥겨우니 도랑도 어깨춤을 춘다고 표현함. 화자의 감정이 '도랑'이라는 사물에 이입되었다.

> 천만 리 머나먼 길에 **고운 임 여의옵고**
>
> 내 마음 둘 데 없어 냇가에 앉으니,
>
> **저 물도 내 마음과 같아서 울며** 밤길 가는구나.
>
> — 왕방연의 시조

→ 왕방연은 단종이 왕위에서 쫓겨나 영월로 유배를 갈 때 그를 호위했던 신하다. 하루 아침에 작은 아버지인 수양대군(후에 세조) 의해 왕위를 빼앗기고 초라한 집에 머물게 된 단종을 보고 돌아오는 길에 이 시조를 지었다고 전한다.

③ _____ : 시인의 정서나 생각을 간결하고 짧은 형태로 표현하는 시어의 특성

㊀ _____

산문은 글쓴이의 의견이나 느낌을 하나 이상의 제대로 된 문장으로 표현한다. 그러나 **시는 시인의 정서와 사상을 짧고 간결한 언어로 표현**한다.

> **연탄재**, 함부로 발로 차지 마라
>
> 너는 누구에게 한 번이라도 따뜻한 사람이었느냐?
>
> — 안도현, 「너에게 묻는다」

→ **연탄?**

시인은 스스로를 불태워 주위를 따스하게 하고, 타고 남은 연탄재로는 빙판길을 미끄럽지 않

게 해주는 연탄을 보면서 이타적인 삶을 살아가는 존재를 떠올린다. 따라서 **연탄이라는 어휘** 안에 ＿＿＿＿＿＿＿ **삶을 살아야 한다는 시인의 정서, 사상이** ＿＿＿＿＿＿＿ **되어 담 겨있는 셈**이다.

⑦ ＿＿＿＿＿＿＿ : 다양한 의미를 동시에 표현하는 시어의 특성

㉠ ＿＿＿＿＿＿＿

일상의 언어는 대개 한 가지 의미를 충실히 표현하지만, 시어는 한 가지 의미만 표현하지 않기 때문에 다양한 해석이 가능하다. 시인은 시어의 함축성을 통하여 **하나의 시어로도 효과적으로 많은 의미**를 표현할 수 있다.

> 한 송이의 **국화꽃**을 피우기 위해
> 봄부터 소쩍새는
> 그렇게 울었나 보다.
>
> — 서정주, 「국화 앞에서」

→ **국화꽃?**

여기서는 원숙한 인간상이라는 의미를 지니지만, 수험생에게는

을, 험한 인생을 살아가고 있는 사람에게는 삶의 목표/ ＿＿＿＿＿＿＿ 이라는 의미 등으로 해석할 수 있다.

★ **압축과 함축의 관계?**

시인이 시어를 고를 때는 '시상을 ＿＿＿＿＿＿＿ **'해서 쓴다고 하고, 그렇게 쓰인 시어를 독자가 보고 해석할 때는 '시어가** ＿＿＿＿＿＿＿ **,   하는 뜻을 파악'**한다고 한다. 그러니 잘 구별해서 알아두자.

⑧ ＿＿＿＿＿＿＿ : 의성어나 의태어를 사용하여 사물의 소리나 모양을 흉내 낸 시어

- 의성어 : 사물의 ＿＿＿＿＿＿＿ 를 흉내 낸 시어   ＿＿＿＿＿＿＿   ㉞ 졸졸졸, 개굴개굴
- 의태어 : 사물의 ＿＿＿＿＿＿＿ 을 흉내 낸 시어   ＿＿＿＿＿＿＿   ㉞ 무럭무럭, 쑥쑥

⑨ ＿＿＿＿＿＿＿ : 색깔을 직접적으로 나타내는 시어

얇은 사(絲) **하이얀** 고깔은

고이 접어서 나빌레라

파르라니 깎은 머리

박사(薄紗) 고깔에 감추오고

— 조지훈, 「승무」

→ 위 시에서 색채어는? _____ , _____

※ _____ : 색깔을 **연상시키는** 시어

하늘 밑 푸른 바다가 가슴을 열고

흰 돛단배가 곱게 밀려서 오면

내가 바라던 손님은 고달픈 몸으로

청포를 입고 찾아온다고 했으니

내 그를 맞아 이 포도를 따 먹으면

두 손은 함뿍 적셔도 좋으련

아이야 우리 식탁엔 **은쟁반**에

하이얀 모시 수건을 마련해 두렴

— 이육사, 「청포도」

→ 색채 이미지를 나타내는 시어

: _____ , _____ , _____

→ 색채어

: _____ , _____ , _____ , _____ , _____ ,

⑩ _____ (부를 喚 일어날 起) : 어떤 느낌을 느끼게 하거나 어떤 모습을 머릿속
에 불러일으킴. _____

→ 중요해서 한 번 더 넣었다. 창문 열어서 시키는 그 환기랑 음만 같고 뜻은 완전히 다르니 잘
알아두자.

2. 비유와 관련된 개념어

 비유는 시인이 <u>나타내고자 하는 것</u>(원관념)을 <u>이와 유사한 다른 것</u>(보조 관념)에 빗대어 표현하는 것을 말한다. 비유는 추상적인 정서나 사상을 효과적으로 표현하는 시의 기법이다. 시인은 직유, 은유, 활유, 의인 등 여러 가지 비유를 사용할 수 있다.

① ＿＿＿＿＿＿＿ : A는 B와 같다는 식으로 어떤 대상을 나타내기 위해 비슷한 성질을 가진 대상을 직접 끌어다가 견주는 비유

→ ~와 같이, ~처럼, ~인 듯, ~인 양 등과 같이 직유라는 것을 알려주는 ＿＿＿＿＿＿＿ 가 분명하게 등장해야 한다.

> 나의 지식이 독한 회의(의심을 품음)를 구하지 못하고
> 내 또한 삶의 애증(슬픔과 증오)을 다 짐지지 못하여
> **병든 나무처럼** 생명이 부대낄 때
> 저 머나먼 아라비아의 사막으로 나는 가자
>
> — 유치환, 「생명의 서」

② ＿＿＿＿＿＿＿ : 어떤 대상을 나타내기 위해 비슷한 성질을 가진 대상(보조 관념)을 끌어다 은근히 견주는 비유

→ ＿＿＿＿＿＿＿ 가 없다!

> **내 마음**은 **호수**요 그대 노 저어 오오
>
> — 김동명, 「내 마음은」

③ ＿＿＿＿＿＿＿ : 무생물을 생물처럼 나타내는 비유

④ ＿＿＿＿＿＿＿ : 사물의 움직임이나 모양, 추상적 관념 등을 사람처럼 나타내는 비유

(사람만의 특징? ＿＿＿＿＿ , ＿＿＿＿＿)

〈활유법과 의인법의 관계 연습〉

• **어둠**(무생물)은 **새를 낳고**(생물이 하는 행동)

• **빨래**(무생물)가 **춤을 춘다**(사람만이 하는 행동)

• **사슴**(생물)이 슬피 **운다**(사람만이 하는 행동 – 감정)

• **나뭇잎**(생물)이 **속삭인다**(사람만이 하는 행동 – 언어)

⑤ ＿＿＿＿＿＿ : **하나의 말이 둘 이상의 뜻**을 나타내게 하는 비유. 한 단어에 두 가지 이상의 뜻을 담는 비유의 기법. 단어의 뜻이 여러 개이기 때문에 이에 따른 시의 해석도 다양해질 수 있는 효과가 있다.

> 청산리 **벽계수**야 수이(쉽게) 감을 자랑마라
>
> 일도창해(한번 푸른 바다에 다다르면)하면 돌아오기 어려우니
>
> **명월**(밝은 달)이 만공산(온 산을 가득 비추니)하니 쉬어 간들 어떠하리.
>
> — 황진이의 시조

→ 여기서 벽계수(碧溪水)는 ＿＿＿＿＿＿ 으로는 맑고 푸른 시냇물을 뜻한다. 그런데 황진이가 살았던 시대에 "벽계수"라는 이름을 가진 양반이 있었고 황진이를 몹시 사랑해 구애하는 등, 그녀를 힘들게 했다고 한다. 한편 명월(明月) 역시 ＿＿＿＿＿＿ 이라는 표면적인 뜻을 지니고 있지만 황진이의 기명(기생으로 활동할 때의 이름)이기도 하다. 따라서 벽계수와 명월은 동시에 두 가지 뜻을 표현하는 시어이다. 이런 경우를 뜻이 겹쳐있다, 하여 거듭 중(重)을 써서 ＿＿＿＿＿＿ 라고 부른다.

3. 비유 외의 수사법과 관련된 개념어

→ 여기서 수사법이란? ＿＿＿＿＿＿ 이라는 뜻.

① ＿＿＿＿＿＿ : 화자의 느낌이나 생각을 강조하기 위해 대상을 실제보다 **지나치게 크게** 또는 **지나치게 작게** 표현하는 수사법

> **대동강 물**은 그 언제나 마르려나
>
> 해마다 이별의 **눈물** 푸른 물결 위에 **더하네**
>
> — 정지상, 「송인(보낼送 사람人)」

→ **지나치게 크게** 과장한 예 : **남산만하게** 부른 **배**

→ **지나치게 작게** 과장한 예 : **코딱지만한 집**

② _____ : 두 가지 대상을 맞대어 차이점을 밝혀 표현하는 수사법, 상대되는 어구나 사물 또는 현상을 맞세워 두 가지가 다름을 두드러지게 내보이는 기법.

> **봄**은 **가까운 땅**에서 **숨결**과 같이 **일더니**
> **가을**은 **머나먼 하늘**에서 **차가운 물결**과 같이 **밀려온다.**
>
> — 김현승, 「가을」

→ _____ 이 경우, 대구라고 할 수 있을까? (O, X)
: 형식적으로 비슷한 문장이 반복되며 구와 구가 서로 대응됐기 때문

③ _____ : 가락이 비슷한 말을 나란히 나타내어 표현하는 수사법으로, 서로 유사한 말을 1:1로 맞세우는 표현 기법이다.

> 나는 **향기로운 임의 말소리**에 **귀먹고**
> **꽃다운 임의 얼굴**에 **눈멀었습니다.**
>
> — 한용운, 「님의 침묵」

→ 이 경우, 대조라고 할 수 있을까? (O, X)
: 내용이 서로 반대되지 않기 때문에 대조라고 볼 수는 없다.

④ _____ : 같거나 비슷한 낱말, 구, 절, 문 등을 되풀이하여 표현하는 수사법, 시에서는 반복을 통하여 시적 의미를 강조하고 운율감을 형성한다.

> **해야 솟아라, 해야 솟아라,** 말갛게 씻은 얼굴 고운 **해야 솟아라.**
>
> — 박두진, 「해」

→ 반어와 역설은 중학교 2학년 때 아마 다들 배웠거나 배울 것이다. 간략하게 한 번 더 설명하도록 하겠다. '아이러니(Irony)'즉 모순(矛盾)의 개념부터 먼저 짚어야 한다. 세상에서 가장 날카

로워 무슨 방패든 뚫을 수 있는 창과, 세상에서 가장 튼튼해 무슨 창이든 막아낼 수 있는 방패가 서로 부딪혔다고 했을 때 무슨 일이 일어날까? 이런 상황이 바로 아이러니 혹은 모순이다. 말이 되지 않는다.

→ **반어 : _____ 의 아이러니**

표현은 말이 되지만 그 상황에서는 전혀 나올만한 표현이 아니라서 상황의 아이러니라고 부른다. 이를테면 아래와 같이. 선생님이 이렇게 말씀하시면 더 무섭겠지? 늦은 네게 엄청나게 열받았다는 뜻이니 잘 도망 다니길 바라.

예 선생님 : (30분 지각한 학생에게) _____ 우리 금쪽이^^

→ **역설 : _____ 의 아이러니**

표현 자체가 말이 안 되는 경우라서 표현의 아이러니라고 부른다. 그런데 곰곰이 생각해 보면 그 안에 깊은 뜻이 있는 표현 기법이다.

예 작은 거인 : 일상에서 흔히 마주칠 수 있는 평범한 사람(_____)이지만

알고 보면 각자 자기 자리에서 존경스러울 만큼 치열하게 하루하루를 살아내는 사람

(_____)을 뜻함. 언뜻 봤을 때는 말이 안되는 듯 하지만 (왜냐면 거인이 작을 리는 없으니까) 깊이 생각해보면 아! 하게 되는 매력이 있는 수사법이다.

⑤ _____ : 표현하려던 참뜻과는 반대되게 표현하는 수사법

> 내 그대를 생각함은
> 항상 그대가 앉아 있는 배경에서
> 해가 지고 바람이 부는 일처럼 **사소한 일일 것**이나
> 언젠가 그대가
> 한없이 괴로움 속을 헤매일 때에
> 오랫동안 전해 오던 그 **사소함**으로
> 그대를 불러보리라
>
> ─ 황동규, 「즐거운 편지」

⑥ _____ : 말이 되지 않는 표현을 통하여 중요한 진리를 담는 수사법

우리들의 **사랑을 위하여서는 이별이 있어야** 하네

→ 진정 _____ 한 사랑을 이루기 위해서는 잠시 _____ 하는 아픔이 있어야 한다는 뜻이다.

외로운 황홀한 심사

→ 정지용의 유리창이라는 시에 나온 시구다. 폐병으로 일찍 죽은 아들을 그리워하며 유리창을 밤에 홀로 닦는 화자는 유리창을 닦는 그 순간만큼은 아들을 생각할 수 있으니 _____ 하지만 한편으로 아들을 떠올리자 다시 슬프고 외로워진다. 그런 복잡미묘한 마음을 이렇듯 역설적인 표현을 활용해 쓴 것이다.

결별이 이룩하는 **축복**

→ 낙화라는 시에서 등장하는 표현이다. 꽃이 떨어져야 (_____) 열매가 맺히지 (_____) 않겠는가? 그 점에서 이별은 오히려 _____ 을 향한 여정이다.

괴로웠던 사나이, **행복한** 예수 그리스도에게처럼

→ 예수 그리스도는 인류의 구원을 위해 십자가를 진 사람이다. 해서 예수가 십자가를 졌을 때는 괴롭지만 한편으로는 _____ 했을 것이라는 말이다. 스스로를 희생해 사랑하는 전 인류를 구했기 때문이다. 윤동주는 〈_____〉라는 시에서 본인 역시 예수의 희생을 본받아 의미 있는 일(_____)에 피를 흘리겠다고 했다.

아아, **님은 갔지마는 나는 님을 보내지 아니하였습니다.**

→ 한용운의 님의 침묵이라는 시에 나오는 시구다. 임과 이별했지만 이별하지 않았다는 의미다. 그러니까, 물리적으로는 서로 헤어졌고, 떨어져 있는 상태이지만 화자는 _____ 는 말이다.

맛없지만 맛있는 아빠의 밥상

→ (솔직히) _____ (자식을 사랑하는 어버이의 마음을 생각하면) _____ 아빠의 밥상.

⑦ _____ : 뻔한 답을 일단 과제로 둔 채, 의문 형식으로 표현하는 수사법. 답을 알고 있지만 일부러 의문문의 형식으로 표현하여 독자의 판단을 구하는 표현 기법.

가난하다고 해서 **사랑을 모르겠는가.**

— 신경림, 「가난한 사랑 노래」

⑧ _____ : 문법에 맞는 정상적인 말의 순서를 뒤집어 표현하는 수사법. 대개는 강조하려는 말을 앞에 배열한다.

나는 가끔 후회한다.
그때 그 일이 노다지였을지도 모르는데……
그 때 그 사람이 그 때 그 물건이
노다지였을지도 모르는데……

• 노다지 : 손쉽게 많은 이익을 얻을 수 있는 일감의 비유

— 정현종, 「모든 순간이 꽃봉오리인 것을」

⑨ _____ : 뒤로 갈수록 의미가 고조되거나 정도가 높아지도록 언어를 배열하는 수사법

나는 내 슬픔이며 어리석음이며를 소처럼 연하여 쌔김질하는 것이었다.
내 가슴이 **꽉 메어 올 적이며**
내 눈에 **뜨거운 것이 핑 괴일 적이며,**
또 내 스스로 화끈 낯이 **붉도록 부끄러울 적이며,**

> 나는 내 슬픔과 어리석음에 눌리어 죽을 수밖에 없는 것을 느끼는 것이었다.
>
> — 백석, 「남신의주 유동 박시봉방」

⑩ _____ : 감탄사나 감탄 조사를 이용해 기쁨, 슬픔 등의 감정을 표현하는 수사법. "아!"와 **같은 감탄사**가 나타나거나, **'~이여, ~하도다'와 같은 감탄 표현**이 나타나므로 '~하랴'와 같은 설의와 구별된다.

> 소매는 길어서 하늘은 넓고
> 돌아설 듯 날아가며 사뿐히 접어 올린 **외씨버선이여!**
>
> — 조지훈, 「승무」

4. 표현 기술과 관련된 개념어

① _____ : 대상을 어떤 방법을 통해 구체적이고 명확한 형상으로 나타냄. 시를 통해 정서를 표현하기 위해서는 그것을 구체적인 모습으로 표현해야 하는데 이 과정 자체를 "_____"라고 부른다.

→ 형상화, 하면 너무 어렵게 느껴지는데 그냥 '나타내다'라고 생각하면 훨씬 쉽게 느껴진다.

② _____ (併置) : 두 가지 이상의 것을 한 곳에 나란히 두거나 설치하는 것. 대상의 인상이 **매우 선명하게 드러나게** 되어 강렬한 전달 효과가 생긴다.

> 이 흰 바람벽에
> **내 가난한 늙은 어머니**가 있다.
> 내 가난한 늙은 어머니가
> 이렇게 시퍼러둥둥하니 추운 날인데 차디찬 물에
> 손은 담그고 무이며 배추를 씻고 있다.
> **또 내 사랑하는 사람**이 있다.
> 내 사랑하는 어여쁜 사람이

어느 먼 앞대 조용한 개포가의 나지막한 집에서

그의 지아비와 마주 앉아 대구국을 끓여놓고 저녁을 먹는다.

벌써 어린 것도 생겨서 옆에 끼고 저녁을 먹는다.

— 백석, 「흰 바람벽이 있어」

③ _____ 표현 : 예로부터 습관처럼 쓰이는 표현

바람이 시련과 역경을 가리키는 표현으로 사용되는 것처럼 구성원들 사이에서 오랫동안 관습적으로 통용되는 표현을 말한다. 관습적 표현은 그 사회 구성원들이 대개 잘 알고 있어서 이 표현을 사용하면 시의 내용을 쉽게 전달할 수 있다는 장점이 있다.

바위처럼 살아가 보자 **거센 비바람**이 몰아친대도

어떤 유혹의 손길에도 흔들림 없는 **바위**처럼 살자꾸나

— 유인혁, 「바위처럼」

④ _____ : 사물이나 관념을 특수화하고 낯설게 하여 새로운 느낌을 갖도록 표현함

피아노에 앉은

여자의 두 손에서는

끊임없이

열 마리씩

스무 마리씩

신선한 물고기가

튀는 빛의 꼬리를 물고

쏟아진다.

— 전봉건, 「피아노」

⑤ _____ : 여러 가지 방법으로 변화를 줌. 시에서도 시어나 시구에 변화를 주어 효과적인 표현을 하기도 한다.

껍데기는 가라.

사월도 그 알맹이만 남고

껍데기는 가라

껍데기는 가라.

동학년 곰나루의, 그 아우성만 살고

껍데기는 가라 (중략)

껍데기는 가라.

한라에서 백두까지

향그러운 흙 가슴만 남고,

그 모오든 쇠붙이는 가라.

— 신동엽, 「껍데기는 가라」

⑥ _____ : 사물이 원래 가지고 있는 형태, 속성 등을 **자기의 관점에 따라 변화**

시킴. 이는 시인의 상상력에 의해 이뤄지며 절실한 감정이나 시상을 효과적으로 표현하는

좋은 방법이다. 공감각적 이미지에서 나타나는 _____ 나 추상적 대상(눈에 보이

지 않고 느껴지지 않는 대상)을 구체적인 사물(눈에 보이고 느껴지는 대상)인 것처럼 표현하는

_____ (개인적 상징) 등이 모두 해당한다.

→ 유사 표현 - 감각의 전이, 추상적 대상의 구체화

한 가닥 구부러진 철책이 바람에 나부끼고

그 위에 셀로판지로 만든 구름이 하나

자욱한 풀벌레 소리 발길로 차며

호올로 황량한 생각 버릴 곳 없어

허공에 띄우는 돌팔매 하나.

— 김광균, 「추일서정」

> **동짓달 기나긴 밤을 한 허리를 버혀내여**(베어내어)
>
> 춘풍 니블(이불) 아래 서리서리 너헛다가(넣었다가)
>
> 어론님 오신 날 밤이여든 구뷔구뷔 펴리라.
>
> • 어론님 : 사랑하는 임
>
> — 황진이의 시조.

⑦ _____ : 시에서는 일상적인 언어 규범을 어겼지만 미묘한 의미를 드러내거나 음악성을 살리기 위해 의도적으로 문법에 맞지 않는 표현을 쓰기도 한다. 이를 시적 허용이라고 한다.

> 산에는 꽃 피네 꽃이 피네
>
> **갈 봄 여름** 없이 꽃이 피네
>
> 아이야, 은쟁반에 **하이얀** 모시 수건을 준비하련
>
> — 이육사, 「청포도」

→ _____ 봄 여름이라고 해야 맞는데 음률을 맞추기 위해 _____ 이라는 2음절을 _____ 이라는 1음절로 바꿔서 표현했다.

→ 본래는 _____ 이라고 2음절로 표현해야 맞는데 새하얗다는 느낌을 강조하고자 ___ 이라는 3음절로 늘려서 표현했다.

⑧ _____ : 시어가 앞 행과도 연결되고 뒤 행과도 연결되게 하는 기법. 의미상 한 행으로 배열해야 할 시 구절을 의도적으로 다음 행에 걸쳐 놓는 기법. 시적 긴장감 유발. 독자가 시를 읽다가 시의 특정 부분을 집중하게 하는 역할. 강조 효과도 있음.

> 그립다
>
> 말을 할까
>
> **하니** 그리워
>
> — 김소월, 「가는 길」

5. 표현 효과와 관련된 개념어

→ 표현 효과란 비유나 상징을 동원하여 무언가를 표현했을 때 얻어지는 결과를 뜻한다.

① _____ : 화자가 대상에서 느끼는 심리적 거리. 화자와 대상이 심리적으로 서로 가깝다면 친밀감이 생기고, 서로 멀다면 그만큼 친밀감이 낮다.

> 여승은 합장하고 절을 했다.
> 가지취의 내음새가 났다.
> 쓸쓸한 낯이 옛날같이 늙었다.
> 나는 **불경처럼 서러워졌다.**
>
> — 백석, 「여승」

② _____ : 생기가 있고 살아서 움직이는 듯한 느낌

의성어나 의태어, 동적 이미지 등을 활용하여 시에 생기를 불어넣는 표현을 뜻한다.
㈜ 생명감.

> 혼자라도 가쁘게나 가자.
> 마른 논을 안고 도는 착한 도랑이
> 젖먹이 달래는 노래를 하고, 제 혼자 **어깨춤만 추고 가네**
>
> — 이상화, 「빼앗긴 들에도 봄은 오는가」

③ _____ : 독자로 하여금 작품에 관심과 흥미를 가지게 만드는 힘. **특정 요소나 표현이 시를 끝까지 주의 깊게 읽도록 만드는 것을 의미**한다고 봐야 한다. 여기서 '긴장'은 조마조마한 그 느낌을 말하는 게 아니라, **겉뜻과 속뜻이 달라서 생기는 팽팽함**이라고 생각해야 맞다. 그래서 독자가 자연스럽게 술술 읽기보다는 한 번쯤 멈춰서 다시 생각해 보게 만드는 표현 기법이다.

→ 도치, 행간 걸침, 반복, 점층, 중의, 상징, 반어, 역설 등 지금까지 배웠던 수사법들이 왜 존재할까? 그렇다. 시적 긴장감을 유발해서 시를 읽는 맛을 나타내기 위해 있었던 셈이다.

눈은 살아있다.

죽음을 잊어버린 영혼과 육체를 위하여

<u>눈</u>은 새벽이 지나도록 살아 있다.

— 김수영, 「눈」

④ _____ : 시를 다 읽고 난 후에 마음에 남는 정취나 느낌으로, 시를 읽고 난 후에도 독자에게 무언가를 생각하게 만드는 것이 있을 때 강하게 나타난다.

나는 가끔 후회한다

그때 그 일이

노다지였을지도 모르는데……

그때 그 사람이

그때 그 물건이

노다지였을지도 모르는데……

— 정현종, 「모든 순간이 꽃봉오리인 것을」

→ 보통 위 시처럼 말줄임표로 마무리되거나 아니면 명사로 시상이 마무리되면 시적 여운, 즉 감동이 끝까지 남는다고 볼 수 있다. 특히 <u>명사로 시상이 마무리된다</u>는 말은 요새 들어 자주 출제되는 표현이므로 잘 알아두자. 앞에서 봤던 시 중에서 명사로 시상이 마무리돼 시적 여운이 남는 시들의 예는 아래에 모아두었으니 참고하기 바란다.

어느덧 밖에는 눈발이라도 치는지, 펄펄 함박눈이라도 흩날리는지, 창호지 문살에 돋는

월훈

— 박용래, 「월훈」

아주 먼 옛날

지금도 내 눈시울을 뜨겁게 하는

그 시절, 내 유년의 **윗목**

— 기형도, 「엄마 걱정」

6. 운율과 관련된 개념어

① _____ : 일정한 운율을 갖지 않고 자유로운 형식으로 쓴 산문 형식. **명확한 운율을 느끼기 어렵게 줄글로 쓴 시**를 말한다. 이런 시를 산문시라고 한다.

> 나는 갈고 심을 땅이 없음으로 추수가 없습니다. 저녁거리가 없어서 조나 감자를 꾸러 이웃집에 갔더니 주인은 "거지는 인격이 없다. 인격이 없는 사람은 생명이 없다. 너를 도와 주는 것은 죄악이다."고 말하였습니다.
> 그 말을 듣고 돌아 나올 때에, 쏟아지는 눈물 속에서 당신을 보았습니다.
>
> — 한용운, 「당신을 보았습니다.」

② _____ : 초장-중장-종장으로 완결된 시상을 표현하는

> (초장) 비 오자 장독간에 봉선화 반만 벌어
> (중장) 해마다 피는 꽃을 나만 두고 볼 것인가
> (종장) **세세한** 사연을 적어 누님께로 보내자
>
> — 김상옥, 「봉선화」

③ _____ : 시에서 느껴지는 말의 가락, 리듬
ⓨ 리듬감, 운율미

④ _____ : 일정한 요소의 반복이 규칙적으로 실현되어 나타난 정형성을 뜻함.

⑤ _____ : 규칙적이어서 겉으로 뚜렷하게 느껴지는 운율. 외형률이라고도 한다.
_____ ⓨ 정형적 운율 _____ ⓑ 내재율
→ _____ : 같은 글자 수를 반복해서 만들어 내는 운율 (7·5조, 3·4조 등)

> 나의 살던 고향은(7음절) / 꽃피는 산골(5음절)
> 복숭아꽃 살구꽃(7음절) / 아기 진달래(5음절)
> 울긋불긋 꽃대궐(7음절) / **차리인** 동네(5음절)
> 그 곳에서 놀 던 **때가**(7음절) / 그립습니다.(5음절)
>
> — 이원수, 「고향의 봄」

→ _____ : 3음보, 4음보 등 (⑥ 참조)

→ _____ : 두운이나 각운처럼 같은 _____ 에 같은

_____ 를 반복해서 만들어 내는 운율

벚꽃 지는 걸 보<u>니</u>

푸는 솔이 좋<u>아</u>

푸른 솔 좋아하다 보<u>니</u>

벚꽃마저 좋<u>아</u>

— 김지하, 「새봄」

⑥ _____ : 일정한 음보가 규칙적으로 반복되어 생기는 운율.

→ _____ 는 _____ 로, 소리 내어 읽을 때 한 호흡으로

묶여 읽히는 단위.

→ 각각의 음보는 발음하는 시간이 대부분 비슷한데, 몇 개의 마디로 끊어 읽느냐에 따라 3

음보 혹은 4음보가 나타난다.

아리랑∨아리랑∨아라리요

아리랑∨고개로∨넘어간다

나를∨버리고∨가시는 님은

십리도∨못 가서∨발병난다.

— 경기 아리랑

→ 위 아리랑 민요처럼 보통 민요는 _____ 의 율격을 지닌다.

오백 년∨도읍지(都邑地)를∨필마(匹馬)로∨돌아드니,

산천은∨의구(依舊)하되∨인걸(人傑)은∨간 데 없다.

어즈버,∨태평연월(太平烟月)이∨꿈이런가∨하노라.

• 의구(依舊)하되 : 옛날과 다름없지만

— 길재의 시조

→ 위 시조처럼 보통 시조는 _____ 의 율격을 지닌다.

▶ 소재와 제재, 주제

_____ : 시에 등장하는 모든 사물

_____ : 가장 핵심이 되는 소재

_____ : 시에 들어있는 시인의 중심 생각이나 정서

1. 소재, 제재와 관련된 개념어

① _____ : 뚜렷한 실체를 갖추고 있는 대상

> 이것은 소리 없는 아우성
>
> 저 **푸른 해원**을 향하여 흔드는 영원한 **노스탤지어의 손수건**.
>
> • 노스탤지어(Nostalgic) : 향수(鄕愁), 고향을 그리워하는 마음.
>
> — 유치환, 「깃발」

→ 여기서 푸른 해원은 이상 세계, 이상향. 결핍이 없는 공간을 의미하는데, 깃발은 푯대에 묶여 있으므로 제아무리 바람에 힘차게 나부낀대도 '_____ '에 갈 수 없다. 그리워해도 갈 수 없는 공간인 셈이다. 아우성은 '_____ '라는 뜻인데, 왜 소리가 없다고 할까? 그렇다. 여기서는 구체적 대상인 '_____ '을 통해 아무리 노력해도 이상향에는 도달할 수 없는 인간의 근원적인 한계를 상징적으로 드러냈다.

② 사물의 _____ : 소나무는 한 자리에 서서 늘 푸르다고 하듯, 사물이 지니고 있는 나름의 고유한 성질을 속성이라고 한다.

> **청산**은 어찌하여 만고(오랜 세월 동안)에 푸르르며,
>
> **유수**는 어찌하여 주야(晝夜: 낮밤)에 긋지(그치지) 아니는고
>
> — 이황의 시조

→ 청산은 항상 오랜 세월 동안 _____ , 유수는 흐르는 물인데 밤낮으로 그치지 않고 꾸준히 흐른다.

: 둘의 속성은? _____ 는 속성이 있다.

③ _____ : 시의 공간적 배경으로 화자의 시적 경험이 전개되거나 시의 대상이 위치한 장소. 시에 등장하는 장소라고 이해하면 됨.

> 지리산 하
> 한 봉우리에 숨은 실제의 뻐꾹새가
> 한 울음을 토해내면
> 뒷산 봉우리 받아넘기고
> 또 뒷산 봉우리 받아넘기고
> 그래서 여러 마리의 뻐꾹새로 울음 우는 것을 알았다.
>
> — 송수권, 「지리산 뻐꾹새」

→ 위 시에서 시적 공간은 그럼 어딜까? _____
→ 위 시에서 시적 대상은 그럼 뭐지? _____

④ _____ : 어머니로서 갖는 감정, 이성, 의지 등의 특성을 드러내는 사물. → 특히 자식에 대한 어미의 본능적 사랑. 보호. 돌봄. 생리적/심리적 욕구에 대한 행동 등.

> 내 손에 호미를 쥐어 다오
> **살진 젖가슴과 같은 이 부드러운 흙을**
>
> — 이상화, 「빼앗긴 들에도 봄은 오는가」

⑤ _____ 존재 : 보통 사람이 아니라 경험이나 인식 자체가 이상의 경지를 뛰어넘은 사람, 보통 사람이라면 생각하기 힘든 뛰어난 능력을 지닌 사람. 신적 존재인 하나님, 부처님 등을 말할 때 쓰이기도 함.

> 다시 천고의 뒤에
> **백마 타고 오는 초인**이 있어
> 이 광야에서 목 놓아 부르게 하리라.
>
> — 이육사, 「광야」

→ 이육사의 광야에 나오는 부분인데, 독립운동가인 시인에게 백마를 타고 올 '초인'은 _____ 을 뜻하는 존재이자, 이 모든 현실의 아픔을 해결해 줄 _____ (한계를 뛰어넘은) 존재다.

⑥ _____ 체험 : 시인이 어렸을 때 경험한 일이 소재로 등장하는 경우.

> 나의 **소년 시절**은 은빛 바다가 엿보이는 그 긴 언덕길을 어머니의 상여와 함께 꼬부라져 돌아갔다.
>
> — 김기림, 「길」

2. 주제와 관련된 개념어

① _____ : 작품 속에서 주제를 드러내는 것과 관련하여 시인이 가지고 있는 의식 성향

> 맑은 햇빛으로 반짝반짝 물들으며
> 가볍게 가을을 날으고 있는 나뭇잎.
> 그렇게 주고받는 **우리들의 반짝이는 미소**로도
> **이 커다란 세계**를 넉넉히 떠받쳐 나갈 수 있다는 것을
> 믿게 해 주십시오.
>
> — 정한모, 「가을에」

→ 시인은 현대 물질문명보다는 '미소'와 같은 인간적 가치를 더 높게 보고 있다. 따라서 이 시에는 현대 물질문명 사회에 대한 비판이라는 주제 의식이 또렷하게 나타난다.

② _____ : 우리가 사는 현실 세계에서 부족과 결핍, 고통 등으로 인해 불만이 있다면 이상 세계는 이런 현실 세계와 달리 그 어떤 결핍과 불만이 없는 완전한 세계를 가리키는 말이다. _____ ㊌ _____

> 이것은 소리 없는 아우성
> 저 **푸른 해원**을 향하여 흔드는 영원한 노스탤지어의 손수건.
>
> • 노스탤지어(Nostalgic) : 향수(鄕愁), 고향을 그리워하는 마음.
>
> — 유치환, 「깃발」

→ 여기서 이상 세계는? _____ 이다. 이렇듯 이상 세계를 특정하기 위해서는 '~를 향하여, ~에 가고 싶다' 등 정확하게 화자가 도달하고 싶어 한다는 욕망을 파악할 수 있게 하는 정확한 어휘가 필요하다.

③ _____ : 수명, 능력 등의 면에서 나타나는 인간의 한계

> 산천은 의구한데, **인걸은 간 데 없다.**
>
> — 길재의 시조

④ _____ : 사람은 누구나 이상과 현실의 괴리 또는 인간의 유한성, 선택의 기로 등으로 인해 괴로움을 겪는다. 이 때 자신에게 닥친 문제를 해결하지 못하여 겪는 괴로움을 뜻한다. (매우 자주 출제!)

> (전략) 나는 내 슬픔과 어리석음에 눌리어 **죽을 수밖에 없는 것을 느끼는** 것이었다.
>
> — 백석, 「남신의주 유동 박시봉방」

⑤ 이상과 현실의 _____ : 힘들고 어려운 현실과 어떠한 결핍도 없는 이상이 동떨어짐

> **인생은 살기 어렵다**는데
> 시가 이렇게 **쉽게 씌어지는 것**은 부끄러운 일이다.
>
> — 윤동주, 「쉽게 씌어진 시」

⑥ _____ : 겨울이 지나면 봄이 오고, 봄이 오면 따뜻해지고 꽃이 피는 것처럼 자연계를 지배하고 있는 원리, 자연 그대로의 법칙을 자연의 섭리라고 함

> 가장 아름다운 걸 버릴 줄 알아
> 꽃은 다시 핀다.
> 제 몸 가장 빛나는 꽃을

저를 키워준 **들판에 거름으로 돌려보낼 줄 알아**

꽃은 봄이면 **다시 살아난다.**

— 도종환, 「다시 피는 꽃」

→ 아주 자주 나오고 최근 들어 수능에서 계속 출제되는 개념이다. 자연의 섭리는 "_____"라고도 부른다. 꽃이 져야 나중에 다시 꽃이 필 수 있다는 자연계의 질서를 '섭리'라 하는데, 인간의 _____ (태어나 늙고 병들어 죽는) 과정 역시 섭리라고 할 수 있다.

⑦ _____ : 확고한 신앙심에서 나온, 흔들림 없는 견해나 사상

아름다운 나무의 꽃이 시듦을 보시고

열매를 맺게 하신 **당신은**

나의 웃음을 만드신 후에

새로이 **나의 눈물을 지어 주시다.**

— 김현승, 「눈물」

→ 독실한 기독교 신자였던 김현승 시인은 일찍이 아들을 잃은 뒤, 이 시를 썼다. 나의 웃음이자 기쁨이었던 아들도 사실은 당신(하나님)이 만들어주신 것. 그랬기에 지금 아들을 잃고 겪는 이 눈물과 엄청난 슬픔 역시 하나님의 섭리 안에서 이루어졌으므로 이 슬픔은 결국 구원으로 가는 성숙의 길 안에 놓인 것이니 겸허히 받아들이겠다는 신앙 고백을 절절히 하고 있다.

⑧ _____ : 화자가 대상에 대하여 느끼는 심리적·정서적 거리감 유 시적 화자와 대상 간의 심리적 거리

→ 대상이 _____ 에 머무를 때에 화자와 대상의 거리는 _____ . 반면 대상이 화자 에 의해 정서적으로 표현될 때, 즉 _____ 에 거리는 _____

⑨ _____ : 화자와 대상이 _____ 대상과 화자가 서로 접촉하며 함께 움직 이는 느낌이 강하게 나타난다.

너무도 여러 겹의 마음을 가진

그 복숭아나무 곁으로

나는 왠지 가까이 가고 싶지 않았습니다

흰꽃과 분홍꽃을 나란히 피우고 서 있는 그 나무는

아마 사람이 앉지 못할 그늘을 가졌을 거라고

멀리로 멀리로만 지나쳤을 뿐입니다

흰꽃과 분홍꽃 사이에 수천의 빛깔이 있다는 것을

나는 그 나무를 보고 멀리서 알았습니다

눈부셔 눈부셔 알았습니다

피우고 싶은 꽃빛이 너무 많은 그 나무는

그래서 외로웠을 것이지만

외로운 줄도 몰랐을 것입니다

그 여러 겹의 마음을 읽는 데 참 오래 걸렸습니다

— 나희덕, 「그 복숭아 나무 곁으로」

⑩ _____ : 둘 이상이 합하여 _____ 가 되는 일.

→ _____ (物我一體) : 사물과 내가 한 몸이 됨

(전략)

지난 겨울[힘든 현실]엔 빈 가지 사이사이로

하늘[천상적 가치, 이상]이 틀어진 채 **쏟아졌었다**[절망]

그 하늘을 어쩌지 못하고 지금

이 꽃들을 피워서 제 몸뚱이에 꿰매는가?[상처의 치유]

꽃은 드문드문 굵은 가지 사이에도 돋았다

아무래도 이 꽃들은 지난 겨울 어떤,

하늘만 여러 번씩 쳐다보던

살림살이의 사연[지상적 가치]만 같고 또

그 하늘 아래서는 제일로 낮은 말소리, 발소리 같은 것[지상] 들려서 내려온[하강적 이미지]

신과 신의 얼굴[천상적 존재]만 같고

어스름녘 말없이 다니러 오는 누이[지상적 존재]만 같고 (중략)

그리고 또한, **멀리서 어머니**[위로, 위안]**가 오시듯 살구꽃은 피었다.** [천상과 지상의 합일, 화합

상태]

흰빛에 분홍 얼룩 혹은

어머니[지상]에, **하늘**[천상]에 **우리를 꿰매 감친 굵은 실밥, 자국들**[정서적 치유, 천상과 지상의 화합, 살구꽃]

— 장석남, 「살구꽃」

→ 교감보다 한층 더 나아간 상태를 합일이라고 한다. 위 시에서 하늘과 지상은 봄에 핀 _____ 을 통해 하나가 된다. 힘든 지상의 삶을 위로하듯 하늘에서 보내준 살구꽃을 통해, 지상의 '우리' 들은 하늘과 마치 한 몸이 된 듯 다시 살아갈 힘을 얻는다. 이런 시적 상황을 _____ 의 상황이라고 할 수 있다.

3. 미학과 관련된 개념어

① _____ : 현실과 이상이 좀 어긋나는 가운데, 풍자나 해학의 수법으로 우스꽝스
🔈 해학미 　　　　　　　　　러운 상황이나 인간상을 그릴 때 느껴지는 아름다움이다. 익살을 부리
　　　　　　　　　　　는 상황에서 교훈을 얻을 때 쓰기도 한다.

두터비 파리를 물고 두엄 위에 치달아 앉아

건넛산 바라보니 흰 송골매가 떠 있거늘 가슴이 섬찟하여 풀쩍 뛰어 내닫다가 두엄 아래 자빠졌구나

모쳐라, **날랜 나이니 망정이지** 피멍 들 뻔했구나

— 작자 미상

② _____ : 시적 화자의 의지가 외부 세계에 의해 좌절될 때 나타나는 미적 느낌. **사회적으로** 또는 정신적으로 **고귀한 것을 추구**했는데 **그것이 현실적으로 좌절**되었을 때 나타나는 아름다움. 단순히 슬픈 상황이기만 해서는 비장미라고 할 수 없다. 🔈 비극미

산꿩도 섧게 울은 슬픈 날이 있었다.

산절의 마당귀에 여인의 머리오리가 눈물방울과 같이 떨어진 날이 있었다.

— 백석, 「여승」

③ _____ : 높은 이상이 빛나는 시점에서 느껴지는 아름다움을 말한다. 화자가 속해있는 공간은 무언가 아직 부족하지만 그로 인해 절망하지 않고 높은 이상을 보일 때 느낄 수 있는 미의식.

> **죽는 날까지 하늘을 우러러**
> **한 점 부끄럼이 없기를**
> 잎새에 이는 바람에도
> 나는 괴로워했다.
> **별을 노래하는 마음으로**
> **모든 죽어가는 것을 사랑해야지**
> **그리고 나에게 주어진 길을 걸어가야겠다.**
> 오늘 밤에도 별이 바람에 스치운다.
>
> — 윤동주, 「서시」

④ _____ : 조화와 균형에서 느껴지는 아름다움. 대개 고전적인 아름다움이라고 보아도 무방.

> 하늘로 날을 듯이 길게 뽑은 부연 끝 풍경이 운다.
> 처마 끝 곱게 느리운 주렴에 반월(半月)이 숨어
> 아른아른 봄밤이 두견이 소리처럼 깊어 가는 밤
> 곱아라 고아라 진정 아름다운지고
>
> 파르란 구슬 빛 바탕에
> 자줏빛 호장을 받친 호장 저고리
> 호장 저고리 하얀 동정이 환하니 밝도소이다.
> 살살이 퍼져 나린 곧은 선이
> 스스로 돌아 곡선(曲線)을 이루는 곳
> 열두 폭 기인 치마가 사르르 물결을 친다

초마 끝에 곱게 감춘 운혜(雲鞋) 당혜(唐鞋)

발자취 소리도 없이 대청을 건너 살며시 문을 열고

그대는 어느 나라의 고전(古典)을 말하는 한 마리 호접(蝴蝶)

호접(蝴蝶)이냥 사푸시 춤을 추라 아미(蛾眉)를 숙이고...

나는 이 밤에 옛날에 살아

눈 감고 거문고ㅅ(의)줄 골라 보리니

가는 버들이냥 가락에 맞추어

흰 손을 흔들어지이다.

— 조지훈, 「고풍 의상」

미학과 관련한 개념어 한눈에 보기

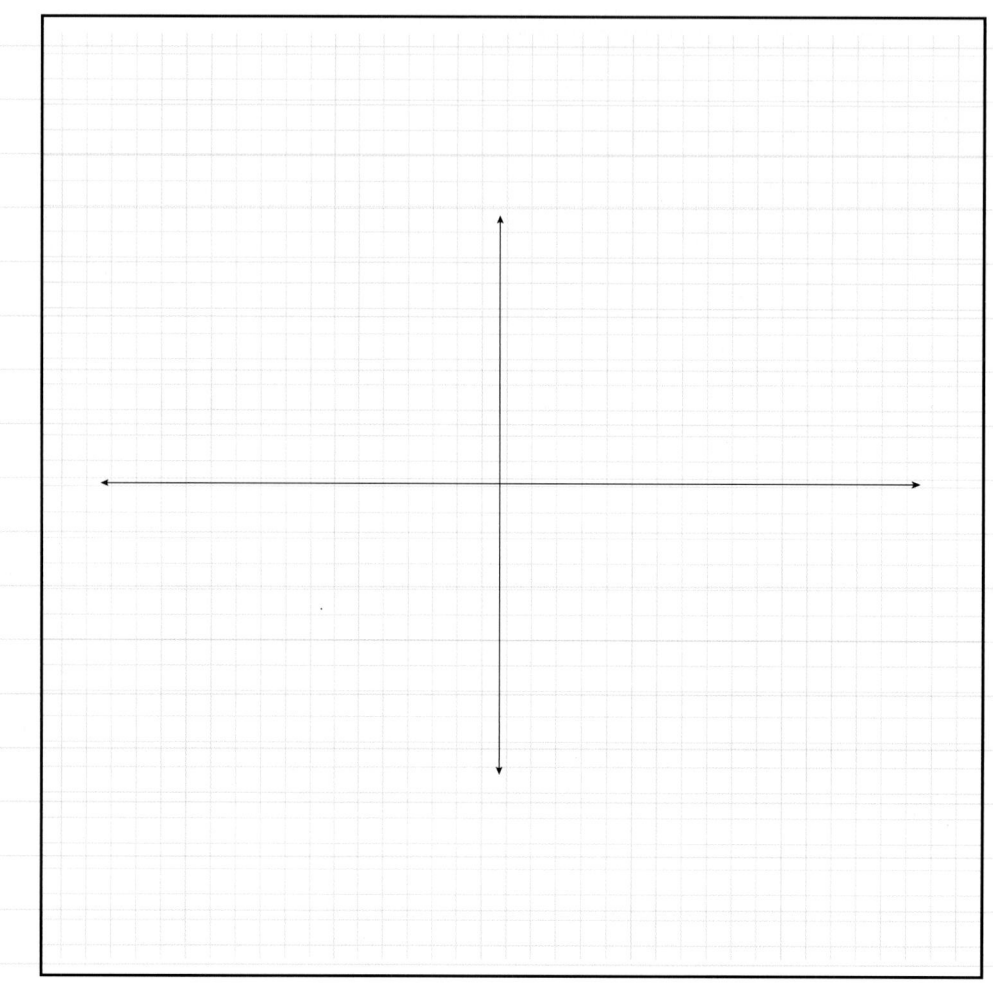

한 수 앞을 읽는 국어 공부

묘수
국어

느른웨이숲edu